U0458914

E.M. 福斯特作品系列

看得见风景的房间

A Room with a View

〔英〕E.M. 福斯特 著

吴晓妹 唐季翔 译

人民文学出版社
PEOPLE'S LITERATURE PUBLISHING HOUSE

Edward Morgan Forster
A Room with a View

图书在版编目(CIP)数据

看得见风景的房间/(英)E.M.福斯特著;吴晓妹,
唐季翔译. —北京:人民文学出版社,2021
(E.M.福斯特作品系列)
ISBN 978-7-02-016018-1

Ⅰ.①看… Ⅱ.①E… ②吴… ③唐… Ⅲ.①长篇小
说-英国-现代 Ⅳ.①I561.45

中国版本图书馆 CIP 数据核字(2019)第 298156 号

责任编辑　朱卫净　　邱小群
封面设计　李　佳

出版发行　**人民文学出版社**
社　　址　**北京市朝内大街 166 号**
邮政编码　**100705**
网　　址　**http://www.rw-cn.com**

印　　制　**山东新华印务有限公司**
经　　销　**全国新华书店等**

开　　本　**890 毫米×1240 毫米　1/32**
印　　张　**7.5**
字　　数　**209 千字**
版　　次　**2021 年 4 月北京第 1 版**
印　　次　**2021 年 4 月第 1 次印刷**

书　　号　**978-7-02-016018-1**
定　　价　**45.00 元**

如有印装质量问题,请与本社图书销售中心调换。电话:010－65233595

总　序

英国作家爱德华·摩根·福斯特（Edward Morgan Forster，1879—1970）一向是文学界的宠儿，有关研究著述可谓汗牛充栋，所以本文首先主要从阅读的角度对这套丛书做个简单的介绍。

文学作品的直接阅读无疑非常重要。会读书的人都知道，看作品以有感为上，有所启迪更佳，可以一直读到舒心快意，能与有识者共赏古今世界文学经典之瑰丽，品味蝼蚁人类勤奋思考之精华。这套丛书所选的书目就都是福斯特的代表作，从中可见"这一位"所贡献的瑰丽与精华：长篇小说《天使不敢涉足的地方》(Where Angels Fear to Tread，1905)，《看得见风景的房间》(A Room with a View，1908)，《霍华德庄园》(Howards End，1910)，《印度之行》(A Passage to India，1924)；文学评论《小说面面观》(Aspects of the Novel，1927)；《天国的公共马车：E.M.福斯特短篇小说集》(《天国的公共马车及其他故事》[The Celestial Omnibus and Other Stories，1911]和《永恒的瞬间及其他故事》[The Eternal Moment and Other Stories，1928]这两部短篇小说集的合集)。作品时间跨度为从1905年到1928年，这正是福斯特的创作巅峰时期。

其实福斯特的作品不光专家喜欢研究，大众也喜欢看。这当然和影视手段的推动不无关系。这套丛书里的四部长篇小说都有电影版：《天使不敢涉足的地方》(1991)，《看得见风景的房间》(1985)，《霍华德庄园》(1992；另有2017年拍的电视剧版)，《印度之行》(1984)。影视手段和大众阅读的关系严格说是互动互惠的，有读者缘，影视制作机构也就喜欢拍。文学研究关注的东西都比较深远，大众的喜好也未必浅薄，能打动人心就一定自有其道理。

福斯特的长篇小说充满了地道的英国风味，但是他并没有满足于对英国上层社会生活图景及其趣味的展示。在貌似复杂而琐碎的人物关系描写和故事情节推进中，他的重点更多的是揭示，揭示这个阶层的人在与国内外各色人等打交道的时候出现的种种问题，其中涉及人与人的关系，人与自然的关系，人与自我的关系，殖民地宗主国与殖民地人民之间各种内在的和表面化了的冲突，还有理想化生活方式与现实之间的冲突。给福斯特套什么"主义"似乎不太容易，我们只要从他的作品里看到了他笔下那个时候若干英国人的生活状态，看到了他或曲折暗示或直接表述的种种思考，也就对得起作者的苦心了。

福斯特的文论著作《小说面面观》基于他自己作为一个小说家的体验去观察小说这种文学存在，去评论小说的方方面面，早已列入文学专业的必读书目。他在书中提出的一些重要概念，如圆形人物和扁平人物、幻想小说（或奇幻小说）等小说类别、小说节奏等等，为文学理论大厦的构建做出了卓越的贡献。

这套书给了我惊艳之感的，还有福斯特的短篇小说。他长篇小说的那些特点同样表现在了他的短篇作品中。除此以外，在这些轻灵活泼、引人入胜的短篇中，对人类去向和人性发展的沉重思考，超越了现实局限、时代局限和社会局限，细想起来，的确令人震撼，却又处处不离"文学即人学""伟大的文学家必然是思想家"这些耳熟能详的文学正道。难怪文学界如此尊崇福斯特。

毋庸讳言，这类书的出版不可避免地要再次涉及两个话题，一个是读经典的意义，另一个就是重译的必要。

关于读经典，近年谈论的人比较多，笔者也在其他场合参与过讨论，重复的话就不说了。这里想强调的是：首先，经典的涵盖范围是一直在变的，新的经典不断加入，文学界的评论探究和出版界的反复出版，其实就是个大浪淘沙、沙里淘金的过程，这个过程始终没有而且也不应该中断，一百年后也是如此；其次，和创作一样，文学阅读也有代际承接的问题，新的读者不断产生，对经典作品必然有着数量和质量上不断更新的需求。即便是宗教经典那种对曲解极为警惕的作品，也存在着更新的需要，因为教徒在生长，在变动。这是生命的特征。而与时俱进是生命力的特征。更何况经典的一个本质性特点就是耐读，即经得起反复读，而且常读常新。巧的是，在对福斯特的各种评介中，印象最深的正是很多人都知道的这样一句话："爱·摩·福斯特对我来说，是唯一一位可以反复阅读其作品的还在世的小说家，每次读他的书我都有学到了东西的感受，而进入小说阅读之门以后，就很少有小说家能给我们这样的感觉了。"[1]

关于第二个话题，翻译界有过不少讨论。重译同样和受众的不断变化有关，其实质是，译入语语言本身的发展和译入语文化环境的改变。除此以外，还涉及译本质量的提高。版权问题插进来以后，重译要考虑的情况似乎更为复杂一些。尽管如此，不断提高译本质量仍然是敬业的译者和出版人不懈的追求。需要注意的是，文化产品和一般意义上的科技产品有一个区别，和艺术与科学的区别一样，即并非后来者就一定居上。美学追求和先来后到的顺序基本无关，全看创作者内心的呼唤及其素质加努力。文学作品的翻译也是同样。在考虑译本质量的时候，这是不能忘记的一个侧面，否则无法体现我们对无数前辈译者的尊重。

综合以上各种考虑，这套丛书在投入重译之初，我们就对参与这项工作的各位译者提出了明确的要求，希望我们能竭尽全力，以爱惜羽毛的谨慎，锻造不后悔的硬作。

我们还提出了两个需要特别注意的问题。第一个就是注意与前译的关系。为不断提高译作质量，后译对前译有所参照是难以避免的，但是我们要求，必须特别注意防止侵权。如与前译过于贴近，一般要求再改；如确有借鉴，必须予以说明。然而我们也发现，有些地方，从初译、修订到审校，经三四个人之手，最后竟然还是与某种前译撞车，这只能说是所见趋同，巧了，因为那大概的确就是最妥帖的译法。对这种情况如何看，还有待翻译界和出版界共同探讨。读者如果

---

[1] 原文是：E. M. Forster is for me the only living novelist who can be read again and again and who, at each reading, gives me what few novelists can give us after our first days of novel-reading, the sensation of having learned something. 见美国文学批评家莱昂内尔·特里林（Lionel Trilling，1905—1975）的《爱·摩·福斯特》（*E. M. Forster*, Oxford University Press，1982）一书第 3 页。

在这个方面发现问题，欢迎提出。

第二个需要特别注意之处，是福斯特的语言风格及其表达。语言风格的再现始终是翻译的一个难点，我们只能尽力而为。众所周知，善用反讽，表达讲究机智巧妙（有时甚至给人以卖弄聪明之感），这是英国文学中的一种传统，福斯特是这种传统的继承者和推进者，因此我们注意了尽量保留这类表达方式的多层含义。作为十九世纪末二十世纪初典型的英国绅士，虽然在用词甚至标点上也有一些自己的习惯，福斯特的语言基本上还是中规中矩的，这对翻译来说是福音，因为相对而言减少了难度。考虑到原文的时代特点，我们希望译文流畅可读，但不过度活泛现代。那个时期英语的一个特点是句子偏长，福斯特的语言也是如此，但结构也不是非常复杂。我们的把握是：对偏长的句子适当截断以便于理解，同时注意紧凑，不使其过于散乱。我们希望译作语言首先是不能给读者造成理解障碍，其次要能给读者以阅读的愉悦，此外还要让人感觉这是福斯特而不是其他人在说话。

总体来看，这套丛书其中的几本，译者认为纠正了前译中的一些错译，也就是说，我们的译本在翻译的准确程度上有所提高。细节之外，我们还尤其注意了整部作品的内在连贯，包括前后通达和风格的一致。至于美学意义上的评价，我们等待时间的检验，并且始终欢迎各种角度的批评和讨论。

衷心感谢丛书译者和出版社众多编辑的辛勤付出。

感谢爱·摩·福斯特赋予我们的文学盛宴。

杨晓荣

2020 年 11 月 16 日于南京茶亭

目录

第一部 / 1

第一章 / 3

第二章 / 16

第三章 / 32

第四章 / 43

第五章 / 50

第六章 / 63

第七章 / 75

第二部 / 87

第八章 / 89

第九章 / 104

第十章 / 118

第十一章 / 127

第十二章 / 133

第十三章 / 144

第十四章 / 153

第十五章 / 160

第十六章 / 175

第十七章 / 184

第十八章 / 191

第十九章　/ 208

第二十章　/ 225

译后记　/ 231

第一部

第一章

贝尔托利尼旅舍

"房东太太不该这么做，"巴特利特小姐说道，"太不应该了。她答应要给我们两个靠在一起的房间，窗户朝南，看得见风景，可现在呢？这两个房间隔得老远，窗户朝北，还正对着院子。唉，露西！"

"而且她说话还是伦敦口音！"露西说道。房东太太竟然一口伦敦腔，这让露西更失落了。"感觉就像在伦敦一样。"看着长餐桌两边坐着的英国人，看着那一排放在英国人中间装着清水的白玻璃瓶和装着葡萄酒的红玻璃瓶，看着英国人身后墙上粗大的相框里已故英国女王与已故英国桂冠诗人①的画像，看着墙上除画像以外唯一的那件装饰品——英国国教的通告（由牛津大学硕士、尊敬的卡思伯特·伊格牧师签署），露西不由感叹道："夏洛特，你是不是也觉得我们仿佛还在伦敦呢？我简直无法相信一出门就可以看到各种英国以外的东西。我估计这是因为太累了的缘故吧。"

"这块肉一定已经用来熬过汤了。"巴特利特小姐说着，放下了叉子。

"我实在太想看看阿诺河了，房东太太在信里还信誓旦旦的，说在我们的房间就能俯瞰阿诺河。她这么做太不应该了。哦，这真是没道理！"

"对我来说，随便哪个角落都无所谓，"巴特利特小姐接着说，"可是你那儿居然也看不到风景，这太过分了。"

露西觉得自己有点儿自私，便说道："夏洛特，你可千万不能太宠着我。你当然也应该看到阿诺河，我真这么想的，一旦有空房间腾

---

① 桂冠诗人（Poet Laureate），源于英国王室颁给御用诗人的称号，始于1616年英王詹姆斯一世授予诗人本·琼森（1572—1637）一笔薪俸，自1843年维多利亚女王授予华兹华斯为桂冠诗人后，开始成为一种荣誉头衔。此处指已故诗人阿尔弗雷德·丁尼生（1809—1892）。

出来——"

"——你就应该搬进去。"巴特利特小姐说道。巴特利特小姐这次旅行的部分经费是由露西的母亲提供的,对这一慷慨的行为,她已经多次委婉而得体地暗示过了。

"不,不,一定得你住。"

"还是听我的吧,露西,要不然你妈妈饶不了我。"

"她饶不了的是我呀。"

两位小姐的声音愈发激动了,而且——说句大实话——还有了点埋怨的口气。她俩都有点疲惫,借着为对方着想这一无私的幌子,开始有点较劲了。坐在桌旁的旅客互相交换着眼色,其中一位——在国外难免会遇见这种没有教养的人——隔着桌子探过身来,还真的插嘴了。他说道:

"我那儿看得见风景,我的房间可以看见风景。"

巴特利特小姐吓了一跳。一般情况下,同住一家膳宿旅舍的人们会首先相互观察上一到两天,然后才会开口跟对方说话,而且通常要等到对方离开旅舍之后才会感觉到他们"还行"。巴特利特小姐断定这个冒失鬼不是什么有教养的人,然后才瞥了他一眼。这人的年龄和块头都不小,五官端正,胡子刮得精光,眼睛挺大,眼睛里透出某种孩子气,却并非年迈之人眼中常有的那种稚气。到底是什么,巴特利特小姐没多想,因为她的目光随即就移向了他的衣着。那身打扮没给她留下什么印象。也许他是想趁着她们还没融入这里的社交圈,跟她们套套近乎吧。这么一想,听见他在对她说话,她就故意摆出一副诧异的样子,说道:"风景?哦,风景!有风景多赏心悦目啊!"

"这是我的儿子,"老人说道,"他叫乔治,他的房间也能看见风景。"

"哦。"巴特利特小姐应了一声,制止了正准备开口说话的露西。

"我的意思是,"老人继续道,"你们可以搬到我们的房间去,我们搬到你们那儿去,我们可以交换一下房间。"

听到这话,那些有教养的旅客不禁大吃一惊,并对新来的两位小姐深感同情。巴特利特小姐尽可能把嘴巴张开得很小，她答道：

"非常感谢你，真的！但是，那绝对不行。"

"为什么？"老头儿追问道，两手握成拳头，搁在桌上。

"因为，那是绝对不可能的，谢谢你。"

"你知道，我们可不想接——"露西开始解释。

她的表姐再一次制止了她。

"但这是为什么呢？"老头儿不依不饶，"女人都喜欢看风景，而男人并不喜欢。"他像一个淘气的孩子一样用拳头敲击着桌子，然后转向他的儿子，说道："乔治，你去说服她们！"

"很显然，她们应该搬过来，"那儿子说，"别的没什么好说的。"

他说话的时候并没有看着两位小姐，但声音中透出困惑与悲伤。露西也同样感到困惑，但是她却发现她们已经卷入了一场所谓的"争执"，而且，她还有一种奇怪的感觉，那就是只要那些没什么教养的旅客一开口，这场争执的深度和广度就变了，最终就不再只关乎风景和房间，而是——没错，而是完全不同的问题了，而她之前根本想不到竟会有这种问题。而此刻，那个老头在用近乎狂暴的态度质问巴特利特小姐：为什么不该交换房间？她到底有什么反对的理由？不消半个小时，他们就可以把房间腾出来。

巴特利特小姐虽然平素能言善辩，但是遭遇到如此粗暴的话语，却也无可奈何。面对这么粗俗的家伙，要想靠冷落解决问题是不可能的。她又气又窘，满脸通红。她环顾四周，好似在问："难道你们都是这样的吗？"而此刻坐在长桌的远端、披肩搭在椅背上的两位上了年纪、身材矮小的女士正看着她，用眼神明确地回复了她："我们不是这样的，我们是有教养的人。"

"亲爱的，用餐吧。"巴特利特小姐对露西说，继续摆弄起刚刚被她评判过的那块肉。

露西嘀咕着说对面那些人真是太古怪了。

"亲爱的，用餐吧。这家旅舍真差劲，我们明天就换一家。"

巴特利特小姐的这一决定刚出口，立马就改变了主意。餐厅尽头的门帘被撩了起来，一位敦实健壮而又引人注目的牧师出现了，他快步走到餐桌前坐了下来，语气轻松地为自己的迟到向大家致歉。露西毕竟还没有充分掌握得体的社交礼仪，她马上就起身，兴奋地大嚷起来："噢！噢！天哪！是毕比先生啊！噢，这真是太棒了！噢，夏洛特，我们一定得留在这儿，房间再怎么糟糕都无所谓啦。噢！"

巴特利特小姐比较克制，她说：

"你好，毕比先生，恐怕你已经不记得我们了吧！我们是巴特利特小姐和霍尼彻奇小姐。那个复活节天气特别寒冷，当时你在坦布里奇韦尔斯① 给圣彼得教堂的牧师帮忙，我们刚好也在那儿。"

看样子，这位牧师像在度假。虽然她们还清晰地记得他，可他对她们的印象却不是那么清晰，但他还是非常开心地起身走向她们，并应露西的要求在她旁边的那把椅子上坐了下来。

"见到你真是太高兴了！"露西说。眼下，她正处于百无聊赖的状态，如果她的表姐允许的话，哪怕面前是个服务生她都会表示非常高兴的。"真没想到，这世界竟然这么小。还有夏街，真是太有意思了。"

"霍尼彻奇小姐就住在夏街教区，"巴特利特小姐补充道，"那次聊天的时候，她刚巧跟我提起，说你已经接受了——"

"就是，我是上个星期从妈妈的信里得知的，她还不知道我在坦布里奇韦尔斯就认识你了。我立马就给她写了封回信，告诉她：'毕比先生是——'"

"没错，"牧师说道，"六月份我就要搬去夏街的教区长住宅。能被派到如此富有魅力的地区担任教区长，我感到非常荣幸。"

"噢，我太高兴啦！我家的房子名字叫风之角。"

毕比先生鞠了一躬。

"我和妈妈一般都住在那里，还有我的弟弟，不过我们没法劝说

---

① 坦布里奇韦尔斯（Tunbridge Wells），英国英格兰西肯特郡的一座中世纪小镇，位于伦敦东南约 64 公里，是一处疗养和旅游胜地。

我的弟弟常去教——嗯，我的意思是，教堂离我们家挺远的。"

"亲爱的露西，我们还是让毕比先生安心用餐吧。"

"我正吃着呢，谢谢，而且吃得很开心。"

巴特利特小姐很可能还记得毕比先生的布道，但毕比先生更乐意和露西聊天，他记得曾经听露西弹奏过钢琴。他询问露西对佛罗伦萨是否熟悉，露西则比较详尽地表示自己还从未来过佛罗伦萨。给新来的人提供一点建议可是一大乐事，而毕比先生刚好是这方面的行家里手。

"可别忽略了周边的乡村，"毕比先生最后建议道，"哪天下午天气晴朗，可以首先驾车去菲耶索莱①，然后去塞蒂尼亚诺②转一圈，或者来一次类似的游览。"

"不对！"餐桌的上位处响起了一个女声，"毕比先生，你弄错了！哪天下午天气晴朗，两位小姐首先一定要去普拉托③游览一下。"

"那位女士看上去挺聪明的，"巴特利特小姐轻声对表妹说道，"看来我们运气不错。"

果然，游览的信息随后便源源不绝地向她们涌来。人们告诉她们应该去哪里游览，什么时候去，怎样让电车停下来，怎样将乞丐打发走，买一张羊皮吸墨纸要花多少钱，她们又将多么喜欢这个地方……整个贝尔托利尼旅舍的社交圈几乎是热情地接纳了她们。无论她们朝哪个方向看去，女士们都和和气气，微笑着大声向她们打招呼。而在这一片喧嚣中，那位聪明女士的嗓音盖过了一切："普拉托！她们必须去普拉托！那个地方粗陋又可爱，简直无法用语言来形容。我爱那个地方！你们知道，在那儿可以摆脱繁文缛节的种种束缚，简直太让我陶醉了。"

那位名叫乔治的年轻人瞥了一眼那位聪明的女士，随后心绪不宁地把目光收回到自己的餐盘。显然，他和他的父亲并没有被贝尔托利

---

① 菲耶索莱（Fiesole），位于意大利佛罗伦萨市东北约8公里的一个小乡镇。
② 塞蒂尼亚诺（Settignano），位于菲耶索莱镇西南约3公里的一个小村庄。
③ 普拉托（Prato），意大利中北部城市，位于佛罗伦萨市西北约16公里。

尼旅舍的社交圈所接纳。这时候，大获成功的露西内心希望这对父子也能够融入其中。露西并没有因为别人受到冷落而感到格外的高兴，所以起身离开时，她转过身去，有点紧张地向那两位局外人微微鞠了一躬。

那位父亲并没有注意到，但儿子回应了她，不过他并没有起身鞠躬还礼，而是面带微笑扬了扬眉毛。他的微笑中似乎还有些别的含义。

露西快步跟上表姐的脚步，她已经掀起门帘走了出去——这种门帘打到人脸上相当沉，似乎比布料要厚实一点。那位不靠谱的房东太太站在门帘的后面，鞠着躬向客人们道晚安，她的身旁站着她的小儿子埃内里和女儿维多利亚。这位操着伦敦土话的房东太太竟然想通过这种方式来表达南方人的优雅和友好，这一幕真是太有意思了。更有意思的是这里的休息室，竟然企图与布鲁姆斯伯里①的寄宿住房所能提供的那种真正舒适的环境一争高低。这个地方真的是意大利吗？

巴特利特小姐已经落座在一把坐垫和靠背都齐全的扶手椅上，椅子的颜色和形状活像一只大番茄。她正和毕比先生交谈着，说话的时候，她那颗颀长的脑袋缓慢而有规律地前后摆动着，似乎想要摆脱某种无形的束缚。"我们对你表示万分感谢，"巴特利特小姐说道，"第一个晚上意义重大。你进餐厅的那一刻，我们正经历着一个异乎艰难的时刻②。"

毕比先生对此表示遗憾。

"你可知道，晚饭时坐在我们对面的那位老人叫什么名字吗？"

"埃默森。"

"他是你的朋友吗？"

"我们关系还不错——旅舍里一般都是这样。"

"那，我就不多说了。"

---

① 布鲁姆斯伯里（Bloomsbury），伦敦市中心的一个区域，素以其浓厚的文化气息著称。如今，那里有全英为数最多的花园、广场、博物馆及许多学术、教育机构和出版社。
② 原文为法语。

毕比先生稍加追问，巴特利特小姐就继续说下去了。

"可以这么说，"最后，巴特利特小姐说，"我算是露西小表妹出入社交圈的监护人，如果我让她欠下了人情，而对方是我们一无所知的陌生人，那可是一件非常严重的事情。那位老人的举止让我感到遗憾，我希望我那么做对大家都有好处。"

"你那么做是很正常的。"毕比先生说。他一副若有所思的样子，过了一会儿，他又继续说道："不过，不管怎样，我觉得接受他的好意也没有什么坏处。"

"当然，是没什么坏处，可是，我们可不能欠别人人情啊。"

"他是个相当奇特的人，"毕比先生又迟疑了一下，随后柔声说道，"我想，即使你接受了他的好意，他也不会因此而利用你，也不会指望你对他心存感激。他这个人有个优点——如果这算是优点的话，他嘴上怎么说心里就怎么想。他并不觉得自己那间看得见风景的房间有多么重要，他只是觉得你们对此比较看重。他没有想到要注意礼节，同样，他也根本想不到要你们欠他一个人情。要理解那些实话实说的人太难了——至少在我看来，很不容易。"

露西听了很是高兴，说道："我刚才就希望他是出于好心，我真的希望大家都是好心人。"

"我觉得他是个好心人。他心肠不错，但又让人讨厌。几乎所有比较重要的问题，我和他的意见都有分歧，当然，我希望——我不得不说我希望——你们在这些问题上也会和他意见不一。但是他属于这类人，你只会不赞同但不会去谴责他。他刚来这里的时候，很自然地惹得大家都不太高兴。他不知变通，不拘礼节——我并不是说他言行粗鲁，他有什么想法，总是非说出来不可。我们差一点就要到那位倒霉的房东太太那儿告他的状了，不过我很高兴最后改变了主意。"

"那么，我是否可以由此推断，"巴特利特小姐问道，"他是个社会主义者？"

毕比先生接受了她的这个用词，但嘴角微微地抽动了一下。

"是否也可以进而假设，他把他的儿子也培养成了一个社会主义者？"

"对于乔治，我并不了解，因为他还没学会如何与人交谈。他看上去是个不错的小伙子，而且我觉得他很聪明。当然，他继承了他父亲的行为方式，有可能他也是个社会主义者。"

"噢，那我就放心了，"巴特利特小姐说道，"所以说，你觉得我应该接受他们的好意？你是不是觉得我狭隘、多疑呢？"

"当然没有，"毕比先生答道，"我从来没这么想过。"

"但是，不管怎么说，我刚才的表现显然是粗鲁无礼的，我应该为此道歉，是吗？"

毕比先生有些不耐烦了，回答说完全没那个必要，随后就起身向吸烟室走去。

"我是不是很让人讨厌？"毕比先生刚一离开，巴特利特小姐就说，"你刚刚为什么不说话，露西？我相信他一定更喜欢跟年轻人交谈。真希望我刚才没有独占他，我原本是希望整个晚上和晚餐时间都是由你来和他交谈的。"

"他这人不错，"露西嚷道，"和我记忆中的一模一样，他似乎能从每个人身上发现闪光之处，没人会把他当做一位牧师。"

"亲爱的露西娅 ①——"

"嗯，你知道我是什么意思吧，你也知道牧师一般都是怎么笑的，而毕比先生笑起来和普通人没什么两样。"

"你这姑娘可真有意思！你让我想起了你的母亲，不知道她会不会认可毕比先生。"

"我敢肯定她一定会认可他的，弗雷迪也会的。"

"我觉得，风之角所有的人都会接受毕比先生的，那可是个时髦的圈子。而我习惯了坦布里奇韦尔斯，那儿的人跟不上这个时代，毫无办法。"

"好吧。"露西沮丧地说。

---

① 露西娅（Lucia），露西（Lucy）的教名。

她露着一副不以为然的神情，但这不以为然究竟是针对她自己还是毕比先生，抑或是针对风之角的时髦，还是坦布里奇韦尔斯的落伍，她无法确定。她想要弄个清楚，却又一如既往地搞糊涂了。巴特利特小姐竭力想要否认自己针对任何人，于是又说了一句："恐怕你会发觉我是个非常无趣的旅伴吧。"

于是，露西再一次思忖："我一定表现得太自私、太不友好了。我一定要加倍小心，夏洛特境况不好，这对她来说实在是太可怕了。"

幸运的是，正在这时，那两位身材矮小的老太太中的一位走了过来，她脸上一直挂着慈蔼的微笑，这时她询问能否坐在毕比先生刚刚坐过的地方。在得到了肯定的回答后，老太太便开始轻声讲起了意大利。来意大利算得上是一次冒险，而这次冒险也算收获颇丰，她姐姐的身体状况有了好转。她提醒她们晚上必须把卧室的窗户关上，早上必须把水壶里的水倒得一滴不剩。这些事情，老太太娓娓道来，也许相比会客室里另一侧正在紧张进行的关于"教皇派 ①"和"皇帝派 ②"的高谈阔论，老太太的话更值得一听。对于老太太来说，在威尼斯的某个夜晚发生的事不只是一个小插曲，那可算得上是一场真正的大灾难，她在自己的卧室里发现了一样比跳蚤更糟糕、但比另一种生物稍微好一点的东西。

"但是在这里，倒是跟在英格兰一样安全。贝尔托利尼旅舍的房东太太完全是英国风格。"

"可我们的房间有股怪味，"可怜的露西说道，"我们害怕上床睡觉。"

"唉，而且还正对着院子，"老太太叹了口气说道，"要是埃默森先生刚才说话再委婉一点就好了！晚餐时我们替你们感到遗憾。"

"我觉得他也是一片好心。"

---

① 教皇派（Guelfs），又称"归尔甫党"，与"皇帝派"（Ghibellines）相对立，在 12 世纪罗马教皇和神圣罗马帝国皇帝之间的斗争中支持罗马教皇。
② 皇帝派（Ghibellines），又称吉伯林党，与"教皇派（Guelfs）"相对立，在 12 世纪罗马教皇和神圣罗马帝国皇帝之间的斗争中支持神圣罗马帝国皇帝。

"毫无疑问，他是好心，"巴特利特小姐说道，"毕比先生刚刚还因为我的多疑而责怪我呢。当然，我是为了我表妹才拒绝的。"

"那是当然。"矮小的老太太说道，随后她们低声聊了一会儿。老太太认为，涉及女孩子的事情还是谨慎为好。

露西试图摆出一副端庄娴静的样子，但又不由得感觉自己就像个大傻瓜。在家里的时候也没有谁因为她而谨言慎行，或者说，她反正没有注意到有这种情况。

"至于老埃默森先生——我不怎么了解他。当然，他说话一点也不委婉，但是，你有没有注意到，有的人做出来的事虽然很不得体，但这些事却是——美好的？"

"美好的？"巴特利特小姐对此不甚理解，问道，"得体和美好难道不是一回事吗？"

"应该是这样吧，"老太太无奈地说，"但有时我又觉得，事情没这么简单。"

这些事，她没有再深究下去，因为毕比先生又回来了，他看上去非常高兴。

"巴特利特小姐，"毕比先生嚷道，"房间的事没问题了，我真是太高兴了。埃默森先生在吸烟室里又提起了这事，因为我心里有了底，我就建议他再次提出跟你们交换房间。他让我过来问一下，如果你们同意，他会感到非常欣慰。"

"噢，夏洛特！"露西对她的表姐说，"我们这次一定要接受那两个房间。那位老先生真是个好得不能再好的人。"

巴特利特小姐没有说话。

"恐怕，"过了一会儿，毕比先生开口道，"我是多管闲事了。我必须对贸然插手这事而道歉。"

毕比先生心里大为不快，准备转身离开。这时，巴特利特小姐才答道："亲爱的露西，跟你的愿望相比，我的想法无足轻重。如果我制止你，让你不能尽兴，那真是太不应该了，因为我之所以能来佛罗伦萨，纯粹是因为你的好意。如果你希望我去让那两位先生搬出他们的房间，那我就会这么做。毕比先生，请你转告埃默森先生，我接受他的好意，然后请他过来，这样我可以当面向他表示感谢，好吗？"

巴特利特小姐讲这番话的时候提高了嗓门，整个会客厅的人都听到了，这让"教皇派"和"皇帝派"的讨论停了下来。毕比牧师一边在心里咒骂着天下的女人，一边鞠了一躬，带着巴特利特小姐的口信走了出去。

"记住，露西，这件事只牵涉到我一个人。我不希望由你来接受他的好意。无论如何，请答应我这件事。"

毕比先生回来了，略显不安，他说：

"埃默森先生现在不太方便，但他的儿子来了。"

年轻人低头看着这三位女士，她们感觉自己像坐在地板上一样，椅子实在是太低矮了。

"我的父亲，"他说，"正在洗澡，所以你们无法当面感谢他，但你们的意思，我会在他出来后第一时间悉数向他转达。"

巴特利特小姐听到"洗澡"一词不禁甘拜下风，她所有带刺的客套话用在这里都不合适了。小埃默森先生显然大大地赢得了这一轮胜利，这让毕比先生非常高兴，也让露西暗自窃喜。

"可怜的年轻人！"小埃默森先生前脚刚走，巴特利特小姐立刻感叹道，"这换房间的事情，他对他的父亲是多么愤怒啊！而且他还只能尽量保持礼貌。"

"大约半个小时之后，你们的房间就准备好了。"毕比先生说了这话后，若有所思地看了看这两位表姐妹，随后他回到自己的房间，开始写他的富有哲理的日记。

"噢，天哪！"老太太吸了口气，突然颤栗了一下，仿佛天空中所有的风都灌进了房间，"先生们有时不会意识到——"她的声音逐渐消失，但巴特利特小姐似乎明白她的意思，于是一段对话就此展开，而那些完全没有意识到的先生占据了对话的绝大部分内容。露西也同样没有意识到，只好开始看书。她拿起了贝德克尔的《意大利北部旅游指南》，将佛罗伦萨历史上的重要日子都记在心里，因为她打定主意，明天一定要玩个尽兴。就这样，半个小时很充实地过去了，最后，巴特利特小姐站起身来，长叹一声说道：

"现在该去冒险了。不，露西，你不要动，我来负责这次的房间交换。"

"你真是包揽了所有的事情。"露西说。

"当然了，亲爱的，这是我的职责。"

"但是，我也想帮帮你。"

"亲爱的，不用。"

夏洛特真是精力充沛！而且毫无私心！她这大半辈子都是如此，不过说真的，这次意大利之行，夏洛特表现得更是如此。露西是这么想的，或者说露西是努力这样想的。可是——她心里隐隐有一种逆反的情绪。她在想，或许她们可以更漂亮地接受人家的好意，而不必搞得这么复杂。反正，露西走进自己的新房间时，并没有感到丝毫的喜悦。

"我需要解释一下，"巴特利特小姐说道，"为什么我搬进了那间大房间，毕竟按常理来说大房间应该给你住。但是我偶然得知那个房间之前是那位年轻人住的，我相信，如果我不把这间房留给你的话，你的母亲会不乐意的。"

露西感到困惑不解。

"如果接受他们的好意，那么对你来说，宁愿欠他父亲一个人情，也不要欠他的。尽管我懂得不多，但我也算是经历了一些世故，我知道事情最终会发展成什么样子。但毕竟毕比先生算是个担保人，我相信他们是不会因此而有所冒昧的。"

"我敢肯定妈妈是不会介意的。"露西说道，但她再次感觉到似乎还有她没有考虑到的更大的问题。

巴特利特小姐只是叹了口气，把露西整个儿搂在怀里，向她道了晚安。这让露西产生了一种被裹在迷雾里的感觉。她一进自己的卧室，就打开了窗户。她呼吸着夜晚清新的空气，想起了那位好心肠的老人，正是他才让自己欣赏到阿诺河上闪烁的灯火，看到圣十字大教堂的苍柏，还有在缓缓升起的月亮衬托下黑沉沉的亚平宁山麓。

巴特利特小姐在自己的房间里，她拴上了百叶窗的插销，锁紧房门，在房间里巡视一圈，看看橱柜是否留有后门，检查房间里有没有暗室和密道。这时，她发现盥洗架上方别着一张纸，上面潦草地画着一个大问号。此外，别无他物。

"这是什么意思？"借着烛光，巴特利特小姐对这个大问号进行了一番仔细的探究。起初，这个问号毫无意义，但它逐渐变得咄咄逼人，令人反感，似有不祥之兆。她突然升腾起一股冲动，想将它毁了，但幸好及时意识到自己并没有这么做的权利，因为这问号肯定是属于小埃默森先生的。于是，她小心翼翼地将它取下，把它夹在两张吸墨纸中间，免得弄脏了那张带问号的那张纸。随后，她完成了对房间的检视，又习惯性地重重叹息一声，就上床休息了。

第二章

在圣十字教堂①，没了旅游指南

在佛罗伦萨的清晨醒来，真是一件乐事。睁开眼睛，眼前的房间清爽敞亮，地上红色的瓷砖虽然并非一尘不染但看上去相当洁净。彩色天花板上，粉色的狮身鹰兽首和蓝色的小天使在橙黄色的各式小提琴和巴松管之间嬉戏玩耍。一把推开窗户，同样也是一件乐事，由于对窗户不甚熟悉，开窗时露西被插销夹了一下手指。她探出身子，沐浴在佛罗伦萨的晨光中，眼前是俊美的丘陵和青葱的树丛，对面是大理石砌成的教堂，窗下不远处就是阿诺河，河水拍打着堤岸，淙淙流向远方。

河边，男人们抢着铁锹，拿着筛子在沙滩上劳作。河面上有一只小船，船上的人们同样在辛勤地忙碌，但不知道他们在忙什么。窗下，一辆电车呼啸而过，车厢里空荡荡的，只有一名游客，但是平台上却挤满了意大利人，他们宁愿在那儿站着。孩子们试图将身子吊在电车的后头，售票员朝他们吐着口水，这倒并没有什么恶意，只是逼他们松手罢了。这时，出现了一队士兵——他们眉目清秀、个子不高——每个人都背着个毛茸茸的背包，身上的制服明显大了一号，应该是给个头更高大的士兵裁制的。走在他们身边的是凶神恶煞、长相愚拙的军官。在他们的前面，小男孩们伴着音乐的节奏翻着筋斗。电车和人群混缠在了一起，痛苦地向前移动，活像一条在一大群蚂蚁中扭动的毛毛虫。一个小男孩跌倒了，有几头白色的牛犊从拱廊里冲了出来。说真的，要不是一位卖钮扣的老人出了个好主意，这路还真不知道要堵到什么时候。

---

① 圣十字教堂（Santa Croce），又音译作圣克罗切教堂，始建于1294年，1443年初步完工并启用，是意大利佛罗伦萨旅游景点，尤以文艺复兴时期诸多名人的纪念碑或墓碑闻名于世。

很多宝贵的时光就因为这种无关紧要的小事悄悄溜走了。有的人来意大利是为了研究乔托壁画的质感或者罗马教廷的腐败，但回去之后留在记忆中的也许只有这里蔚蓝的天空和生活在这蔚蓝天空下的男男女女。这时，巴特利特小姐轻轻叩响了露西的房门，走了进来。她指出露西不应该忘记锁门，也不应该在还未穿戴齐全的情况下探身窗外，随后催促露西加快速度，要不然一天中最好的时光就要溜走了。等到露西一切准备就绪，她的表姐已经用完早餐，正在听那位聪明的女士一边吃着面包一边高谈阔论呢。

于是，一段对话以我们熟悉的方式展开了。毕竟，巴特利特小姐有点儿疲劳，认为她们上午最好歇息一下，不过，露西是不是想要出去转转？露西更希望出门逛逛，毕竟这是她来到佛罗伦萨的第一天，但当然啦，她可以独自出去。这个，巴特利特小姐可没有办法同意，不管露西去哪里，她当然应该陪伴在露西身边。噢，那当然不行！露西得和她表姐一同留在旅舍。噢，那可不行！绝对不行！噢，还是留下来吧！

这个时候，那位聪明的女士开口了。

"如果是葛伦迪太太①让你为难的话，那我向你保证，不必顾忌那位老好人。作为英国人，霍尼彻奇小姐在这儿是绝对安全的。意大利人都知道这一点。我的一位好友孔泰萨·巴龙切利女士有两个女儿，有时候，如果没法儿派女佣接送她们上学，她就会让两个女儿戴上水手帽自己去学校。你知道，这样一来，所有的人都把她们当作了英国人，尤其是如果她们把头发紧紧地束在脑后的话。"

孔泰萨·巴龙切利女士那两位女儿的安全并没有让巴特利特小姐感到安心，她打定主意要亲自陪露西出去，好在她的头疼得不是那么厉害。那位聪明的女士随后表示，她打算去圣十字教堂度过一个漫长的上午，如果露西愿意跟她一起去的话，她会非常高兴。

"霍尼彻奇小姐，我会带你走一条可爱而邂逅的小路，如果你鸿

---

① 葛伦迪太太（Mrs. Grundy），英国文学作品中的虚构人物，已成为一本正经、拘泥礼法者的代名词。

运当头的话，我们可能还会有一番奇遇。"

露西表示那真是太好了，她立即翻开旅游指南，想找一找圣十字教堂在什么地方。

"啧啧啧！露西小姐！我希望你能尽快从旅游指南中解放出来，这个指南只涉及一些表面的东西。至于真实的意大利——指南的作者连做梦都没有见到过呢。真正的意大利只能靠耐心细致的观察才能被发现。"

听起来，这太有意思了！露西匆匆吃完了早餐，兴致勃勃地和她的新朋友开启了她的意大利之旅。终于可以看到真正的意大利了！那个一口伦敦土话的房东太太以及她的所作所为就像一场噩梦一般消失了。

拉维希小姐——这是那位聪明女士的名字——向右拐了个弯，沿着阳光明媚的阿诺河滨河大道走去。多么温暖舒适啊！但是，小巷里刮过来的风就像刀子一样，不是吗？恩宠桥 ①——格外有意思，但丁曾经提到过它。圣十字教堂——壮美而有趣，还有那个曾经俯身亲吻过谋杀者的十字架 ②——霍尼彻奇小姐还记得那个故事。河上的男人在钓鱼。（这并不是真的，不过话又说回来，大多数信息都是不真实的）然后，拉维希小姐钻进了先前白牛犊出现的那个拱廊，她停下脚步，高声说道：

"这种气息！真正的佛罗伦萨的气息！你要知道，每一座城市都有它自己独一无二的气息。"

"这种气息好闻吗？"露西问道。她和她的母亲一样，对污秽之物避之犹恐不及。

"你来意大利可不是来享受的，"拉维希小姐反驳道，"而是来感受生活气息的。早上好！早上好！③"拉维希小姐不停地朝左右两边鞠躬问好。"快瞧那辆可爱的运酒车！那司机正盯着我们看呢！多么可

---

① 恩宠桥（Ponte alle Grazie），又译感恩桥，亦称阿勒教堂大桥，意大利佛罗伦萨众多横跨阿诺河桥梁中最古老、最长的一座，最初兴建于 1227 年，1345 年重建为九拱桥。

② 据传，圣约翰·加尔贝敕免了杀害其兄的凶手，此十字架对此表示赞许，遂俯身亲吻他。

③ 原文为意大利语。

爱、淳朴的人儿啊！"

拉维希小姐就这样穿行在佛罗伦萨的大街小巷，她身材娇小，像小猫一样行动敏捷，顽皮可爱，但是没有小猫的那种优雅姿态。对露西来说，跟这样一个聪敏的乐天派在一起真是一件乐事，而且，拉维希小姐还披着一件意大利军官身上常见的那种蓝色披风，更是增添了一种节日的欢快气氛。

"早上好！^① 听我这个过来人一句劝吧，露西小姐：对于地位比你低一点的人，要友善一些，这样做，你绝对不会后悔的。那才是真正的民主，尽管我是个货真价实的激进分子。你啊，现在感到吃惊了吧！"

"其实，我并不感到吃惊！"露西嚷道，"我们也是激进分子啊！彻头彻尾的激进分子！我父亲总是把选票投给格莱斯顿先生^②，没想到后来他对爱尔兰的态度那么糟糕。"

"我明白了，我明白了。所以你们现在已经倒向敌人那边了。"

"噢，请不要这么说——！现在，爱尔兰问题既然已经解决了，那么假如我父亲还在世的话，我相信他还是会把选票投给自由党的。事实上，上次选举的时候，我家门口的玻璃都被人打碎了，弗雷迪说那肯定是保守党干的，但是妈妈却说他这是瞎说，一定是流浪汉把玻璃砸碎了。"

"太不像话了！我猜你们住在某个工业区吧？"

"不是的——在萨里郡的山区，离多尔金大约有五英里，往南就是威尔德地区。"

拉维希小姐似乎对此很感兴趣，她放慢了步子。

"那个地方很不错，我挺熟悉的。那里的人都特别友好。你认识哈里·奥特韦爵士吗？——他可是个十足的激进分子。"

"非常熟悉。"

"还有那位慈善家巴特沃思老夫人？"

"噢，她租了我家的一块地！真是太有意思了！"

拉维希小姐看着如丝带一般狭长的天空，低声问道：

"哦？你家在萨里郡有产业吗？"

"没有多少，"露西答道，她担心对方把自己当成个势利眼，"只有三十英亩——就是顺着山坡下去的一片园地，还有一些田地。"

对此，拉维希小姐并没有感到厌恶，而是说这和她姨妈在萨福克郡的地产一般大。意大利消失了。她们试图回忆起某位路易莎女士的姓氏，几年前她住到了夏街附近的一栋房子里，但奇怪的是她并不喜欢那栋房子。当拉维希小姐终于想起那个名字的时候，她又突然不说下去了，而是惊呼道：

"上天保佑我们！保佑我们！救救我们！我们迷路了！"

她们走了这么久，当然早就该到达圣十字教堂了，从她们住的旅舍楼梯拐角的窗户，能够清楚地看到教堂的尖顶。但拉维希小姐反复表示自己对佛罗伦萨了如指掌，所以露西也就毫无疑虑地跟着她走。

"迷路了！迷路了！我亲爱的露西小姐啊！就在对政治冷嘲热讽的那个时候，我们拐错了一个弯。那些可怕的保守派会如何取笑我们啊！我们怎么办？两位女士孤身处于一个陌生的城市。这就是我所说的冒险。"

露西想去参观圣十字教堂，她建议或许她们可以问个路。

"噢，可是只有胆小鬼才这样做啊！而且，不，你不要，不要，绝对不要去翻你那本旅游指南。把那小册子给我，我不许你拿着它。我们走到哪儿算哪儿。"

于是，她们信步穿过一条条灰褐色的街道，这些街道既不宽阔也无景致可言，佛罗伦萨的东城区就这样子。露西很快便对路易莎老夫人的不满失去了兴趣，转而开始了自己的不满。不过转眼之间，意大利又出现在眼前，令人心生欢喜。露西站在圣母领报广场①上，看到

---

① 圣母领报广场（Square of the Annunziata），意大利佛罗伦萨一座风格和谐的广场，出自文艺复兴时期几位伟大的建筑师之手。

了几尊栩栩如生的赤陶圣婴雕像，其中的韵味是任何廉价复制品都不可能再现的。雕塑竖立在那儿，圣婴华美的四肢从象征慈善的衣物中伸展出来，肉嘟嘟的白皙的手臂高高举起，直指苍穹。露西心想自己真的从未见过如此迷人的艺术作品，但是拉维希小姐却尖声叹了口气，拉着露西继续向前走去，并宣布她们至少走错了一英里。

欧陆早餐^①的作用愈发明显，或者说是渐渐失去了作用，两位小姐从一家小店买了点热腾腾的栗子糊。这栗子糊看着很像意大利特色食品，不过吃到嘴里既有点像外面包装纸的味道，又有点像头油的味道，还夹带着某种根本说不上来的味道。但是，这栗子糊倒是为两位小姐提供了能量，这样她们才有力气来到一片宽阔而又尘土飞扬的广场。广场的另一侧矗立着一座黑白色的建筑物，奇丑无比。拉维希小姐煞有其事地对着这栋建筑说了几句话。这就是圣十字教堂。这次的冒险结束了。

"先在这边等一会儿，让那两个人先走，否则我就不得不去和他们说上几句话。我讨厌这种客套话。真的太讨厌了！他们也要进教堂！噢，英国人在海外呀！"

"昨天晚餐的时候，他们就坐在我们的对面。他们把房间让给了我们，人挺不错的。"

"你瞧瞧他们的身材！"拉维希小姐笑道，"他们就像两头奶牛，来到了我的意大利。我这么说可能很过分，不过我真的希望能在多佛^②设一个考场，考试不合格的旅客一律不让过来。"

"那你会考我们一些什么问题呢？"

拉维希小姐开心地把手搭在露西的胳膊上，似乎在说不管怎么说露西都是会得满分的。于是，两人情绪高昂地踏上了大教堂的台阶。就在她们即将步入大教堂的那一瞬间，拉维希小姐突然停下了脚步，她尖叫一声，手舞足蹈，喊道：

---

① 欧洲大陆的早餐特点是量少而简单。
② 多佛（Dover），英国东南部的港口，横跨英吉利海峡的必经之路。

"那不是我那具有当地特色的话匣子吗？我必须去跟他聊一会儿！"

眨眼间，拉维希小姐就已经跑到了广场的另一头。她那件军人披风在风中飘动着，直到追上了那位胡子花白的老人，她才放慢了脚步。拉维希小姐顽皮地在他的胳膊上掐了一下。

站在原地等了将近十分钟之后，露西开始变得不耐烦了。乞丐们让她心烦，灰尘吹进了她的眼睛，她又想起来像她这样的年轻姑娘不应该在公共场所逗留。她缓步走下台阶，来到广场上，希望能够和拉维希小姐会合，拉维希小姐真是太不寻常了。但就在这时，拉维希小姐和她那具有当地特色的话匣子也开始往前走了，两个人夸张地用手比画着进了一个小巷子，没了踪影。

露西气坏了，眼泪在眼眶里打转——一方面是因为拉维希小姐抛下她不管，另一方面是因为她还带走了自己的旅游指南。现在，她可怎么找到回去的路呢？又怎么参观圣十字教堂呢？她在这儿的第一个上午就这么被糟蹋了，她也许再也不会来佛罗伦萨了。就在几分钟前，她还兴致勃勃，像个有文化的女士一样谈天说地，还自以为自己与众不同，可现在，她闷闷不乐地走进大教堂，内心充满了沮丧与羞愤，甚至想不起来这座教堂到底是由方济各会①还是多明我会②建造的。

当然，这肯定是一座非常不错的建筑。可它看上去多像一座谷仓啊！而且里面好冷啊！当然，这里有乔托的壁画，那厚实的质感能让露西产生那种恰到好处的感觉。但又有谁会来告诉她，哪些才是乔托的作品呢？她倨傲地在里面走来走去，拒绝对那些弄不清作者和年代的作品表现出热情。甚至都没有人来告诉她那些铺在教堂正厅和横厅的墓石，哪一块才是美丽的，哪一块才是罗斯金先生③最为赞赏的。

---

① 方济各会（Franciscans），亦称为法兰西斯派，是天主教托钵修会之一，提倡清贫生活，托钵行乞。该教堂实为方济各会修建。

② 多明我会（Dominicans），亦称为多米尼克派，是天主教托钵修会之一。

③ 罗斯金（Ruskin，1819—1900），维多利亚时期英国著名画家之一、作家、哲学家、艺术评论家。

这时，意大利的奇妙魅力开始在她身上起了作用。她不再纠结于那些细枝末节，而是自娱自乐起来。她猜出了那些意大利文告示的含义——禁止人们把狗带入教堂——劝告人们为了身体健康、也出于对身处的这座神圣教堂的尊敬，不要随地吐痰。她打量着那些游客：他们的鼻子和他们手里的旅游指南一样红通通的，圣十字教堂真是太阴冷了。她目睹了三位天主教徒的悲惨命运——两位男童和一位女童，他们先是用圣水把对方浸湿，随后走向马基雅维利纪念碑，水珠顺着身体滴落下来，但他们却由此变得神圣了。他们缓慢地走向远处的纪念碑，依次用手指、手帕和额头触碰碑石，然后退了回去。这究竟有什么含义呢？这样的动作他们重复了一次又一次。接着，露西意识到，他们一定是误把马基雅维利当作某位圣人了，希望通过跟他的圣碑进行反复的亲密接触以获取美德。然而，惩罚很快就降临了。最小的那个男童被某块备受罗斯金先生赞赏的墓石绊了一跤，他的双脚被一位平躺着的主教的脸给绊住了。尽管露西是位新教徒，她仍然快步冲了过去，但她还是晚了一步，小男童重重地摔倒在主教翘起的脚指头上。

"可恶的主教！"老埃默森先生的声音响了起来，他也已经冲了过来，"生前残酷，死后无情。快出去晒晒太阳吧，小朋友！让阳光亲吻你的双手，那才是你应该去的地方。这让人无法忍受的主教啊！"

听了这话，小男孩发疯一般尖叫起来。他冲着这些可怕的坏蛋尖叫，这些坏蛋刚刚把他扶了起来，为他掸去尘土，抚慰伤处，还告诉他不要迷信。

"看看这孩子！"埃默森先生对露西说，"真是一团糟：一个孩子受了伤，又冷又怕！不过除了这些，你还能指望教堂会给你带来什么呢？"

那孩子的双腿变得如同正在熔化的蜡油，每次，老埃默森先生和露西刚把他扶起来，他就尖叫一声又瘫了下去。幸运的是，一位本来正在祈祷的意大利女士过来帮忙了，她用某种只有一位母亲才拥有的神秘力量让小男孩的脊背挺直起来，给他的双膝输送了力量。小男孩站了起来，嘴里语无伦次地不知念叨着什么走开了。

"你真是位聪明的女士，"埃默森先生说道，"你的行为比世界上所有的文物古迹都要伟大。尽管我们信仰不同，但是我相信所有与人为善的人。宇宙中所有的规律，都没——"

埃默森先生顿住了，想找个合适的字眼。

"不客气。①"这位意大利女士说着，又回去继续祈祷。

"不知道她能不能听懂英语。"露西说。

在露西纯洁的内心里，她不再看不起埃默森父子，她打定主意要友善地、更好地对待他们，而不再斤斤计较，而且，如果可能的话，还要对新换的房间表示感谢，来抵消巴特利特小姐的那一番客套话。

"那位女士全都能听懂，"埃默森先生答道，"但是，你怎么也在这里？是来参观教堂的吗？你的游览结束了吗？"

"还没呢！"露西嚷道，又想起了自己的委屈，"我是和拉维希小姐一块来的，本来应该由她来讲解这一切的，可刚刚在门口的时候——噢，这太糟糕了！——她竟然甩下我走了。我在外面等了好一会儿，后来只好独自进来了。"

"你为什么不能独自进来呀？"老埃默森先生问道。

"对啊，为什么你不能独自进来呢？"小埃默森先生问道，这是他第一次对这位年轻的姑娘说话。

"可是，拉维希小姐还带走了我的旅游指南。"

"旅游指南？"埃默森先生说，"我很高兴你是因为那个而介意。丢了旅游指南，这还是值得你介意的。那个是值得介意的。"

露西有些糊涂了。她的脑袋里再次出现了某个新的想法，但她并不能确定这新的想法会将她带往何处。

"既然你没有旅游指南，"小埃默森先生说，"那不如就跟我们一起游览吧。"

难道这就是那个新的想法所指的方向吗？露西不要忘记自己的

---

① 原文为意大利语。

身份。

"非常感谢，但这样恐怕不行。我希望你们不会认为我到这儿来是为了跟你们相遇，我刚才过来就是想帮助那个孩子的。另外，非常感谢你们昨天晚上把房间让给我们，希望那并没有给你们带来太多的麻烦。"

"亲爱的，"老人温和地说道，"我想你这是在重复那些老年人说的话吧。你假装自己容易生气，但实际上你并非如此。别再这么扫兴了，告诉我你想参观教堂的哪些地方，我非常高兴能为你讲解。"

哦，这可真是无礼至极，她本该对此表示愤怒的。但有的时候，想要发脾气和想要控制住自己的脾气一样困难。露西没法儿生气。老埃默森先生是位老人，小姑娘自然应该迁就他。但是，他的儿子却是个年轻人，她觉得小姑娘应该冲他发个脾气才对，或者无论如何，要在他面前生个气。于是，露西看着他，然后说道：

"我希望自己并不是那么容易生气。如果能劳驾你告诉我乔托的作品在哪里的话，我想去看看。"

老人的儿子点了点头。他带着一种忧郁而满足的神情，领着他们走向了佩鲁齐礼拜堂。露西觉得他有那么一点老师的模样，而自己就像学校里一个刚刚答对了老师问题的学生。

礼拜堂里已经挤满了虔诚听讲的人。人群中响起一位解说者的声音，指导众人应当按照精神的标准而不是世俗的标价来瞻仰乔托的作品。

"要记住关于圣十字教堂的史实，"解说员说道，"它是在受到文艺复兴的任何影响之前、凭着对中世纪满腔热忱的信仰建造而成的。看看乔托的这些壁画——不幸的是，现在因文物修复而有所损毁了——从未掉入过解剖学和透视学的陷阱。还有什么能比这更加庄严、更加凄美、更加真实呢？我们认为，对于一个真正用心灵来感受作品的人来说，那些奇技淫巧和所谓的知识又算得了什么呢？"

"不对！"老埃默森先生大叫一声，他的嗓门在教堂里实在是太高了，"千万别听他这么说！确实是靠信仰建造的！但那只是因为工匠们没有得到合理的报酬。至于那些壁画，我觉得一点也不真实。你们看看那个穿着蓝衣服的大胖子！他的体重肯定和我差不多，可他却像个气球一样飘到了天上。"

埃默森先生指的是《圣约翰升天》那幅壁画。礼拜堂里，解说员的声音颤抖了起来，也难怪他这样。听众们不安地挪了挪位置，露西也这么做了。她心里清楚自己不该和埃默森父子待在一起，但是他们似乎对露西施了什么魔法。他们神情严肃，古怪认真，露西根本不知道自己该怎么做。

"你们说，是不是这么回事？是还是不是？"

乔治回答道：

"如果真是这么回事的话，那应该就是这个样子。我宁愿自己走进天国，也不愿意被一群小天使给推进去，另外，如果我真的去了那里，我希望我的朋友们都能从那里探出身子，就像在这儿一样。"

"你永远不会进天国，"他的父亲说道，"我和你，亲爱的孩子，我们将会安息在生养我们的土地上，我们的名字定将消失，而我们的作为必将永世长存。"

"有的人只能看见空荡荡的坟墓，却看不到圣人升天，无论是哪一位圣人。如果真有这回事的话，一定就是那个样子。"

"对不起，"传来了一个冰冷的声音，"这个礼拜堂太小了，两批人同时在里面太拥挤。我们就不打扰你们了。"

解说员是一位牧师，而他的听众一定是他的信众，因为他们手里不仅仅拿着旅游指南，还拿着祈祷书。他们一声不响，依次走出了礼拜堂，其中就有贝尔托利尼旅舍的两位小个子老太太——特蕾莎·艾伦小姐和凯瑟琳·艾伦小姐。

"别走！"埃默森先生喊道，"这礼拜堂不小，容得下我们所有的人。别走！"

那一批人默不作声，离开了。很快，隔壁的礼拜堂里传来了解说员的声音，他开始讲起了圣弗朗西斯的生平。

"乔治，我觉得刚刚那位牧师就是布里克斯顿教区的助理牧师。"

乔治去隔壁的礼拜堂转了一圈，回来说道："可能就是他，我不记得了。"

"那我最好去和他聊一聊，提醒一下他我是谁。他就是那位伊格先生，他为什么要走呢？是不是因为我们说话的声音太大了？真伤脑筋！我得去和他道个歉。我应该这么做吧？那样的话，他或许就会回来。"

"他是不会回来的。"乔治说道。

但是老埃默森先生懊悔不已，郁郁不乐，急忙跑过去向助理牧师卡思伯特·伊格先生道歉。显然，露西的注意力正集中在一扇弦月窗上，不过她还是能听到隔壁的解说声被一位老人焦急而殷切的声音再次打断，随后响起了对方简短、愠怒的回答。而老人的儿子也在倾听着隔壁的对话，他认为发生的每一件意外小事都是悲剧。

"我父亲不管跟谁打交道，几乎都是这个结果，"小埃默森先生对露西说，"他总是努力与人为善。"

"我希望我们大家都能努力与人为善。"露西微笑着说，但笑容有点紧张。

"因为我们觉得这能够完善我们的性格，而我父亲的与人为善是因为他爱大家，但是当别人发现是这么一回事的时候，往往觉得自己受到了冒犯，或是会感到害怕。"

"他们真傻！"露西说道，不过她的内心充满了同情，"我觉得如果这种友善能够恰当地表达——"

"恰当！"

小埃默森先生猛地抬起头来，满脸的不屑。显然，露西说错话了。她看着小埃默森先生在礼拜堂里奇怪地来回踱步。就一位小伙子而言，他的脸庞有些粗糙，而且——当阴影蒙在他的脸上的时候——有些冷峻。这张被阴影笼罩的面庞，转而又变得柔和了。露西想象自己在罗马西斯廷教堂的穹顶上看到他，他正怀抱着一捧橡果。他身体健壮，肌肉发达，却给露西一种阴沉的感觉，一种也许只有在暗夜里才能消除的悲伤之感。这种感觉转瞬即逝，露西从不细细品味这类微

妙的感觉。这种由于静默和未知而产生的情绪，老埃默森先生一回来
就消失了。露西重新回到了你一言我一语的世界，这才是她唯一熟悉
的世界。

"你遭到拒绝了吗？"他的儿子平静地问道。

"不知道我们破坏了多少人的兴致，他们不愿意回来了。"

"……生来富有同情心……擅于发现别人的优点……人人互为兄
弟的理念……"关于圣弗朗西斯生平的讲解隔着墙壁断断续续地传了
过来。

"别让我们败坏了你的兴致，"老人接着对露西说，"你参观过那
些圣人了吗？"

"参观过了，"露西说，"他们都很可爱。你知道罗斯金先生称赞
的是哪一块墓石吗？"

他不知道，所以建议大家猜一猜。让露西感到大为安心的是，乔
治不愿意到处走动，于是她便和老埃默森先生一起在圣十字教堂里开
心地溜达起来。尽管教堂像个谷仓，但在这高墙里也保存了许多美妙
的文物。他们需要绕着柱子躲开乞丐和导游，以及一位老太太和她的
宠物狗，不时还有一位牧师小心翼翼地绕过一群群的游客去给他的信
众主持弥撒。不过，老埃默森先生一直有点心不在焉，他看着那位解
说员，总觉得是自己搅乱了他的讲解，随后又焦虑地看了看自己的
儿子。

"他为什么一直盯着那幅壁画呢？"老埃默森先生不安地说，"我
看不出那上面有什么。"

"我喜欢乔托的作品，"她答道，"那些关于乔托壁画质感的论述
太精彩了，但我更喜欢德拉·罗比亚 ① 的婴儿雕像。"

"你这样没错，一个婴儿抵得上一打圣人，而我的孩子抵得上整
个天堂。但就我所知，他却生活在地狱之中。"

---

① 德拉·罗比亚（Luca Della Robbia，1400—1482），意大利雕塑家，生于佛罗伦萨。此处的婴儿指前文
圣母领报广场上的婴儿雕像。

露西又一次隐隐感觉到这样的谈话不合适。

"在地狱之中,"他重复道,"他不快乐。"

"噢,天哪!"露西说道。

"他这么强壮而富有活力,怎么会不快乐呢?他还想要获得什么呢?想一想他是怎么长大的——不让他受到任何迷信和无知的影响,不让他以上帝的名义去憎恨他人。有了这样的教育,我还以为他一定会快乐地成长。"

露西并不是什么神学家,但她也觉得眼前是个不信教的愚昧老头。她同时觉得她母亲是不会希望她和这种人交流的,夏洛特也一定会强烈反对。

"我们该拿他怎么办呢?"老埃默森先生问道,"他是来意大利度假的,而他的表现——那种样子,就像那个本该玩耍可是被墓石绊了一跤的小孩子。呃?你刚刚说了什么?"

露西并没有提出任何建议。老人突然说道:

"行了,别为这事犯愁了,我并没有要求你去爱我的孩子,但我真的觉得你可以试着去理解他。你和他差不多的年龄,如果你不是太拘谨,我相信你是个通情达理的姑娘。你或许能够帮到我。他几乎不认识任何女性,而你刚好也有时间,你会在这里待上好几周,是吧?不要太拘谨。如果我能够从昨天的事情中看出点什么的话,那就是你很容易犯迷糊。打开心扉,把心底里那些不明白的事情翻出来,将它们摊开在阳光下,弄明白它们的含义。通过理解乔治,你或许能够理解你自己。这对你们俩都有好处。"

对于这段非凡的演说,露西无言以对。

"我只知道他哪里出了问题,但并不知道为什么。"

"哪里出了问题呢?"露西胆怯地问道,心想或许将听到一个凄惨的故事。

"老问题了:不能适应。"

"不能适应什么?"

"尘世间所有的事情。这是真的,就是不适应。"

"噢，埃默森先生，你到底是什么意思？"

老埃默森先生吟诵了一段诗，但他的语调是那么平和，露西差点没有意识到那是诗句：

> "从远方，从黄昏到黎明，
> 空中的风儿从四处吹来，
> 生命的元素编织了我
> 吹到这里：我来了。

乔治和我都明白这个道理，但他为什么会感到沮丧呢？我们都知道自己从风里来，终将回归于风，所有的生命不过是永恒的平和中出现的一个节点、一团纷缠、一点瑕疵。但我们为何要因此而失落呢？我们不如相亲相爱，努力工作，乐在其中。我可不相信这尘世间的悲伤。"

霍尼彻奇小姐表示赞同。

"那就让我的孩子和我们产生同样的想法吧，让他明白在这永恒的问号身边，总有一个肯定的答案——哪怕这个肯定的答案转瞬即逝，但总是有一个的。"

突然间，露西笑了起来，每个人听了都应当发笑。一个大小伙子郁郁寡欢，就因为这个世界不合适，因为生命就像一团纷缠或者像一阵风儿，或者一个肯定的答案，又或者其他的什么东西！

"非常抱歉，"露西大声道，"你也许会觉得我没有同情心，但是——但是——"这时她换成了一种庄重的语气，"噢，但是你的儿子应该找点事干。他有没有什么特别的爱好？对了，我自己也有烦恼，但是我只要坐到钢琴旁，就会忘掉所有的烦恼，而我的弟弟，集邮给他带来了不少好处。也许意大利让他感到无趣，你可以试试阿尔卑斯山区或者英格兰湖区。"

老人的脸上露出悲伤的神情，他用手轻触了一下露西。这没有让露西感到惊慌，她想老人一定是觉得她的主意不错，他这是为此而向她表示感谢。确实，老人不再让露西感到惊慌了，她觉得他是一位善良但迂腐的老人。她现在高昂的情绪就像一个小时前还未丢失旅游指南时一样，心里充满了美的感受。这时，亲爱的乔治穿过墓石向他们大步走来，看上去既可怜又可笑。乔治走到他们跟前，脸被罩在阴影中。他说：

"巴特利特小姐来了。"

"噢，天哪！"露西说了一声，突然感觉自己快要崩溃了，她再一次开始用一种新的眼光审视人生，"她在哪儿？在哪儿？"

"在教堂的正厅。"

"我知道了。那两位多嘴饶舌的艾伦姐妹一定——"她住了嘴。

"可怜的姑娘！"老埃默森先生突然冒出这么一句，"可怜的姑娘！"

她不能放过这句话，因为她感觉自己恰恰就是如此。

"可怜的姑娘？我不明白你这话是什么意思。我可以向你保证，我觉得自己是一位非常幸运的姑娘。我非常快乐，过得非常愉快。希望你们不要浪费时间为我感到悲伤。不要去制造悲伤，这世界上的悲伤已经够多了，不是吗？再见，非常感谢你们的好意。哦，对了！我的表姐现在走过来了。真是个愉快的上午啊！圣十字教堂真是个好地方！"

露西回到了她表姐的身边。

第三章

音乐、紫罗兰和字母"S"

露西觉得日常的生活相当混乱,但是每次她一打开钢琴盖,总能进入一个更加真实可信的世界。这时的露西不再唯唯诺诺,也不再高人一等,不再是一个叛逆者,也不会被任何事物所奴役。音乐王国不属于凡间的王国,它愿意接纳所有被教养、智慧和文化所抛弃的人。普通之人一旦弹起钢琴,便毫不费力地升入天空,我们抬头仰望,会惊叹他怎么就远离了我们,思考着要是他能把自己的愿望转化成人类的语言,把他自己的经历转化为人类的行动,我们该多么崇拜他、喜爱他啊!也许他做不到,当然他并没有这么去做,或者说很少这么去做。露西就从来没有这么做过。

露西算不上一位光彩夺目的演奏家,她弹出的旋律根本不像一串串珍珠,而相比她一样年龄和背景的人来说,她也并没有多弹对了几个音符。她也不是一位热情洋溢的少女,在夏日的夜晚敞开窗户,弹奏出悲怆的乐曲。热情是有的,但这种热情很难加以区分,它游离于爱、恨与嫉妒之间,浸透在最日常的画面中。如果非要说她有什么伟大之处,那也是带有悲怆的成分,她热衷于演奏胜利的乐曲。这是什么样的胜利?取得了什么样的胜利?——日常的生活无法给出答案。但是,谁都无法否认,贝多芬谱写的几支奏鸣曲是悲怆的,但是演奏者却可以决定它们,到底是表达胜利还是表达绝望,而露西认为它们应该是表达胜利。

在一个异常潮湿的下午,露西在贝尔托利尼旅舍可以做一点自己真心喜欢的事。午餐后,她打开了那架蒙着琴罩的小钢琴。有几个人在此停留,夸她弹得好,不过他们发现露西并没有什么反应,于是就各回各的房间去写日记,或午睡去了。她没有注意到老埃默森先生来寻找他的儿子,没有注意到巴特利特小姐来寻找拉维希小姐,也没有注意到拉维希小姐来找她的烟盒。和每一位真正的演奏家一样，露西陶醉于她指间流淌的每一个音符：仿佛是音符在她的指尖被轻轻地抚摸，不单是音乐，还有这轻轻的触碰，激起了露西内心的渴望。

没有人注意到，毕比先生正坐在窗前，他在琢磨霍尼彻奇小姐身上这种不寻常的特质。他想起那次在坦布里奇韦尔斯的相遇，其实早在那时他就发现了她的这种特质。那是一次上层社会款待下层人士的活动，现场坐满了毕恭毕敬的观众。本教区的女士和先生们在教区牧师的主持下，朗诵、歌唱或者模仿着拔出香槟塞子的动作。在节目单上有一项是"霍尼彻奇小姐，钢琴独奏，贝多芬"。毕比先生还在猜想着那会是《阿黛莱德》还是进行曲《雅典的废墟》，这时，贝多芬《第 32 号钢琴奏鸣曲》开头的几个音符响了起来，打断了他的沉思。整个引子的演奏过程，毕比先生一直感到困惑不解，直到后来节奏加快后，他才明白了演奏者的意图。随着开头主题的激越轰鸣，他知道这次演奏一定非同一般。在预示曲终的和弦中，他听到了胜利之锤的撞击。露西只演奏了第一乐章，毕比先生对此很感欣慰，因为他实在无法集中注意力去听那十六分之九拍的复杂乐句。毕恭毕敬的观众毕恭毕敬地鼓起了掌，毕比先生率先以跺脚来表达心意，他只能这么做。

"她是谁？"事后，毕比先生向教区牧师打听。

"是我教区里一位教友的表妹。我觉得她选的这首曲子不太合适。贝多芬的曲子一般简洁而直接，极富感染力，她的选择真是太不寻常了，要说这曲子有什么特点的话，那就是让人心烦意乱。"

"请引见一下。"

"她会非常高兴的。她和巴特利特小姐对你的布道赞不绝口。"

"我的布道？"毕比先生叫了起来，"她为什么要去听布道？"

毕比先生见到露西之后，他就明白了她为什么要去听布道，因为霍尼彻奇小姐离开了她的琴凳后，就只是一个长着一头浓密黑发、皮肤白皙、秀气俊俏、稚气未脱的小姑娘。她喜欢参加音乐会，喜欢来表姐家暂住，喜欢冰咖啡和脆皮蛋酥。毕比先生一点都不怀疑她是真心喜欢听自己的布道，但在离开坦布里奇韦尔斯之前，毕比先生曾对教区牧师说过一句话，而现在当露西合上小琴盖，带着梦幻般的神情向他走来时，他当着露西的面又把那句话重复了一遍：

"如果霍尼彻奇小姐能以演奏时的状态去面对生活，那对于我们和她自己来说，都会是非常激动人心的。"

露西立刻又回到了日常的生活中。

"噢，这真有意思！有人对妈妈也曾经说过同样的话，而妈妈却说她相信我绝不会生活在二重奏的状态中。"

"难道霍尼彻奇太太不喜欢音乐吗？"

"那倒没有，她是觉得无所谓，不过她不喜欢一个人对某个东西过于迷恋，她觉得我对音乐倍感痴迷是愚蠢的。她觉得——我也说不清楚。告诉你，有一次，我说相比较其他任何人的演奏，我最喜欢自己的演奏。她到现在还忘不了那句话。当然，我并不是说自己演奏得很好，我的意思只是——"

"当然。"毕比先生说道，他搞不明白露西为什么要费这么大劲去解释。

"音乐——"露西说，似乎想要找到一种总结性的说法。她说不下去了，转而心不在焉地望着窗外雨中的意大利。南方的生活乱成了一锅粥，而欧洲最优雅的国度此时好像已经变成了杂乱的衣服堆。街道和河流泛起了脏兮兮的土黄色，小桥是脏兮兮的灰色，而小山丘则显出了脏兮兮的紫色。拉维希小姐和巴特利特小姐正躲在某个角落，她们挑了今天这么个下午去参观加洛塔①。

"音乐怎么了？"

"可怜的夏洛特要被淋成落汤鸡了。"露西这样回答。

这次出游完全符合巴特利特小姐的风格，她回来的时候一定疲惫不堪，又冷又饿，裙子邋遢得不像样子，旅游指南被水泡得稀烂，喉咙痒痒的想要咳嗽，但仍要表现得如天使一般。而如果换一个日子，

---

① 加洛塔（the Torre del Gallo），位于意大利佛罗伦萨市的一座古塔，伽利略曾在此做过多次实验。1904—1906 年修复。

全世界都在欢声歌唱，空气如美酒般清甜，巴特利特小姐倒是不愿意离开会客室，她会表示自己年纪大了，不适合与一个精力充沛的姑娘为伴。

"拉维希小姐把你表姐带偏了路。我想，她是希望在雨中找到真实的意大利。"

"拉维希小姐就是与众不同。"露西嘀咕道。这是一句客套话，"与众不同"可是贝尔托利尼旅舍在下定义方面的最高境界。拉维希小姐真是太与众不同了。毕比先生对此有所疑惑，但是别人会觉得那是因为他受到牧师身份的限制。因为这个，还有其他的种种原因，毕比先生保持了沉默。

"听说拉维希小姐正在写一本书，"露西又说，语气中带点儿肃然起敬，"这是真的吗？"

"他们确实是这么说的。"

"那是一本什么书？"

"是一本小说，"毕比先生答道，"关于当代意大利的。我建议你还是去请教一下凯瑟琳·艾伦小姐，在我认识的所有人里，她是最能说会道的。"

"我希望拉维希小姐能够亲口告诉我。我们一认识就成了好朋友，但我觉得那天上午她不该带着我的旅游指南跑得没了影。夏洛特发现我差不多就一个人在那儿的时候非常恼火，而我也忍不住对拉维希小姐有点生气。"

"不管怎么说，两位小姐已经重归于好了。"

巴特利特小姐和拉维希小姐，这两位性格看上去天差地别的女士竟突然成了一对好朋友，毕比先生对此很是好奇。她们俩总是黏在一起，而露西倒成了被忽略的第三者。他觉得自己对拉维希小姐较为了解，但巴特利特小姐或许还有不为他所知的一面，虽然也许并没有多大意义。难道是意大利让她改变了充当监护人的古板形象？而这正是他早在坦布里奇韦尔斯就认定的她的角色。毕比先生一直都乐于研究未婚女士，这也是他的专长，而且由于工作的性质，他有足够的机会开展自己的研究。露西这样的年轻姑娘固然赏心悦目，但由于某些更加深层次的原因，毕比先生对女性的态度有点儿冷淡，他宁肯对她们产生兴趣而不愿意被迷得神魂颠倒。

露西已经是第三次提到可怜的夏洛特会被淋成落汤鸡了。阿诺河的水位随着雨水涨了上来，冲走了河滩上马车的痕迹，但是西南方向出现了一团黄色的迷雾，这预示着天气如果不是变得更糟的话，那就是要转晴了。露西打开窗户想看个仔细，一阵冷风钻进了屋内，艾伦小姐刚巧在这时打开房门走进来，不禁发出了一声悲叹。

"哎哟，亲爱的霍尼彻奇小姐！你会着凉的！而且毕比先生还在这里呢！谁会想到这里竟然是意大利呀？我的姐姐竟然还需要抱着热水罐呢，设施不行，伙食也不怎么样。"

她忸忸怩怩地走向他们，坐了下来。只要房间里有一位男士或者有一位男士和一位女士，艾伦小姐进去的时候总会感到不自在。

"霍尼彻奇小姐，我刚才在自己的房间里，房门还关着，但还是能听到你美妙的琴声。房门都关严实了，这是非常有必要的。这个国家没有一点点隐私的概念，而且这种习惯还相互传染。"

露西作出了得体的回答。毕比先生没法和女士们分享他在摩德纳①的一番奇遇，当时他正在洗澡，打扫房间的清洁女工就径直闯了进来，还笑嘻嘻地嚷着："没事儿的，我岁数大了。②"于是毕比先生只好说："艾伦小姐，我非常同意你的观点。意大利人真是太不讨人喜欢了。他们四处打听，到处探看，我们自己还不知道想要什么，他们倒已经知道了。我们只有听任他们摆布，他们探听我们的想法，预知我们的愿望。从马车夫到——到乔托，他们把我们一眼望到底，而我对此深恶痛绝。但在他们心里，实际上他们是——多么肤浅啊！他们根本没有精神生活这个概念。贝尔托利尼太太说得多有道理啊，她那天向我嚷道：'嚯，毕比先生，你要是知道我在孩子们的教育上

---

① 摩德纳（Modena），意大利北部城市，摩德纳省省会。意大利传统工、农业重镇，也是意大利风景游览胜地和历史文化名城之一，拥有"美食天堂""引擎之都"的美誉。
② 原文为意大利语。

遭了多大的罪就好了。我绝不会让一个啥都解释不清楚的意大利蠢货来教我的小维多利亚的！'"

艾伦小姐没有听明白，但是她意识到毕比先生可能是在善意地调侃她。她的姐姐对毕比先生略感失望，她原本指望这个长着赤褐色络腮胡的秃头牧师会有点与众不同。确实，谁又能设想，在这个有着军人风范的牧师身上还有着宽容、同情和幽默感呢？

艾伦小姐感到较为满意，但仍觉得不自在。最后，不自在的原因总算弄明白了。从她坐着的椅子下面，艾伦小姐翻出了一个炮铜制的烟盒，烟盒上的姓名首字母 E.L.① 已经变成了青绿色。

"那是拉维希的，"牧师说道，"拉维希，这个人是不错，不过我还是希望她可以改抽烟斗。"

"噢，毕比先生，"艾伦小姐又惊又喜，"确实，对她来说，吸烟非常糟糕，不过也并不像你想的那么糟糕。她用毕生心血完成的作品在一次塌方中被毁了，那时，她是几乎绝望了才开始抽烟的，因此，她吸烟还是比较情有可原的。"

"那是怎么一回事？"露西问。

毕比先生很得意，身子往椅背上一靠，艾伦小姐开始了她的讲述：

"那是一部长篇小说——而据我猜测，那恐怕并不是一部很优秀的小说。有才华的人误用了自己的才华是多么可悲啊，我不得不说那些人几乎总是滥用他们的才华。不管怎样，她把近乎完工的作品留在了阿马尔菲的卡普奇尼旅馆，放在耶稣受难的神龛里，自己出门去买一点墨水。她说：'请给我拿一点墨水。'但你知道意大利人的做事风格的，而就在这时，神龛'轰'的一声倒在了海滩上，而最悲惨的是她都不记得自己写了些什么。可怜的拉维希小姐随后便得了一场重病，忍不住吸起了烟。这可是个大秘密，但我很高兴的是她现在正在写另一部小说。不久前的一天，她告诉特雷莎和波尔小姐，她已经搜

① 此处为埃莉诺·拉维希（Eleanor Lavish）姓名的首字母。

集到了本地的各种资料——这是一部关于当代意大利的小说，而那一部写的是历史上的意大利——但她必须先有了灵感才能开始创作。一开始，她去佩鲁吉亚寻找灵感，随后又来了这里——这秘密可千万不能传出去。她经历了这一切，现在是多么开心！所以我觉得，每个人身上都有值得称道的方面，哪怕你并不认同他们。"

虽然她这么说有点违心，但艾伦小姐总是这么善良。她前言不搭后语的话儿散发出一种微妙的怜悯之情，反而带上了一种意料之外的美感，正如秋日萧瑟的树林散发出的阵阵气息，让人忍不住会想起春天。她觉得自己真是太偏袒拉维希小姐了，便匆忙为自己的袒护而致歉。

"不管怎么说，拉维希小姐有点儿——我不得不这么说，太不像一位女士了，不过，埃默森父子来这里的时候，她表现得特别奇怪。"

听到艾伦小姐开始谈起了一桩轶事，毕比先生脸上不禁露出了微笑。他知道只要有男士在场，艾伦小姐是绝不会把故事讲完的。

"霍尼彻奇小姐，不知道你是否注意到，那位长着满头金发的波尔小姐喜欢喝柠檬水。那位老埃默森先生说话非常奇怪——"

艾伦小姐嘴巴张得老大，不再说下去了。毕比先生精于社交，便出去吩咐上一些茶水，于是艾伦小姐赶忙低声对露西继续说道：

"胃①。他提醒波尔小姐要注意自己的胃——胃酸，他是这么说的——也许他的本意并不坏。不得不说当时我控制不住自己，笑了起来，这事实在太突然了。特雷莎说的没错，这种事一点也不好笑，关键是拉维希小姐一听到这个 'S' 开头的词就被吸引住了，表示自己就喜欢这种通俗易懂的大白话，喜欢接触不同层次的想法。她把埃默森父子当作了流动商贩——当时她用了'贩子②'这个词——整个晚餐期间，她都在试图证明我们伟大而亲爱的祖国英格兰就完全是建立在商业这个基石上的。特雷莎对此非常恼火，在奶酪还没上桌前就

---

① 胃（stomach），其英文首字母对应本节标题的 "S"。
② 原文为 "drummer" 一词，为俚语。

离开了，并且指着桂冠诗人丁尼生勋爵漂亮的画像说道：'跟我比起来，拉维希小姐，那位先生更能驳倒你。'这时拉维希小姐回击道：'啧啧！那些维多利亚时代早期的人士！'你想想她这话！'啧啧！那些维多利亚早期的人士！'我姐姐已经走开了，我觉得我必须回击一下。我说：'拉维希小姐，那我就是维多利亚时代早期的人士，也就是说，无论如何，我不能忍受你对我们敬爱的女王的轻蔑。'这样说话太可怕了。我提醒她尽管女王当时并不想去视察爱尔兰①，但最后还是去了，这让拉维希小姐一时目瞪口呆，哑口无言。但不幸的是，埃默森先生碰巧听到了这段对话，于是用他低沉的嗓音插话道：'正是这样！正是这样！因为她那次爱尔兰之行，我尊重那个女人。'那个女人！我不善于叙事，但你可以明白，到这一步事情该有多糟乱了，而这一切都是因为一开始提到的那个'S'。但这事还没完，晚餐后，拉维希小姐竟然走过来跟我说：'艾伦小姐，我要去吸烟室和那两位可爱的先生聊天了，你也一起来吧。'不用说，我当然拒绝了这个不合理的邀请，而她竟然无礼地告诉我这能开拓我的视野，还说她有四个兄弟，除了一个在军队服役以外，其他的都在大学工作，他们都非常重视和流动商贩们聊天交流。"

"后面的故事，就让我来讲完吧。"毕比先生已经回来了。

"拉维希小姐试图说服我、波尔小姐，还有大家都去吸烟室，但没有成功，她最后宣布：'那我就自己去了。'于是她独自去了吸烟室，结果刚去了五分钟，她就带着一块绿色绒面板悄悄回来了，然后独自玩起了单人纸牌。"

"到底发生了什么？"露西嚷道。

"没人知道，也永远不会有人知道。拉维希小姐绝不敢说出来，而埃默森先生觉得不屑一提。"

"毕比先生——老埃默森先生，他到底是好人还是坏人？我真的

---

① 1845—1850 年间爱尔兰发生大饥荒，由于英国统治者不作为，饥荒导致爱尔兰人口锐减四分之一，时任英国女王维多利亚因此饱受批评。

想弄明白。"

毕比先生笑了，并表示她应该自己解答这个问题。

"不，这个问题太难了。有时他显得很傻，我也不在乎。艾伦小姐，你是怎么想的？他是个好人吗？"

艾伦小姐摇了摇头，不以为然地叹了口气。毕比先生觉得这种对话很有意思，便继续逗她，说：

"艾伦小姐，我觉得自从那次紫罗兰事件后，你一定会把他归为好人一类。"

"紫罗兰事件？噢！天哪！是谁把紫罗兰那件事告诉你的？这事怎么会传出去的？旅舍真是个传播流言蜚语的好地方。不，我忘不了在圣十字教堂伊格先生讲解时他们的表现。噢，可怜的霍尼彻奇小姐！这真是太糟糕了。不，我彻底改变主意了。我不喜欢埃默森父子。他们不是好人。"

毕比先生无动于衷，微微一笑。他曾好心地要将埃默森父子引进贝尔托利尼旅舍的社交圈子，但是这种努力失败了。他几乎是唯一一个仍然友善地对待埃默森父子的人了。拉维希小姐，这位代表了聪明才智的女士，曾明确表示对他们的敌视。而现在，艾伦小姐这位良好教养的代表，也追随了拉维希小姐。而巴特利特小姐，因为欠了他们的人情而感到烦恼，也几乎不会对他们友好的。至于露西，她的情况跟她们不一样，她曾含糊地将自己的圣十字教堂之旅告诉了毕比先生，毕比先生猜测埃默森父子或许曾联合起来，用一种独特的方式拉拢她，想让她从他们与众不同的角度去看待世界，让她对他们特有的悲伤和欢乐产生兴趣。这是非常无礼的。他不希望由一位年轻的姑娘去推动他们的事业，与其如此，他宁愿他们失败。毕竟他对埃默森父子一无所知，而旅舍里的悲伤和欢乐根本微不足道，而露西，她可是他教区的教友。

露西漫不经心地看着窗外的天气，最后表示她觉得埃默森父子是好人。这并非因为她在他们身上又有了什么新的发现。连他们晚餐时的座位都已经被调换了。

"但是亲爱的，他们没有在半路上拦住你，要你跟他们一起出去，是吧？"艾伦小姐探询道。

"只有一次，夏洛特并不高兴，还说了几句话——当然，是很有礼貌的话。"

"她这么做是最正确的。他们不懂我们的处事方式，他们应该去找他们那个层次的人。"

毕比先生倒是觉得他们是找了低于他们层次的人。他们已经放弃了努力——如果这算得上是努力的话——去融入社交圈了，所以现在老埃默森先生已经几乎和他的儿子一样沉默寡言了。毕比先生琢磨着是否要在他们离开前安排一个愉快的日子——也许是一次出游，让露西在她监护人的陪同下，能够友好地对待父子二人。毕比先生主要的乐趣之一就是为人们留下美好的回忆。

他们就这样闲聊着，不知不觉，傍晚逐渐降临，空气变得清新，树林和山丘的颜色变得纯明，阿诺河水也不再浑浊，远远望去波光粼粼。云层中泛出几道蓝绿色的晚霞，几束微光透过水雾照射下来，水滴在圣米尼亚托大殿①的立面流淌下来，在夕阳中发出耀眼的光芒。

"现在出去太晚了，"艾伦小姐松了口气说道，"所有的画店都关门了。"

"我还是想要出去，"露西说，"我想乘着环城电车在城里兜一圈——就站在驾驶员旁边的平台上。"

她的两位同伴表情凝重。毕比先生觉得巴特利特小姐不在露西身边，自己有责任照顾她，便试探着说：

"我真希望我们能出去。不巧的是，我有几封信要写。如果你真的想独自出去的话，步行不是更好吗？"

"亲爱的，你知道意大利人是什么样的。"艾伦小姐说道。

"或许我能遇见一个能把我的内心完全彻底看透的人呢！"

---

① 圣米尼亚托大殿（San Miniato），罗马天主教的宗座圣殿，意大利最美丽的教堂之一，坐落在佛罗伦萨的制高点之一，被誉为托斯卡纳地区最好的罗曼式建筑。

　　但他们看上去仍不赞同，于是露西便只好对毕比先生做出一点让步，表示自己只是去游客常去的街上，稍微散一会儿步。

　　"她根本就不应该出去。"毕比先生说道。他们从窗口望出去，看着露西。"其实她自己心里也知道。我觉得她这是贝多芬的作品弹得太多了。"

第四章

第四章节

毕比先生说得没错。只有演奏过音乐之后，露西才最明白自己想要什么。她并没有真正理解牧师含蓄的劝告，也没有听出艾伦小姐话里有话。只是比起枯燥的聊天，她想做些更有意义的事情。她觉得，也许在大风呼啸的电车站台上，她就能遇上这样的事儿啦。

但她也许并不会去主动尝试这样的事，因为这可不是淑女行为。为什么？为什么这世间有趣的事情十有八九都不合"淑女行为"？夏洛特曾经这样给她解释：这一切并不是因为男尊女卑，而是因为男女有别。女性的使命在于激励他人去取得成就，而不是成就自己。因此，女性只要表现得体，无损名望，就能间接地大有成就了，相反，一旦她亲自出马，便立马会被千夫所指，招致他人鄙视，最终落得个籍籍无名的悲惨下场。古往今来以此为题的诗歌可是数不胜数。

中世纪时代的女人，脑袋里有着不少一成不变的观念。骑士战恶龙的时代虽说早就一去不复返了，但她的灵魂还是在我们的身边挥之不去。她俨然维多利亚时代的城堡女主人，乃至那个时代歌谣中的女王。要是能在忙碌的间隙保护好她，对她精心准备的晚餐赞不绝口，那自然是再好不过了。可是，天哪！她也"堕落"了。她的心中也会升腾起莫名的渴望，她又何尝不喜爱那呼啸的狂风、辽远的美景、无垠的大海呢！她心中的理想世界是这样的：财富遍地，美景无边，还有无尽的战乱纷争。这个世界嵌着一层金碧辉煌的外壳，中心则是直冲云霄的熊熊烈焰。在她的想象中，男人们都在她的激励之下安居乐业，和谐共处，他们感到无比快乐，并非因为自己具有阳刚之气，而仅仅是因为自己活着。在这一切落幕之前，她也想放弃自己"永恒的女人"这一头衔，短暂地做回真正的自己。

露西可不是那种中世纪的女人，那不过是在某些庄严肃穆的时刻她必须抬头仰望的理想典范，她也没有任何系统的叛逆行为，只是时常出现的规矩约束特别惹她不开心的时候，她会犯一下规，内心对自己的行为也许会产生几分负罪感。今天下午，她感到格外焦躁，她特别想去做点"卫道士"们不赞成她做的事情，因为不坐电车，她就去了那家阿里纳利艺术品商店。

在店里，她买了一幅波提切利所作《维纳斯的诞生》的复制品，之前巴特利特小姐曾劝她不要买这张，因为本来那么美好动人的维纳斯却令人遗憾地把这幅画给毁了。（艺术之中所谓令人遗憾之处当然是指裸体了。）她还买了些别的图片，包括乔尔乔内的作品《暴风雨》《小铜像》[①]，以及西斯廷大教堂的几幅壁画和雕像《刮擦者》[②]。随后，她略感平静，又买了安杰利科的《圣母加冕》，乔托的《圣约翰升天》，还买了一些德·罗比亚的婴儿像和基多·雷尼的圣母像。露西的艺术品位十分正统，因此对名门大家的作品一概全收。

尽管露西已经花掉了快七个里拉，但是自由之门似乎还未向自己敞开。她感受到了内心的不满，这种感受对她来说是前所未有的。"这个世界上必定到处都有美好的事，"她想，"要是我能遇到就好了。"难怪霍尼彻奇夫人对音乐不以为然，宣称音乐总是搅得她女儿好发脾气，还把她变得这么不切实际与敏感多愁。

"我什么也没遇上。"她一边想着，一边走进了主权广场，漫不经心地欣赏着眼前这些她目前已相当熟悉的美妙雕像。巨大的广场笼罩在阴影之中，今天的阳光迟迟不来，乌云一直没有散去。暮色里，海神半神半鬼　般，成了一个樟糊不清的幻影，他守护的喷泉梦幻般地洒向池边闲逛的人们。另一旁的佣兵凉廊有三个入口，入口看上去就像洞穴，而洞穴的里面就是诸神的居所，阴郁而不朽的诸神注视着进进出出、来来往往的芸芸众生。这是梦幻的时刻——在这一刻，虚无

---

① 《小铜像》（Idolino），意大利佛罗伦萨一个著名的青年人铜像，作者佚名，以其波浪纹头发、安详的神态和优美的面部表情著称。
② 《刮擦者》（Apoxyomenos），大理石雕像，刻画了一名年轻的希腊运动员在竞技活动后擦拭肢体上汗渍的样子。1849年在罗马出土了公元一世纪的罗马复制品，原作为约公元前320年创作的青铜像。

缥缈的万物都变得真切无比。此时此地，若有一位长者驻足，也许他会觉得此生业已圆满无憾。然而，露西心中还有更多的渴望。

她充满期待地凝望着领主宫的塔楼，它就像一根粗硕的金柱，冲破四周的黑暗，直插云霄。它看上去不再像一座塔楼，甚至不再像是矗立在地面，而是某种高不可攀的珍宝，在宁静的苍穹之中微微颤动。露西仿佛是被它的光芒给催眠了，等她收回目光往回走的时候，这光芒依然在她的眼前舞动。

接着，真的发生了一件非凡之事。

佣兵凉廊的旁边，两个意大利人正在为一桩债款争吵不休。"五个里拉，"他们大声嚷嚷着，"五个里拉！"吵着吵着，他们开始动起了手脚，其中一个人的胸口挨了轻轻的一击。他皱起了眉头，神色异常，朝着露西的方向弓起身子，就像有什么重要的事情要对她说。他刚一张嘴，一股殷红的鲜血从双唇间流出，顺着他没剃净胡须的下巴流淌下来。

事情就是这样。人群从暮色中蜂拥而来，把这个不同寻常的家伙挡在了露西的视线之外，他们把他抬到了喷泉那里。乔治·埃默森先生恰好就在离现场几步之外的地方，他隔着刚刚那人所在的地方望着露西。真是太奇怪了！这种隔着东西看人的感觉。露西看到他时，只看到一个模糊的人影，那座宫殿也开始变得模糊了，它在她的头顶摇摇晃晃，然后就轻轻地、缓缓地、无声无息地，连同天空一起崩塌了下来。

她心里纳闷："噢，我这是怎么了？"

"噢，我这是怎么了？"她喃喃自语着，睁开了双眼。

乔治·埃默森的目光仍旧停留在她的身上，但现在没有隔着任何东西。她刚刚还抱怨生活枯燥无趣，瞧瞧现在！有一个男人刚刚被捅伤，还有一个男人此刻正将自己抱在怀里。

他俩现在坐在乌菲齐美术馆①的台阶上，她一定是被他抱到这儿

① 乌菲齐美术馆（Uffizi Arcade），佛罗伦萨市内意大利乃至欧洲最重要的美术馆之一，馆藏10万多件展品，包括波提切利、达·芬奇、米开朗琪罗、提香等众多著名艺术家的作品。

来了。她开始说话，他站起身来，掸了掸膝盖上的尘土，而她还在一遍遍念叨着：

"噢，我这是怎么了？"

"你晕倒了。"

"我——真对不起。"

"你现在感觉如何？"

"我很好——彻底好了。"她点了点头，脸上露出微笑。

"那我们回去吧，在这儿停留下去没什么意义。"

他伸出一只手来，想拉她起来，可她却装作没看到一样。喷泉那边的喧闹声——一直没有停下来过——空荡地在广场上回响，整个世界显得一片惨白，失去了它原本的意义。

"你真是太好了！要不是你，我可能就摔伤了。不过现在，我已经没事了，我能一个人走回去，谢谢你。"

他的手仍然向她伸着。

"哎呀，我的画片！"她突然惊叫起来。

"什么画片？"

"我在阿里纳利买了些画片，我一定是把它们丢在广场上了，"她小心翼翼地看着他，"能不能麻烦你再帮我一个忙，帮我把画片拿回来。"

他愿意帮这个忙。可是他刚一转身，露西就带着疯子一般的狡黠站起身来，偷偷地顺着凉廊向阿诺河边走去。

"霍尼彻奇小姐！"

她一只手捂着心口，停下了脚步。

"你安静地坐一会儿吧！你现在这样不适合一个人走回去。"

"不，我好了，可以一人走回去。感谢你的关心。"

"你还没好，不然你为什么要偷偷溜走呢？"

"但是，我宁愿——"

"那我就不去帮你捡画片了。"

"我宁愿一个人待着。"

他不由分说道："那个人死了——那人多半是没命了。你就坐在这儿，好好歇一会儿。"她有点不知所措，但还是照做了。"我回来之前，你就坐在这里，哪儿都别去。"

远远地，她看到一些戴着黑风帽的人，一切宛如梦中场景。领主宫的塔楼告别了落日的余晖，与大地浑然一体了。埃默森先生从暮色沉沉的广场回来之后，她又该对他说些什么呢？那个念头又回荡起来："噢，我这是怎么了？"——她觉得，她，还有那个即将死去的人，已经到达了精神世界的彼端。

他回来了，露西和他谈起了这桩凶杀案。说起来有点奇怪，这个话题居然很容易就开启了。她聊起意大利人的性格，聊起五分钟之前害得她晕倒的那一场意外，她变得几乎喋喋不休。她身体健康，因此很快就克服了晕血。不用他帮忙，她就自己站了起来，虽然内心紧张得就像扑腾的小鸟，她还是顽强地朝着阿诺河的方向走去。有一位车夫向他们招揽生意，他们拒绝了。

"你说说看，凶手居然还想亲吻他——意大利人可真是奇怪啊！——然后向警察投案自首了！毕比先生说意大利人无所不知，但是在我看来，他们幼稚得很。昨天我和表姐在皮蒂宫 ① 的时候——哦，那是什么东西？"

他刚将什么东西扔进了河里。

"你把什么东西扔河里了？"

"一些我不想要的东西。"他好像有点气恼。

"埃默森先生！"

"怎么了？"

"我的画片呢？我的画片在哪？"

他没有接话。

"我觉得你刚刚扔掉的就是我的画片！"

---

① 皮蒂宫（the Pitti Palace），佛罗伦萨最宏伟的建筑之一，原为美第奇家族的住家，建于 1487 年，16 世纪由阿马纳蒂扩建，正面长 205 米，高 36 米，砌以巨大的粗制石块，唯一的装饰是底层窗户支架之间的狮头雕像。

"我不知道该拿它们怎么办。"他提高了嗓门，听着就像个急躁的小男孩。第一次，露西因为他而心头一热。"画片上沾了血迹。嗨！能把真相告诉你，我真是太高兴了。刚刚我们在聊天的时候，我一直都在想着该拿它们怎么办才好。"他指了指阿诺河下游的方向。"现在，它们飘走了。"河水在桥下卷起了漩涡。"虽然听着愚蠢幼稚，但它们真的给我心里添堵，我想它最好还是漂到海里去比较好——我也不知道。我也许只是想说这些画片让我害怕吧。"这时候，那个焦虑的男孩子又变回了成熟的男人。"刚刚发生了这么大一件事，我现在必须清醒着点。我说的并不是那件命案。"

露西意识到，她必须制止他，不能让他再说下去了。

"事情已经发生了，"他又说了一遍，"我是说我得弄清楚是怎么回事。"

"埃默森先生——"

他转身面对她，皱起了眉头，似乎他自己的思绪被她打断了一样。

"在我们回到旅店之前，有一件事我想请求你。"

他们离旅店已经很近了。她停下来，双肘倚着河岸的护堤，他的动作跟她一样。有些时候，两个人会神奇地做出相同的动作，这往往象征着双方之间永恒的情谊。她稍微挪动了一下手肘，然后说：

"我刚刚的行为很可笑。"

他还沉浸在自己的思绪里。

"这是我有生以来最感羞耻的事情了，我完全不知道自己究竟是怎么了。"

"我自己都差点昏倒了。"他这么说，但是露西却感觉到她刚才的态度令他感觉不爽。

"好吧，我该向你郑重道歉。"

"哦，没什么大不了的。"

"还有——这才是重点——你知道大家喜欢说三道四，特别是女人们，我担心——你明白我的意思吗？"

"不好意思，我不明白。"

"我是说，你能不能别把这事告诉任何人，我是说我的这种愚蠢的行为？"

"你的行为？噢，好的，没问题——没问题。"

"非常感谢你！还有，可否请你——"

她没法继续请求下去了。阿诺河从他们脚下匆匆流过，夜幕正在降临，湍急的河流漆黑一片。他把她的画片扔进了河里，然后又告诉了她他为什么要那么做。她猛然醒悟，根本别指望这家伙身上有一点儿"骑士精神"。他不会散播流言来中伤她，他是值得信赖的，他聪明过人，而且还心地善良。也许，他甚至还对她有很好的印象。但是，他没有那种"骑士精神"，敬畏之心不会改变他的想法，也不会改变他的行为。对着他说"可否请你……"然后希望他能心领神会接过去帮你把话说完，希望他像那张美丽画片上的骑士那样，在赤身裸体的她面前避开目光，根本是异想天开。他曾经抱过她，他会记得，如同他不会忘记她从阿里纳利店里买来的画片上沾满了血迹一样。逝者已逝，而生者亦有新的境遇：对现在的他们而言，人品将决定未来，曲折坎坷的青春业已取代了简单纯真的童年。

"好吧，非常感谢你，"她又说了一遍，"有些事情发生得太快了，随后人们就像什么都没有发生一样，照旧生活。"

"我可不是。"

内心的焦虑促使她又追问了一句。

他的回答让人摸不着头脑："我也许想活下去。"

"埃默森先生，你说什么？这是什么意思？"

"我说，我想活下去。"

她的双肘靠着护堤，凝望着阿诺河，水流潺潺，好似在弹奏着某个意想不到的旋律。

第五章

一次愉快出行的可能性

家族里流传着这样一句话："你永远不知道夏洛特·巴特利特接下来要做什么。"在露西略有删减的叙述之后，夏洛特对露西的冒险奇遇表示很理解也很高兴，还对乔治·埃默森先生的好心相助给予了恰如其分的赞赏。其实，她和拉维希小姐也经历了一番冒险。在回来的路上，她们在税务站门口被人拦了下来，年轻的税务官们无礼又无聊，居然还想搜她们的手提袋，看看里面有没有吃的。这真是太扫兴了，幸好拉维希小姐无论对付什么人都是得心应手的。

不管是祸是福，现在露西都得独自去面对自己的问题。无论是先前在广场，还是后来在阿诺河边，她的那些朋友都没有看到过她。没错，毕比先生在晚饭时是见到了她惊慌的眼神，他再一次告诉自己，她这是"贝多芬弹得太多了"。但是，他至多能想到露西是准备去冒险，却未曾想到她已经有过冒险的经历了。这种孤独令她感到压抑，因为她一直习惯于与别人分享自己的所思所想，不论是得到赞许还是反对，而现在，不知道自己的想法是对是错，令她惴惴不安。

第二天吃早饭时，她终于采取了果断的行动。有两个选择摆在她面前。毕比先生打算同埃默森父子以及几位美国女士步行去加卢塔，巴特利特小姐和霍尼彻奇小姐愿不愿意一同前往？夏洛特自己已经婉拒了，前一天，她已在那儿淋了一下午的雨。但她觉得，对露西来说，这个主意相当不错，因为今天上午巴特利特小姐得把购物、兑钱、取信和其他琐事都给解决掉——她一个人处理这些事情绰绰有余了，而这些恰恰是露西最讨厌的。

"别啊，夏洛特！"她大声地说，语气认真极了，"毕比先生好心好意邀请了我们，你要是不去，那我肯定也不去。我还是宁愿我俩在一起。"

"很好，亲爱的。"巴特利特小姐说。她心里很高兴，脸颊微红，这倒是让露西感到不好意思，因此她的脸颊更红。一直以来，她对待夏洛特真是太差劲了！不过从现在开始，她就要改变自己。今天上午，她会一直好好待她。

她挽起她表姐的胳膊，沿着阿诺河走去。这个早晨，阿诺河水势汹涌，其势、其声、其色均宛如水中雄狮。巴特利特小姐执意要将脑袋探出护墙，去欣赏一下河流，然后又说出了那句她常常挂在嘴边的话：

"要是弗雷迪和你妈妈也能看到这些，那该多好啊！"

露西感到烦躁不安。夏洛特真是烦人，她现在所在的地方恰巧就是她昨天停留的地方。

"瞧瞧你，露西！哦，你是在想去了加卢塔的那些人吧！希望你不会因为你的选择而后悔。"

这个选择是很郑重的，露西并没有为此后悔。昨天的经历是一团乱麻——稀奇古怪，这种事情用文字轻易描述不出来——但她感觉，跟夏洛特一块儿去购物要比和乔治·埃默森一起去加洛塔好多了。既然心头的乱麻无法解开，那她必须小心谨慎，可别再被缠进去了。这样一想，她就能坦诚地对夏洛特的言下之意提出抗议了。

但是，尽管她避开了昨天的男主角，不幸的是，昨天的场景依然存在。就好像命中注定的一样，夏洛特沿着阿诺河一路走来，又把她带回到了主权广场。以前她从不觉得，这些石头、凉廊、喷泉、领主宫的塔楼会对她有什么不一样的意义，就在那一刻，她一下子就领悟了鬼魂的含义。

此刻，昨天发生凶杀案的地方站着的可不是鬼魂，而是手里拿着晨报的拉维希小姐。她欢快地向她们打招呼，昨天那场可怕的灾难激发起了她的创作灵感，她觉得能以此为素材写成一本书。

"哦，那我可得好好祝贺你！"巴特利特小姐说，"昨天一整天，你是那么失望！今天就交上好运啦！"

"啊哈！霍尼彻奇小姐，请你过来一下！我可真走运，现在，请你从头开始一字不落地给我讲讲你看到了什么吧。"

露西拿阳伞戳了戳地面。

"不过，也许你不愿意讲？"

"不好意思——如果你不是非听不可的话，我想我还是不讲了吧。"

两位女士对视了一下，那眼神里并没有不赞许。一个小姑娘对此感到很沉重，那也在情理之中。

"不好意思的应该是我，"拉维希小姐说，"我们搞文学创作的脸皮都很厚，只要是人心底的秘密，没有什么是我们不想去打探的。"

她兴致勃勃地往喷泉那边走了几个来回，进行了几次实地测量，接着她说，为了收集素材，她从上午八点钟到现在就一直在这里。大部分的素材都是不能用的，不过当然啦，作家总可以加以调整嘛。如果那两个男人原本是为五法郎而发生的争执，在她的改编里，五法郎将被更改成一位女子，这样一来，悲剧的色彩就更浓烈了，同时，情节也将变得更加精彩。

"女主角叫什么名字？"巴特利特问。

"丽奥诺拉。"拉维希答道，她自己的名字是埃莉诺 ①。

"我真心希望她是个好人。"

这个愿望一定不会被忽略的。

"故事情节是什么样的呢？"

故事的情节有爱情、谋杀、拐骗和复仇。朝日微凉，泉水四溅，人潮涌动，故事就在这样的场景中徐徐展开。

"希望你们不要介意我这样啰嗦，"拉维希最后说，"和谈得来的人交谈总是让人忘记时间。当然了，这只是一个最粗略的提纲，还要加入很多的风土人情，对佛罗伦萨及附近地区的描写，我还要添加几个有趣的角色。我得提前告诉你们：对于英国游客，我的笔可是毫不留情的哦。"

"噢，你这个坏女人！"巴特利特小姐说，"我敢肯定，你说的一

---

① 埃莉诺（Eleanor），在意大利语中，利奥诺拉（Leonora）是埃莉诺（Eleanor）的简称。

定是埃默森父子。"

拉维希小姐的脸上露出了狡黠的笑容。

"我承认，在意大利，我不怎么同情英国同胞。那些不为人重视的意大利人对我才有吸引力，我要竭尽全力去描绘他们。我一直秉持并非常强烈地宣扬这样一种观点：像昨天这样的悲剧，并不因为是发生在平民百姓身上就削弱了它的悲剧之美。"

在拉维希小姐发表完她的高论之后，有了一阵恰到好处的安静。接着，这对表姐妹预祝她写作成功，然后她们慢慢走开，穿过了广场。

"她是我心目中那号绝顶聪明的女人，"巴特利特小姐说，"她刚才最后的那番话，我特别赞同，这故事一定能成为了不起的悲情小说。"

露西没有异议。眼下，她最大的希望就是自己别被她写进小说。今天早上，她的预感十分强烈，她觉得拉维希小姐特别想把她塑造成天真烂漫的少女。

"她这个人很开放，这个词用在她身上没有一丁点贬义在里面，"巴特利特缓缓地继续说，"只有浅薄无知的人才会对她大惊小怪。昨天，我们天南海北地聊。她相信正义、真理和人情味。她还对我说，她很看好女性的命运——伊格先生！啊，太好了！真没想到能在这儿遇到你！"

"啊，我倒是并不意外，"牧师温和地说，"我看到你和霍尼彻奇小姐在这儿已经有好一会儿了。"

"我们刚才在和拉维希小姐聊天。"

他皱起了眉头。

"我看到了。你们真的是在聊天？快走开！① 我可没空！②"最后那两句是对着兜售照片的小贩说的，那小贩面带谦恭的微笑。"我想冒昧地提个建议。这一周我们准备哪一天驾车去山里游玩，不知你和霍尼彻奇小姐是否愿意同去呢？我们可以从菲耶索莱出发，然后从

---

① ② 原文为意大利语。

塞蒂尼亚诺回来。路上我们可以在某个地方下车，在山上逛上一个钟头。从那儿远眺佛罗伦萨，风景是最美的——比从菲耶索莱那儿看过去的平常景致可要强多了。阿莱西奥·博多维纳蒂 [1] 画作中对此处风景情有独钟。此人对风景有独到的感觉，是独到的。但是现如今，谁又会来这儿看风景呢？哎，这世界真是难以理解哪！"

巴特利特小姐从未听说过阿莱西奥·博多维纳蒂，但她知道伊格先生可不是一位普通的牧师。他是那些在佛罗伦萨定居下来并以此为家的那群外来者中的一员，他们认识那些出门从来就不带旅游指南的人，认识那些已经学会了午饭后小憩一会儿的人，也认识那些能够带着房客到闻所未闻的地方去旅行、并利用私人关系去参观不对公众开放的画廊的人。他们深居简出，有的租住在家具齐全、装修精致的套间，有的则居住在菲耶索莱山坡上文艺复兴时期留下来的别墅里，他们读书、写作、研究、讨论，因此对佛罗伦萨无所不知，或者说是了如指掌，那可是兜里揣着库克旅行社旅游指南的游客们永远都别想达到的境界。

所以说，能得到这位牧师的邀请着实是件值得自豪的事情。他经常是那个唯一能将自己身边的两群羔羊拢到一处的人，他经常公开宣称，他会从流动的羊群中挑选出一些看似值得带领的羔羊，让他们体验一下几个小时的极乐牧场。在文艺复兴时期的别墅里喝茶？这样的好事眼下倒是还没有提起，不过要是真有这种安排——那露西该会有多开心呀！

要是在几天前，露西一定也会有同样的感觉。可是现在，生活中的种种快乐正在重新进行排列组合。和伊格、巴特利特小姐一起驾车上山——就算有别墅茶会这样的精彩情节——也不再是最快乐的事情了。面对兴高采烈的夏洛特，她只是淡淡地附和了一声，只有在她听到毕比先生也将参与此行时，她的道谢才多了几分真诚。

"这么说，我们就能凑一辆四人马车了，"牧师说，"现在世风日

---

[1] 阿莱西奥·博多维纳蒂（Alessio Baldovinetti, 1425—1499），意大利文艺复兴时期早期画家。

下，人们很有必要去乡村看看，去感受一下淳朴的乡风。走开！① 快走开，快！② 唉，城里就是这样！城市虽美，但终究是城市呀！"

她们一致表示赞同。

"就在这个广场上——我听说——昨天还发生了一桩最卑劣的惨案。这里是但丁和萨沃纳罗拉③的佛罗伦萨，对于热爱这座城市的人来说，这简直是极大的亵渎，让人觉得不祥又耻辱。"

"确实是耻辱，"巴特利特小姐说，"霍尼彻奇小姐那时候恰好经过这里，哪怕到了现在，她还是不愿谈及此事。"她自豪地瞟了一眼露西。

"你昨天怎么会在这儿？"牧师关切地问。

听到这个问题，巴特利特小姐最近略有萌芽的自由思想一下就消散了。

"这个不能怪她，伊格先生。是我的错，是我没有好好陪着她。"

"也就是说，霍尼彻奇小姐，那个时候你是孤身一人？"他的语气像是既有同情又带着责备，同时也在暗示她完全可以透露一些恐怖的细节。他向露西这边侧过他那黝黑英俊的脸庞，希望得到她的回答。

"确实如此。"

"我们旅店的一位好心朋友送她回去的。"

巴特利特小姐巧妙地避开了那个护送者的性别。

"对她来说，这一定也是可怕的经历，我相信你们俩根本就不——那事情该不会就发生在你眼前吧？"

露西今天可算是注意到了不少现象，其中最平常的一点就是：道貌岸然的人吃起人血馒头来，真是有滋有味。乔治·埃默森在这一点上就显得格外质朴单纯。

"那人死在喷泉边上了，我想是这样。"这是她的回答。

"那时你和你的朋友——"

---

① ② 原文为意大利语。
③ 萨沃纳罗拉（Savonarola, 1452—1498），多明我会修士，佛罗伦萨宗教改革家，1494 年至 1498 年担任佛罗伦萨的精神和世俗领袖。

"我们在佣兵凉廊那儿。"

"那可算是你运气好啊。你肯定没有看到街头小报上那些恶心的插图吧——这个人简直是扰乱公共秩序。他肯定知道我就住在这儿,但还是一直缠着我向我兜售那些低俗图片。"

显然,兜售图片的小贩和露西站在同一条战线上——正如意大利永远和青春结盟一样。他突然伸出手,把图册放到伊格先生和巴特利特小姐的面前,用一串亮闪闪的教堂照片、名画图片和风景画片将他们的手牢牢地固定在一起。

"够了够了!"牧师喊道,他气呼呼的,一挥手打在一幅弗拉·安杰利科 ① 的天使画上。天使被"撕破"了,小贩发出一声尖叫。这画册似乎比看上去要值钱呢。

"我愿意买下它——"巴特利特小姐开口道。

"别理他。"伊格先生生气地说,他们快步往广场外走去。

可是,一旦受了委屈而被他人置之不理,意大利人是绝不会一声不响的。他对伊格先生的纠缠变得不依不饶起来,恫吓与哀求轮番上阵,不绝于耳。他转向露西求情:难道她不帮忙说上几句?他一贫如洗——他要养家糊口——这世道连面包都要上税。他赖在那儿,他喋喋不休,他拿到了补偿,他还是不满足,一直到他叽里呱啦地烦得他们大脑一片空白,究竟是悲是喜都弄不清了,这才算罢休离开。

接下来,她们的主题是购物。在牧师的指导下,她们挑选了一堆不中看的礼物和纪念品——比如用金闪闪的面团做成的艳丽小相框,有略显庄重、用橡木做的放在画架上的小画框,有牛皮纸做的吸墨纸和同样材质的但丁像,有廉价的马赛克别针,在圣诞节到来时,女仆们拿到这东西都分不清是真是假,有徽章、小罐、印着纹章的碟子、棕色的艺术画片,有厄洛斯 ② 和普赛克 ③ 的石膏像,还有与它们搭配

---

① 弗拉·安杰利科(Fra Angelico,1387—1455),意大利佛罗伦萨画派画家,生于佛罗伦萨附近的维基奥,卒于罗马,原名圭多·迪彼得罗(Guido di Pietro),1420 年左右进入修道院,安杰利科(意为天使)是后人给他的美称。

② 厄洛斯(Eros),希腊神话中爱神阿佛洛狄忒的儿子,一个手持弓箭的美少年。

③ 普赛克(Psyche),罗马神话中的灵魂女神,原是一罗马国王最小的公主,外表和心灵美丽无双。

使用的圣彼得像——在伦敦，这些东西比这儿要便宜得多。

上午虽然收获颇丰，露西却不怎么开心。不知道为什么，她对拉维希小姐和伊格先生都有一些莫名的害怕。奇怪的是，每当她的害怕增加一分，对他们的尊敬也就减少一分。她怀疑拉维希小姐是否真的是个大艺术家，她之前觉得伊格先生是个心怀神性、饱腹诗书的人，可现在她对此也开始心存怀疑。她发现，在全新的考验面前，他们都表现得不尽人意。至于夏洛特——至于夏洛特嘛，她倒是一如既往，没任何改变。好好待她？这没问题。爱她？那不可能。

"他父亲是工人，这我也是碰巧才知道的。年轻的时候，他干的是机械工之类的活，后来他给社会主义报纸写东西。我在布里克斯顿^①见过他。"

他们聊起了埃默森一家。

"现如今，出人头地可真快呀！"巴特利特小姐一边感叹，一边摆弄着一个比萨斜塔模型。

"一般来说，"伊格先生回答，"对这号人的成功，大家不过只是同情同情罢了。他们希望接受教育，想要提高社会地位——这些也没什么见不得人的。这些劳动阶层的人来佛罗伦萨走走也不错，反正他们也成不了什么气候。"

"他现在是记者吗？"巴特利特小姐问道。

"不是的，只是他攀了门好亲事。"

他好一番评头论足，话中有话，说完了，最后还叹了口气。

"噢，原来他是有妇之夫。"

"现在不是了，巴特利特小姐，他的妻子去世了。我搞不懂——是的，我不知道他怎么还有脸见我，还敢和我套近乎。很久以前，他在我的伦敦教区里。那一天在圣十字大教堂，我瞧见他和霍尼彻奇小姐在一起，我是故意不搭理他，好让他知道自己只配受人冷落。"

"什么？"露西大声说，脸涨得通红。

___
① 布里克斯顿（Brixton），位于英国伦敦南部的一个多元文化地区，黑人人口比例很高。

"我在揭露他！"伊格先生发出嘘声。

他想换个话题，但他已经成功引起了听众的注意，而且比预想的还有过之而不及。巴特利特小姐被吊起了胃口，露西虽然希望再也不要见着埃默森父子，但也没想过要说他们哪怕一句坏话。

"你的意思是说，"她问，"他不信神吗？这一点我们倒是已经知道了。"

"亲爱的露西——"巴特利塔小姐温柔地提醒她表妹不要打断别人说话。

"你要是真对他知根知底，那我真要大吃一惊了。那个儿子——当时还是个天真的小孩——这点不必我多说。天知道是什么样的教育和遗传性格把他弄成了现在这个样子。"

"也许，"巴特利特小姐说，"我们还是不要知道的更好呢。"

"说句心里话，"伊格先生说，"确实如此，我再也不会提起这个了。"

生平头一回，叛逆的想法直接从露西的心里冲出了嘴巴——是她生平头一回。

"你说得是很少。"

"我本来就不想说太多。"伊格先生冷冷地应道。

他愤愤地看着露西，露西同样愤愤地看着他。露西已经从商店柜台那边转过身来，胸口随着急促的呼吸而起伏着。他看到她眉头紧锁，嘴唇忽然抿紧了。她不相信他，这可让人无法忍受了！

"你要真想知道，那我就告诉你，是谋杀，"他气得人喊，"那家伙谋害了自己的妻子！"

"怎么谋的？"她反问道。

"反正，实际上就是谋害了。那天在圣十字大教堂——他们有没有说我的坏话？"

"一句坏话都没有说，伊格先生——一个字都没有。"

"噢，我还以为他们在你面前诽谤我了呢，不过，我觉得他们很有魅力，你都为他们辩护了。"

"我才没有为他们辩护呢。"露西说。她失去了勇气，又回到了往日那个混乱的状态。"他们和我一点都不相干。"

"你怎么会觉得她是在帮他们说话呢？"巴特利特小姐被眼前这不愉快的一幕弄得很是狼狈。那店员也许都在听着他们说话呢。

"她要是帮他们说话，那可不是件容易事儿。在上帝的眼里，那家伙可是杀害了自己的妻子。"

提到上帝之名，那事情就不一样了，但是牧师其实是竭力想把自己唐突的话给说圆。随之而来的一阵沉默没有能力化腐朽为神奇，只是带来了一阵尴尬。随后，巴特利特小姐匆匆买下了比萨斜塔的小模型，就率先从店里走了出去。

"我得走了。"牧师掏出手表，眼睛却闭着。

巴特利特小姐对他的邀请表示了感谢，然后开心地说起了即将到来的马车旅行。

"马车旅行？噢，我们就要成行了吗？"

露西也缓过劲来，恢复了常态，而伊格先生几经努力也恢复了他往常洋洋得意的神情。

"什么马车旅行呀！"伊格先生前脚刚走，露西便大声嚷嚷了起来，"不就是毕比先生已经跟我们一起商定好了的那一次吗？有什么不一样呢。伊格先生的邀请为什么就这么不伦不类呢？倒不如由我们来邀请他，反正大家各出各的钱好了。"

巴特利特小姐本来是想说几句同情埃默森父子的话的，但一听露西这话，心里反而冒出了几个别的念头。

"亲爱的，这要是真的——如果我们和毕比先生还有伊格先生一起的那次旅行，真的就是我们和毕比先生商定的那次是同一次的话，那我可以预言，恐怕会变成一团糟。"

"怎么会呢？"

"因为毕比先生也邀请拉维希小姐了。"

"那就意味着还得再租一辆马车。"

"远不止这一个问题。伊格先生不喜欢拉维希小姐，这一点她自己也知道。事实没什么可隐瞒的：伊格先生觉得她太离经叛道了。"

这时，她们来到了英国银行的报刊阅览室。露西站在中间的桌子旁，桌上的《笨拙》和《画报》她都懒得看一眼。那些正在她脑海里翻腾的问题，她希望能找到答案，或者起码给理出个头绪来。她所熟识的那个世界已经轰然倒塌，佛罗伦萨凭空出现在眼前，在这座魔幻之城里，人们的所思所想、所作所为都难以琢磨。谋杀、谋杀指控、一位女子对一位男子死缠烂打，却对另一个男子态度粗暴——这是这座城市大街小巷的日常吗？除了眼前的美景，这座城市还有什么呢——或许，还有一种魔力，它激发人们或善或恶的激情，并很快让激情变为行动？

无忧无虑的夏洛特总是陷于琐事不能自拔，对真正要紧的事情却不甚上心。她总能极其精准地预测"事情可能会往什么方向发展"，但是一旦目标已经近在咫尺，她却又视而不见！现在的她正蹲在银行的墙角，费劲地想从挂在脖子上的布袋里取出流通证，这布袋隐藏得可是万分严密。有人告诉她，在意大利只有这样把钱带在身上才能确保安全，而且还必须在英国银行里打开才行。她一边摸索一边说："到底是毕比先生忘记给伊格先生说了，还是伊格先生邀请我们的时候自己给忘了，还是他俩一起决定不带埃莉诺的呢——那几乎是不可能的，可是无论如何，我们得把事情备妥。他们真正想邀请的人是你，我只需要露个脸就行。你和那两位先生一起走，我和埃莉诺跟在后面。我们只要一辆单匹马车就够了。出个门真是太难了。"

"的确如此。"露西回答，语气沉重，听上去充满同情。

"你觉得怎么样？"巴特利特小姐问，她刚刚拿钱费了老大的劲儿，脸都涨红了，现在正在把衣服扣好。

"我不知道怎么样，也不知道自己想要干什么。"

"噢，亲爱的露西，我真希望你不是在佛罗伦萨待腻了。要真是那样的话，你尽管开口，天涯海角我都陪你去。"

"谢谢你，夏洛特。"露西嘴上说着，心里开始考虑她的这个提议。

　　桌子上有她的信——一封是她弟弟寄来的，信里全是关于体育和生物学的内容。另一封是母亲写的，信如其人，读之甚悦。信里提起了之前买的藏红花，本以为买的是黄色的，谁想到开出的花朵却是紫褐色的，提起了新雇的客厅女仆，她给家养的蕨类植物浇水居然用柠檬香精，还提起那一片半独立的房子破坏了夏街的景致，让哈里·奥特韦爵士好生伤心。露西不禁回想起故乡自由怡然的生活，在那里她无拘无束，倒也没有遇到过什么大事。那里有林间小径，有整洁居室，有萨塞克斯郡威尔德地区的美好风光——这一切清晰明了地浮现在她的眼前，但就像历尽风雨后的游子回归故乡，在画廊里品赏名画，不免有了几分伤感。

　　"家里有什么消息吗？"巴特利特小姐问。

　　"维斯太太和她儿子去罗马了，"露西说，挑了她最不感兴趣的一件事，"你认识维斯一家吗？"

　　"噢，别走那条路回去。我们还可以在可爱的主权广场多逛逛，这儿逛不够。"

　　"维斯一家子，他们都非常好。都特别聪明——在我看来，他们很聪明。你想不想去罗马？"

　　"我太想去啦！"

　　石砌的主权广场并不炫目多彩。这里没有花花草草，没有绚丽的雕梁画栋，也没有悦目的朱梁碧瓦。机缘巧合——倒不是说每个地方都有自己的守护神——这些雕像冲淡了广场的严肃氛围，给人的感觉并不是童年的天真无邪，不是青春的骄傲迷惘，而是壮年的深邃沉稳。珀尔修斯[①]与朱迪斯[②]，赫拉克勒斯[③]与瑟斯纳尔德[④]，他们历经艰难困苦，功成名就，他们并非生来永垂不朽，而是以苦难成就永恒。

---

① 珀尔修斯（Perseus），古希腊神话中的英雄，宙斯之子。
② 朱迪斯（Judith），《伪经》及天主教核定英译本《圣经》中的人物，历代欧洲艺术家喜爱的角色，几乎每一位文艺复兴时期的画家都有过以朱迪斯为主题的作品，有大量相关的绘画、雕塑和戏剧作品。
③ 赫拉克勒斯（Hercules），古希腊神话中最伟大的英雄，宙斯与阿尔克墨涅之子，神勇无比、力大无穷。在西方世界，赫拉克勒斯已成为了大力士和壮汉的同义词。
④ 瑟斯纳尔德（Thusnelda），日耳曼贵族妇女，被罗马将军日耳曼努斯俘虏。

不仅仅在孤寂的大自然中，在这里，英雄同样也可能遇到他的女神，或者女英雄也可能碰到他的男神。

"夏洛特！"露西突然大声喊道，"我有个想法。我们明天就去罗马——直接去——直接去维斯他们住的宾馆，怎么样？我现在知道我想要什么啦。我已经厌倦佛罗伦萨了，对了，你刚才不是说哪怕天涯海角你也陪我去的嘛！走！走吧！"

巴特利特小姐和露西一样的兴奋，她说：

"噢，你这个怪丫头！请问，去山上的马车之旅怎么办呀？"

她们一起走过萧索而美丽的广场，一路上嘻嘻哈哈谈论着这个不切实际的提议。

第六章

亚瑟·毕比牧师、卡思伯特·伊格牧师、埃默森先生、乔治·埃默森先生、埃莉诺·拉维希小姐、夏洛特·巴特利特小姐和露西·霍尼彻奇小姐的马车山间观光之旅；意大利人驾车

在那难忘的一天，驾车带他们去菲耶索莱的是一个叫法厄同①的年轻人，他毫无责任感，性情似火，只顾着把他主人的马拼命往山坡上赶。毕比先生一眼就认出了他。无论是崇尚信仰的中世纪还是质疑一切的当代，都丝毫不对他有任何影响：他就是在托斯卡纳②驾驶马车的法厄同。在路上，他请求让珀耳塞福涅③搭个顺风车，称她是自己的妹妹——珀耳塞福涅瘦瘦高高的，皮肤白皙，因为春天来了，她要回到她母亲的房子那边去。阳光有点刺眼，她觉得不舒服，便用手遮着眼睛。伊格先生强烈反对她上车，他说此事看起来虽小，但兴许会招来不少麻烦，大家还是警惕一点为好。但是车上的女士都为她说话，在明确告诉她这可是卖了她一个极大的人情后，这位女神被准许上车，坐到了她的男神身旁。

法厄同立马就把左边的缰绳从她的头顶甩了过去，这样他就能搂着她的腰肢驾驶马车了。她丝毫都不在意。伊格先生的座位背对着马，没有看到这一不雅的举动，他还是继续和露西聊天。车上的另外两位乘客是老埃默森先生和拉维希小姐。可怕的事情到底还是发生了：毕比先生没有和伊格先生打过招呼就把旅行的人数翻了一番。整个早上，巴特利特小姐和拉维希小姐都在琢磨马车的座位该怎么安

---

① 法厄同（Phaethon），太阳神赫利俄斯之子，要求父亲让他驾驶一天太阳车，马车失控翻车后燃起熊熊大火。
② 托斯卡纳（Tuscany），意大利中部大区，意大利文艺复兴发源地，被誉为华丽之都，首府为佛罗伦萨。
③ 珀耳塞福涅（Persephone），古希腊神话中冥界的王后，众神之王宙斯和农业女神德墨忒尔的女儿，被冥王哈迪斯（Hades）绑架到冥界与其结婚，成为冥后。

排，可是等到马车真的到来的那一刻，她们却手足无措，于是，拉维希小姐和露西坐上了第一辆马车，而巴特利特小姐、乔治·埃默森先生和毕比先生上了后面的那一辆马车。

可怜的伊格先生难以接受自己的四人马车之旅最后居然变成了这个样子。兴许他之前是有过在文艺复兴别墅里喝茶这样的打算，不过现在，这是不可能的了。露西和巴特利特小姐有她们的风度，毕比先生虽说有点无常，但也是个有才之人。而一位不入流的女作家和一个在上帝看来谋害了自己妻子的记者——他是绝对不会把他们带进任何一间别墅的。

露西一袭白裙，高雅端庄，她很紧张，挺直腰背坐在这个"易燃易爆"的马车上，全神贯注地听伊格先生说话，对拉维希小姐略显拘谨小心，至于老埃默森先生，她倒是一直留了个心眼——不过，幸好老先生中午吃得太多，再加上春困，一路都在睡觉。她觉得这次旅行简直是命运的安排，要不然，她就可以避开乔治·埃默森了。他之前曾经直率地表露出自己希望能和她继续亲密交往下去，而她已经拒绝了，这还真不是因为她不喜欢他，而是因为自己完全不知道发生了什么，而他却可能一清二楚。这让她感到害怕。

真正举足轻重的事情——不论那是什么事——已经发生了，不是在佣兵凉廊，而是在阿诺河边。亲眼目睹死亡后的惊慌失措完全在情理之中，但由此引发了他们俩之间的讨论，讨论之后是静默，静默中又诞生了同情，这可就是犯错了，这错已经无关乎惊讶，而是更高层面的了。那时，他们一起注视着昏暗的河面，冲动之中一起走回旅店却始终没有相互看上一眼或说上一句话，这其中（露西觉得）的确有做得不对的地方。一开始，这种做了坏事的感觉并不严重，她还差一点就和他们一起去了加卢塔。但是每次她有意躲避乔治，她就越发觉得下一次还得躲着他。可现在天意弄人，由于表姐和两位牧师的缘故，她别无选择只有和他一起去山间旅行，这之后她才能离开佛罗伦萨。

这期间，伊格先生一直彬彬有礼地同她侃侃而谈。他俩之间先前的那点不愉快已经烟消云散了。

"霍尼彻奇小姐，你这次出来旅游是为了研究艺术吗？"

"哦，哎呀，不是——才不是呢！"

"也许是为了研究人性，"拉维希小姐插了一句，"就像我一样？"

"哦，不不，我只是简单地来旅游而已。"

"哦，原来如此，"伊格先生说，"真的只是简单的旅游吗？也许你会觉得我这么说不太客气，但是我们这些常住佛罗伦萨的人有时候觉得你们这些游客很可怜——像打包的商品一样被四处转手，从威尼斯到佛罗伦萨，从佛罗伦萨到罗马，像成群的牲口一样被塞进公寓和旅店，一离开旅游指南就寸步难行，只是急着一个接一个地方去打卡，这儿'游过了'，那儿'去过了'。结果呢，他们晕头转向，自己都闹不明白去过哪些城市看过哪些河流游过哪些宫殿。你知道《笨拙》杂志上那个美国姑娘吗？她问：'你说，爸爸，我们在罗马看了些什么呀？'她爸爸回答：'哎呀，我们在罗马看到一条大黄狗了呀。'这就是你们的旅游，哈哈哈！"

"这一点我非常赞同，"拉维希小姐说，她已经多次想打断伊格先生的尖酸话了，"盎格鲁·撒克逊的游客心胸狭隘，肤浅无知，简直可怕。"

"完全正确。霍尼彻奇小姐，现在佛罗伦萨的英国人聚居地——已经有相当规模了，当然各处略有差别——比方说，有些人是来做生意的，但是学生占了大多数。海伦·拉芙斯托克夫人现在正在研究安杰利科，她的别墅现在刚好就出现在我们的左手边，所以我顺带一提。不，你得站起来才看得到——算了算了，别站起来，小心别摔倒了。那片浓密的树篱，她可引以为傲了。往里面走，幽静极了，就好像穿越回到了六百年前一样。有些评论家认为《十日谈》里就有她家的这个花园，这可真是大增光彩呀，你说是不是呢？"

"那可不是嘛！"拉维希小姐大声说，"给我说说，《十日谈》里第七日那个美妙的场景，原型在哪里呀？"

可是，伊格先生还是继续在跟霍尼彻奇小姐说话，告诉她往右手边是哪位名流的家宅，那是位美国名士——当世罕见之才呢！还说，又有谁谁谁住在山下的某处。"你肯定知道她在《中世纪野史》系列丛书上发表过专文吧？还有一位，他正在研究格弥斯托士·卜列东①。有时候，我正在他们美丽的庭院里品茶，听到墙外有电车从新修好的公路上疾驰而过，电车上挤满了游客，他们又热又脏又笨，将要在一个小时之内'游完'菲耶索莱，这样他们回去就能吹嘘说自己已经到此一游，但是我觉得——我觉得——我觉得他们压根儿就不关心这里的内涵。"

就在他们谈论的时候，坐在车夫位置上的那对男女正不雅地倚靠在一起打情骂俏。露西忽然心生嫉妒起来，就算他们有些轻佻，至少他们是真的开心。这次旅行唯一开心的人可能就是他俩了。马车猛烈颠簸着，疾驰驶过菲耶索莱广场，然后就踏上了通往塞蒂尼亚诺的道路。

"慢一点！慢一点！②"伊格先生大声对车夫说，一只手优雅地举过头顶挥了几下。

"没事儿，先生，没事的，没事的。③"车夫低声哼着，又一次扬鞭策马。

这时，伊格先生与拉维希小姐开始围绕着阿莱西奥·博多维纳蒂这一话题展开了讨论，他究竟是文艺复兴这一大潮的发起人，还是只是其中的一朵浪花呢？另一驾马车被甩在了后面。随着马车加快速度向前疾驰，熟睡之中的老埃默森先生健壮魁梧的身子随着马车的跑动有节奏地碰撞着牧师的身体。

"慢一点！慢一点！④"他一边说着，一边拿殉道者一般惨淡的眼神望着露西。

马车再一次突然向前一颠，他终于忍无可忍，在座位上怒气冲冲调转身子。法厄同刚才一直尝试着想要亲吻珀耳塞福涅，这一刻才终

---

① 格弥斯托士·卜列东（Gemistos Plethon，约1355—1452），15世纪最后一位著名的拜占庭哲学家，柏拉图主义哲学家，西方复兴希腊古典文学的先驱。
②③④ 原文为意大利语。

于心想事成。

巴特利特小姐后来将接下来的场面描述为"极为扫兴"。马车被迫停了下来，那对小情侣被强行分开，男方的小费 ① 就此无望，女方也被勒令立即下车。

"她是我的妹妹。"车夫说，他转过身来，可怜巴巴地望着他们。

伊格先生不怕费口舌，指出他这是撒谎。法厄同低下了头，并不是因为这一指责的性质，而是因为指责的态度。就在这时，因为马车突然停了下来，老埃默森先生给震醒了，他指出无论如何不应该将这对恋人拆开，还拍了拍他们的后背以示赞许。拉维希小姐虽然不愿意跟他结盟，但也觉得必须对他们不拘传统、自由浪漫的生活态度予以支持。

"我觉得我们绝对不该干涉他们，"她大声说，"但是我敢肯定，没多少人会支持我。我一直对这些传统嗤之以鼻。在我看来，这是勇敢的冒险。"

"一定不能允许这种行为，"伊格先生说，"我就知道他想要滑头，他把我们当成是那些旅行社的游客了。"

"千万别这样！"拉维希小姐说，显然，她的斗志正在减弱。

另一辆马车在后面停了下来。毕比先生是通情达理的，他指出，有了这次警告，这对情侣以后肯定会注意检点自己的行为的。

"不要干涉他们吧，"老埃默森先生恳求伊格先生，他对这位牧师没有一点敬畏，"生活中本就难求幸福，难道我们就非要赶走这对幸福的人儿吗？一对恋人为我们赶车——就算是国王陛下知道了也会嫉妒我们的，可我们要是非拆散他们不可，我觉得这板上钉钉是渎圣的行为。"

这时，只听巴特利特小姐说道，看热闹的人开始多起来了。

伊格先生不见得意志坚定，但肯定能言善辩，他这回下定决心要让大家听自己的。他又开始和车夫说起话来。意大利语从意大利人的

---

① 原文为意大利语。

口中说出，那简直宛如河水滔滔，偶有瀑布奔流、巨浪拍岩之感，永远是那么生动多彩。可是，从伊格先生的嘴里出来，就好像带着哨音的酸涩小喷泉，声音渐高再高，语速渐快再快，调子渐尖更尖，最后忽然咔哒一下便戛然而止。

"小姐 ①！"这番表演结束后，小伙子对着露西恳求道。他为什么会向露西求助呢？

"小姐！"珀耳塞福涅也用她动听的低音叫着露西。她用手指着另一辆马车。这是为什么呢？

有那么一会儿，两位姑娘默默注视着对方。然后，珀耳塞福涅从车夫的座位上爬了下来。

"总算是大功告成啦！"伊格先生双手重重地一拍，马车又上路了。

"这可不是什么大功告成，"老埃默森先生说，"恰恰相反，是一败涂地。你拆散了一对幸福的年轻人。"

伊格先生闭上了双眼。他不得不坐在老埃默森先生一旁，但是他一句话也不愿意同他讲。老先生睡了一觉，所以精神特别好，他开始热切地谈论起这件事。他非要露西赞同自己的观点不可，并且大声朝另一辆车上的儿子喊话，寻求他的支持。

"有些东西，我们用金钱是买不到的。他跟我们讨价还价后答应为我们驾车，而且他的车也驾得好好的。我们没有权力限制他的心灵呀。"

拉维希小姐皱了皱眉。当你已经把某人归类为一个典型的英国人，而这人的嘴里又说出了一番与他本性不相符的话，这的确让人难以接受。

"他这车驾得可不怎么样，"她说，"瞧他把我们给颠的。"

"你这么说，我可不同意。车稳得能让人睡着。啊哈！现在他倒是真让我们颠着了。你知道什么原因吗？他是想把我们给甩到车

---

① 原文为意大利语。

外去，而且他这么干是完全可以理解的。还好，我不讲迷信，不然我肯定得害怕那个姑娘。伤害年轻人是不作兴的。你听说过洛伦佐·德·美第奇^①吗？"

拉维希小姐极为气恼。

"我当然知道了。你指的是那个大人物洛伦佐^②，还是乌尔比诺公爵洛伦佐，还是那个因为个子矮小被叫做洛伦奇诺的洛伦佐？"

"天知道是哪个，也许只有上帝才知道是哪一个，反正我说的那个洛伦佐是位诗人，他有一句诗——我昨天听到的，大意这样的：'不要和春天过不去。'"

伊格先生可不会放过任何显摆的机会。

"Non fate guerra al Maggio，^③"他低声说，"准确的意思是：'别去跟五月作对'。"

"重点是，我们已经跟五月作起对来了。瞧！"他指向阿诺河谷。透过吐出新芽的嫩枝，隐约可见阿诺河谷出现在遥远的下方。"我们来这儿，就是为了欣赏这五十英里的春意盎然。自然的春意和人心的春意有什么区别吗？可是我们呢，赞美一个却要谴责另一个，说那是有伤风化，其实两者是一样的，都是大自然的永恒规律，我们应该为此感到羞惭。"

没有人鼓励他继续滔滔不绝。很快，伊格先生示意让马车停下，然后便带领着大家在山间漫步。这儿是一块凹地，像一个巨大的圆形剧场，一层层的台阶，橄榄树笼罩在淡淡的薄雾中，走过这里，便是菲耶索莱的高地了，山路顺着地势蜿蜒延伸，直至旷野中凸起的一处山丘上。这山丘荒凉潮湿，灌木遍地，树木零星。大约五百年前，阿莱西奥·博多维纳蒂就是被此处的景致所深深吸引，或为作画，或

---

① 洛伦佐·德·美第奇（Lorenzo de' Medici, 1449—1492），意大利政治家、外交家、艺术家，文艺复兴时期佛罗伦萨的实际统治者。洛伦佐生活的时代正是意大利文艺复兴高潮时期，他努力维持意大利城邦间的和平，其逝世代表了佛罗伦萨黄金时代的结束，死后葬在佛罗伦萨的美第奇家族墓地。
② 大人物洛伦佐（Lorenzo il Magnifico），指洛伦佐·德·美第奇（Lorenzo de' Medici），通常被人们称为大人物（或豪华者）洛伦佐。
③ 此为意大利语。

为消遣，这位勤勉然而在当时还籍籍无名的大师登上了这座山丘。他站在这里，阿诺河谷和远处的佛罗伦萨尽收眼底，后来，它们便都变成了他画作中的景致，尽管效果不是那么理想。那时的他，具体是站在哪里呢？这是伊格先生此时此刻想弄清楚的问题。拉维希小姐生性好奇，只要是疑难问题，她都会兴致勃勃，当然对此也是一样的满腔热忱。

但是，即使出发前没有忘记把阿莱西奥·博多维纳蒂的画作多看上几眼，想要将画作的内容清晰地装在大脑里也不是那么容易。河谷的雾气更是增加了解开疑问的难度。大家在各个草丛之间转来跑去，既希望大家一同游玩，也渴望各自分头行动。最后，这队人马分成了好几个小分队：露西跟着巴特利特小姐和拉维希小姐，埃默森父子转回车夫那里，和他们费劲地交谈起来，而两位牧师自成一组，他们照理应该有不少的共同语言。

两位年长的女士很快就脱去了社交假面具。她们开始低声聊起天来，露西对此已经习以为常了。她们聊的不是阿莱西奥·博多维纳蒂，而是这次马车之旅。巴特利特小姐问过乔治·埃默森先生在何处高就，他的回答是"铁路"。她觉得自己根本就不该问他，她预先并没有想到答案居然这么可怕，早知如此还不如不问呢。那时毕比先生巧妙地转移了话题，而她希望这位年轻人不会因为自己的问题而受到太大的伤害。

"铁路！"拉维希小姐吸了口气，说道，"啊哈，笑死我了！可不就是铁路嘛！"她忍不住笑出声来。"他长得就像个列车员　东南铁路线上的那种列车员。"

"埃莉诺，小点声，"巴特利特小姐拽了一下她活跃的同伴，"嘘！他们会听见的——我是说埃默森父子。"

"我就是要说，你就让我再坏一会儿吧！一个列车员——"

"埃莉诺！"

"我觉得这没有关系，"露西插嘴道，"埃默森父子不会听见的，就算是听见了，他们也不会在乎。"

听到露西这么说，拉维希小姐好像有点不高兴。

"原来霍尼彻奇小姐在听我们说话呢！"她气鼓鼓地说，"一边去！一边去！你这个调皮的丫头！一边去！"

"啊，露西，我觉得你应该和伊格先生待在一起。"

"我找不到他们了，而且我也懒得去找。"

"伊格先生会生气的，好歹这次旅行算是为你组织的嘛。"

"别这么说，我宁愿和你们在一起。"

"不不，这样不好，"拉维希小姐说，"这就像学校组织的郊游，男生和女生是分开的。露西小姐，你还是走吧，我们俩想要聊一些不适合你听的话题。"

可是小姑娘倔强得很。她在佛罗伦萨的时间不多了，现在她只有跟自己觉得无足轻重的人待在一起才能感到安心。拉维希小姐正是这样的一个人，此时此刻的夏洛特也同样是。露西是多么希望自己没有引起她们的注意，可是她俩听了她说的话有点生气，现在看来是决意想撵她走开了。

"真让人心累呀，"巴特利特小姐说，"唉，要是弗雷迪和你妈妈在这儿就好啦！"

巴特利特小姐的"无私"已经彻底取代了"热忱"，而露西也没有心思观赏景色。在她安全到达罗马之前，她没有心情欣赏任何东西。

"那就请坐吧，"拉维希小姐说，"来看看我的预言准不准。"

她面带微笑拿出两块四方形的防水布，它们可以用来帮助游客抵御草地的潮湿或者大理石台阶的寒冷。她坐在其中的一块上面，那么另一块由谁来坐呢？

"露西，你坐吧！这有什么好说的，露西你坐吧。我坐地上就行，真的，我好多年都没犯过风湿病了，要是感觉要犯风湿了，我就会站起来的。要是让你穿着白裙子坐在湿草地上，你想你妈妈知道了可不知道该怎么想。"她找了一块看起来特别潮湿的地方，重重地坐了下去。"这下好了，大家都开开心心安顿好啦。我的裙子是棕色的，所以即使薄一点也不大看得出来。亲爱的，快坐下吧。你要多为自己考虑考虑，你的权利你应该享用。"她清了清嗓子。"不要惊慌，我可没有感冒，就是最最轻微的咳嗽，已经连着三天这样了，跟坐在这儿一点关系都没有。"

解决眼前的困局，只有一条路可走。五分钟之后，露西便离开她们去找毕比先生和伊格先生了，她就这样被那块防水布给打败了。

她去找车夫问路，他们正四仰八叉地躺在马车里抽着雪茄，弄得坐垫上满是雪茄味。那个行为不检点的家伙，一位皮肤被太阳晒得黝黑的精瘦小伙子站起身来跟她打招呼，那态度谦恭有礼，就好像他是主人，又自信满满，就好像露西是他的亲戚。

"在哪里？^①"经过好一番的思索，露西终于开口问道。

他的脸色舒展开来。他当然知道在哪儿了，而且还不算太远。他胳膊一挥，把四分之三的地平线都给挥进去了，他可能只是觉得自己明明知道是在哪儿的。他把手指尖按在额头上，然后又朝她指了一下，就像在展示什么确切的知识。

只有这些好像不够。"牧师"用意大利语怎么说来着？

"那些好先生们在哪里？^②"最终，她问了这么一句。

好？这个形容词用在那两位高贵的先生身上有点不合适！他一听，便把他的雪茄拿给她看。

"一个——有点——矮的，^③"这是她接下来说出来的，她想说的是，"这雪茄是毕比先生给你的吗？就是那两位好先生们中矮小一点的那位。"

跟往常一样，这次她也猜对了。他把那匹马往树上一拴，顺脚一踢让它保持安静，又擦了擦马车，理了理头发，整了整帽子，自得地摸了摸胡须，不到十五秒钟就一切准备妥当，可以带她上路了。意大利人生来就是认路的行家里手，对他们而言，整个世界铺展在他们眼前，那可不是地图，而是一个棋盘，他们始终能看到棋盘上的格子以

---

①②③　原文为意大利语。

及千变万化的棋子。寻路是每个人的本能，而找人则是上帝赐予的天赋。

途中，他只是停顿了一次，那是为了去摘几朵漂亮的蓝色紫罗兰送给她。她发自内心地向他道谢。跟这个普普通通的人在一起，世界是那么美好，那么朴实。这时，她才第一次感受到了春天的气息。他朝着地平线的方向潇洒地挥着胳膊，那边，紫罗兰开得正盛，百花繁茂，她想不想去赏一赏花呢？

"可是那些好先生。①"

他向露西鞠了一躬，意思是：当然了。先去找那些好先生，回头再来赏紫罗兰。他们在越来越茂密的灌木丛中快速前进。快要走到山丘的边上了，不知不觉，他们置身于美丽的景致之中，但是交织的棕色灌木将整片景色分割成无数的小块。带路的人一边抽着雪茄，一边忙着在柔软的树枝中开辟出一条道路。露西满心欢喜，因为她摆脱了无聊和乏味。这走过的每一步，经过的每一根树枝，在她看来都很有意义。

"那是什么？"

他们的身后，远处的树林中，有人说话的声音。那是伊格先生的声音吗？他耸了耸肩膀。意大利人有时表面的无知糊涂其实是大智若愚。她没法让他明白也许他俩已经和两位牧师擦肩而过了。美景终于在眼前出现了，她能够看到那奔流的河水、金色的原野、连绵的群山。

"他就在那里呀！②"他大声喊道。

就在这一瞬间，她站立着的那块地面突然塌陷了，她惊叫一声从树林中掉落下去。她整个人被包裹在阳光与美景中了。她跌落在一小片开阔的平台上，整个平台从头至尾密密麻麻铺满了紫罗兰。

"勇敢一点！"她的同伴对着她大喊，现在他正站在她头顶上方六英尺的地方，"勇气和爱！"

①② 原文为意大利语。

她没有回答。她脚下的山坡很陡，眼前一片美景，成片的紫罗兰如小溪、如河流、如瀑布飞流而下，将山坡浇灌成一片蓝色，在树干四周翻卷起漩涡，在低洼之处汇聚成小潭，在草地上缀满星星点点的蓝色泡沫。这世上哪里还会有如此美丽茂盛的紫罗兰呢！而她跌落的平台就是那美的源头，正是从这个源头，美喷涌而出，去灌溉大地。

那位好先生站在平台的边缘处，好像他正准备下水游泳。不过，这不是露西原先期待的那位好先生，而且他是独自一人。

听到她降临的声响，乔治就转过身来了。有那么一会儿，他默默看着她，仿佛她是从天而降一般。他看到她面带春风，花袭裙脚。树枝在他们头顶连成一片。他快步上前，亲吻她。

她还没来得及说一个字，甚至还没感觉到刚刚发生了什么，就听到了一个声音："露西！露西！露西！"巴特利特小姐的声音打破了人间的寂静，眼前的景色被她棕色的身影挡住了。

第七章

归途之中

　　整个下午，他们都在山坡上玩一种复杂难懂的游戏。露西花了好久才弄明白这究竟是什么游戏，游戏中谁和谁是同一边的。伊格先生用疑惑的眼光看着她们，夏洛特则以不停的闲谈来回敬他。老埃默森先生在寻找他的儿子，有人告诉他去哪里可以找到乔治。毕比先生维持着中立者热切的外表，他的任务是将大家召集起来准备返回。每个人心里都有几分惶惶不安。潘神 ① 悄悄地混进了他们中间——不是那个长眠地下两千年的大潘神，而是那个小潘神，他总是给社交场带来尴尬，让野餐变得不堪。毕比先生没能召集到一个人，本来他带着个食品篮子想送给大家一个惊喜，现在也只好自己独自享用了。拉维希小姐和巴特利特小姐走散了，露西和伊格先生走散了，老埃默森和他儿子也走散了。巴特利特小姐还弄丢了一块防水布，法厄同输掉了游戏。

　　最后这一点绝对千真万确。法厄同哆嗦着爬上马车的驾驶位，竖起领子，他预言马上就要变天了。

　　"我们快走吧，"他对大家说，"那位先生想步行回去。"

　　"这么远，步行回去？那他得走好几个小时呢！"毕比先生说。

　　"那是肯定的。我跟他说了，这样做是不明智的。"他不愿意正眼看任何人，或许输掉了游戏让他感到特别尴尬。其实，只有他曾经用全部的直觉与天赋游刃有余地玩过这个游戏，其他的人只是用了一丁点儿他们的聪明才智。只有他领悟了事情的真相，并且心存善愿。只有他能明白五天之前广场上那个濒死之人试图传递给露西的信息。珀

耳塞福涅——她一半的生命仿佛都在坟墓中度过——也有同样的领悟力。可是这些英国人却不会懂，他们总是后知后觉，往往最后为时已晚。

车夫的想法即使再公正也很少能影响到他那些雇主的人生。在巴特利特小姐的对手里，他算得上是最强劲的，却终究是最构不成威胁的那一个。一旦回到城里，他自己、他敏锐的洞察力以及他知晓的一切就不会再来打搅英国女士们的生活了。当然了，这相当的令人不快，她在树丛中看到了他的脑袋。他回去之后或许又能在小酒店里对此大吹一顿。但是，不管怎样，小酒店又与我们何干？真正的流言蜚语只会从旅店的客厅传出来。马车迎着落日飞驰，巴特利特小姐坐在马车上，这时她脑子里想到的就是客厅里的那些人。露西坐在她身边，伊格先生坐在对面，想引起她的注意。隐隐地，他感到有些可疑。他们谈起了阿莱西奥·博多维纳蒂。

天色渐暗，阴雨飘飘。两位女士挤在一起，躲在一把小小的阳伞下面。一道闪电划过，把坐在马车前部、本就神经紧张的拉维希小姐吓得惊叫起来。又是一道闪电，露西也尖叫了起来。伊格先生开始了对她的布道：

"拿出勇气，霍尼彻奇小姐，拿出勇气与信念。要我说，风雨交加、电闪雷鸣本就有些亵渎神灵。难道我们真的会认为，这漫天乌云、这雷电霹雳就是出来要消灭你或者消灭我的吗？"

"不——当然不是——"

"即使是从科学的角度来看，我们这些人基本上是不可能被雷电击中的。吃饭用的钢制刀叉是唯一可以导电的物品，但它们都在另一辆马车里。而且，不管怎样，我们在车里肯定比在下面走路要安全。所以说，勇敢点——拿出勇气和信念来。"

露西感觉到表姐的手在毛毯下面轻柔地按了自己一下。通常，我们对他人的同情渴求之甚，乃至于我们都不在乎这同情背后的意义，或者我们以后必须为此付出多少的代价。巴特利特小姐通过这一恰合时宜的动作，所获得的东西远远超过了几个钟头的说教或没完没了的盘问。

两辆马车停了下来，此时离佛罗伦萨已经不远，巴特利特小姐又重复了上述的动作。

"伊格先生！"毕比先生叫道，"我们需要你的帮助，能帮我们翻译一下吗？"

"乔治！"埃默森先生大喊着，"请问一下你们的车夫，乔治走的是哪条路。他可能会迷路的，他可能会没命的。"

"去吧，伊格先生，"巴特利特小姐说，"不过，别问我们的车夫，他帮不上什么忙。你去帮帮可怜的毕比先生。他快要被逼疯了。"

"他会没命的！"老埃默森大喊着，"他会死的！"

"他们就是这种样子，"牧师一边下车一边说，"在现实面前，这类人通常都会精神崩溃。"

"他知道些什么呀？"车厢里只剩下表姐妹俩了，露西立即小声问道，"夏洛特，伊格先生知道多少呀？"

"亲爱的，他什么都不知道，什么都不知道。不过呢——"她指了指车夫，"——他可是什么都知道呀。亲爱的，我们是不是最好对他表示一下？"她掏出了钱包。"和下层阶级的人打交道真是太痛苦了。他全都看见了。"她拿旅游指南拍了拍法厄同的后背，对他说："别跟人提起那件事！"然后塞给他一法郎。

"得嘞。"他如是回答，将钱收入了囊中。对他而言，又一个寻常的日子过去了。但是，露西，这个来自人间的少女，却对他很是失望。

前方的道路上发生了一起爆炸事件。暴风雨摧垮了空中的电车电线，一个主架倒了下来。要不是他们的车停了一会儿，兴许就被砸中了。他们愿意相信这是神迹，是上天赐予的如洪流一般的真挚厚爱，保佑他们时时刻刻免受灾难的侵袭。他们下了马车，他们互相拥抱。往昔的不端此刻得到谅解，这是何等的愉悦，对谅解自己的人来说也同样如此。这一刻，他们将心中的种种善意化作了实际的行动。

年岁稍长的人很快便恢复了常态。在心底最深处，他们知道这种行为不符合绅士和淑女风度。拉维希小姐掐指一算，发现就算他们刚才没有停下，其实也不会被砸到。伊格先生开始低声祷告起来。不过，驾车驶过了几英里阴暗肮脏的道路后，车夫们向树林中的精灵与圣人倾诉衷肠，至于露西，她的倾诉对象则是她的表姐。

"夏洛特，亲爱的夏洛特，吻我一下，再吻我一下。只有你能理解我。你叮嘱过我要小心点。而我——我还以为自己已经长大了。"

"别哭别哭，亲爱的。别急，你慢慢地说。"

"我总是又固执又愚蠢——比你想象的还要糟糕，糟糕多了。那次，在阿诺河边——哦，可是他不会死的——他不会死的，对吧？"

想到这一点，她的悔恨之心受到了干扰。实际上，这一路上暴风雨的肆虐有增无减，但是，对她而言，危险曾经近在咫尺，所以她以为所有的人必定都面临危险。

"我相信他不会死的，大家都会祈祷他平安的。"

"他真的——我觉得他当时是大吃了一惊，就跟我之前一样。不过，这一回真不能怪我，你得相信我。我只是脚下一滑，掉进了一大片紫罗兰里。但是，我必须说出全部的真相，我也有一点点的错。我当时脑子都懵掉了。你知道吗？那时，我看着那天空是一片金色，大地是一片碧蓝，就在那一刻，他出现了，他就像小说中的人物一样。"

"小说？"

"英雄啊——神啊——就是女学生们瞎想的那种。"

"那后来呢？"

"可是，夏洛特，后来发生的事你是知道的呀。"

巴特利特小姐陷入了沉默。的确，她了解的已经够多了。她清楚自己的洞察力，便亲昵地把露西拉到身边。露西一路上都在瑟瑟发抖，不住地叹气，仿佛生无可恋。

"我希望做到坦白，"她喃喃地说，"可是百分之百的坦白太难了。"

"别担心，亲爱的。等你平静一点再说。等我们回到房间，晚上睡觉前再说这件事情。"

就这样，她俩手拉着手回到了佛罗伦萨。露西惊讶地发现，其他人的热情已经悄然褪去。暴风雨停息了，老埃默森先生也不再那么为他的儿子担忧了。毕比先生又恢复了他的好心情，而伊格先生又开始不待见拉维希小姐了。她唯一不必担心的只有夏洛特——从夏洛特的外表，根本看不出她内心的善解人意和慈爱细心。

自我解剖带给她巨大的愉悦，因此她几乎愉快地度过了这一个漫长的夜晚。她想得更多的不是发生了什么，而是自己该怎么去讲述它。她的百感交集也好，一时之勇也罢。无名而生的快乐时刻也好，难以琢磨的闷闷不乐也罢，这些都得一五一十地对表姐坦白才行。如此推心置腹地交心之后，两人再一起解开乱麻，揭开谜底。

"终于，"她心想，"我终于可以了解我自己了，我再也不会被无中生有和不知所以的事情扰乱心绪了。"

艾伦小姐请她弹奏一曲，她断然拒绝了。此刻，音乐在她看来不过是孩童的游戏。她紧挨在表姐身旁坐着，而她的表姐耐心有加，正在仔细聆听别人讲一个关于行李丢失的冗长故事。这个故事讲完之后，她的表姐又讲起了她自己丢失行李的经历。因为这一耽搁，露西都快歇斯底里了。她想阻止表姐让她别讲下去了，或者无论如何讲得快一点，但都没有成功。一直到了很晚，巴特利特小姐才终于讲到自己找回了行李，她用她那一贯的温和的自责语气说道："好吧，亲爱的，我已经做好准备要回贝德福德郡①了。到我房间来，我帮你好好地梳梳头。"

她郑重其事地把门关上，为露西摆上了一把藤椅。然后，巴特利特小姐开口了：

"那么，现在该怎么办呢？"

对于这个问题，露西没有一点思想准备。她根本没有想过自己得做点什么，她想到的只是把自己的情感和想法完完整整地讲给表姐听

① 贝德福德郡（Bedfordshire），英国英格兰一郡，英国最大的意大利移民聚居区之一。

而已。

"该怎么办呢？亲爱的，这一点，只有你自己才能解决。"

雨水顺着黑色的窗户淌下来，这个大房间潮湿阴冷。五斗柜上点着的一支蜡烛离巴特利特小姐的小圆帽很近，烛光摇曳，帽子在上了锁的门背上投下了恐怖怪异的黑影。窗外，一辆电车在黑暗中呼啸驶过。露西早就擦干了眼泪，但是心底仍然有一股难以言说的悲伤。她抬头望着天花板，天花板上暗淡而模糊的狮身鹰面兽和巴松管，那是快乐的幻影。

"这雨已经下了将近四个小时了。"她最后说了这么一句。

巴特利特小姐没有接这句话。

"你说，怎样才能让他闭嘴？"

"你是说马车夫吗？"

"不是的，我亲爱的姑娘。我说的是乔治·埃默森先生。"

露西开始在房间里来回踱步。

"我不明白。"过了好一会儿，她才说。

其实，她心里很明白，但是她不再希望自己百分之百的坦诚了。

"你准备怎么做，让他做到守口如瓶？"

"我觉得，他是永远不会往外说的。"

"跟你一样，我也很想把他往好的方面想。但不幸的是，我以前遇到过这一类人，他们对自己的种种战果从来都是很张扬的。"

"种种战果？"露西叫了起来，一听到"战果"之前还被冠上了"种种"两字，露西不由皱起了眉头。

"我可怜的露西，你觉着他这是第一次干这种事吗？你过来，听我跟你说。我是根据他自己说过的那些话才做出这个判断的。你还记得吗？那天吃午饭时，他和艾伦小姐争辩的时候还说，喜欢上一个人，就给了自己更多的理由去喜欢另一个人。"

"我记得。"露西说，当时她还挺同意这个观点的呢。

"好吧，我也不是那种故作正经的人，也没有必要非要说他是个坏小子，不过很明显，他根本就没有多少教养。如果你愿意的话，我们可以说把这归结于他可悲的出身和教育经历。但是我们有点跑题了。言归正传，你打算怎么办？"

露西灵机一动，计上心头。要是能早一点想到这个主意并且付诸实践的话，可能已经奏效了。

"我觉得可以和他当面谈一谈。"

巴特利特小姐发出一声惊叫，她是真心受到了惊吓。

"你知道，夏洛特，你的好意——那是我永远不会忘记的。但是——正如你所说——这是我自己的事，是我和他之间的事。"

"所以，你准备去恳求他，去乞求他对此保持沉默吗？"

"当然不是。不会有什么困难的，不管你问他什么，他只要回答'是'或者'不是'，然后谈话就结束了。我一直有点害怕他，但现在我一点儿都不怕了。"

"但是亲爱的，我们是因为你而怕他的。你太年轻了，没有社会经验，从小到大都生活在好人堆里，你都不知道男人可以有多坏——他们以欺负女人为乐，而其他的女人都不会过来保护她。比方说吧，今天下午，要是我没有及时到达，那又会发生什么事情？"

"我想象不出来。"露西心情沉重地说。

因为露西的语气，巴特利特小姐又重复了一遍她刚才的问题，这回的语调拖得特别长。

"今天下午，要是我没有及时到达，那又会发生什么事情呢？"

"我想象不出来。"露西也重复了她的回答。

"当他侮辱你的时候，你是准备怎么反应的？"

"我没有时间思考，然后你就来了。"

"是这样。但是，你能不能告诉我，你准备怎么反击呢？"

"我会——"她顿住了，她的话没有再说下去。她走到窗前，雨水沿窗而下，她凝视着窗外的黑夜。她想不出来自己那时还能做些什么。

"离窗子远一点，亲爱的，"巴特利特小姐说，"不然人家在外面的路上就能看见你。"

露西遵从了。她什么都听表姐的。从一开始，她就把自己放在了低处，现在无法调整过来了。她们两人都没有再提起露西的方案：她要去和乔治谈一谈，跟他一起解决问题，不论那是什么问题。

巴特利特小姐变得悲伤起来。

"要是有个真正的男子汉在身边就好了！你我只是两个弱女子。指望毕比先生是没戏的，伊格先生吧，你又信不过他。要是你弟弟在这儿就好了！他虽然年纪还小，但是我相信，要是他知道自己的姐姐被人欺负了，一定会变得像狮子一样凶猛。感谢上帝，骑士精神尚存人间，这世上还是有尊重女性的男人存在的。"

她一边说着，一边将手指上的戒指一个个摘下。她戴了有好几枚，她把它们整齐地排列在针线垫上。然后，她对着手套吹了一口气，说道：

"赶明天早上的火车会有点急，但我们非走不可了。"

"什么车？"

"去罗马的火车。"她看着自己的手套，一脸的挑剔。

这消息宣布得很是突然，露西坦然地接受了它。

"去罗马的火车什么时候开？"

"早上八点。"

"贝尔托利尼太太会不高兴的。"

"但我们必须走了。"巴特利特小姐说，她不想跟露西说她其实早给房东打过招呼了。

"她会让我们支付整个星期的食宿费用的。"

"我想她会这么做。不过，我们住到维斯他们住的旅店里会比这儿舒服得多，那儿的下午茶不是免费的吗？"

"是的，但是酒水是要额外付费的。"

说完这句话，露西就一动不动也一声不吭了。从她疲惫的眼睛看，夏洛特就好似梦里出现的幽灵在眼前颤动、膨胀。

她们着手收拾衣服整理行李，因为要想赶去罗马的那趟火车，时间非常紧张了。露西一边听着表姐的告诫，一边在两个房间之间来回地走动。在烛光下整理行李真不容易，这感觉压过了她心中隐隐的不快。夏洛特虽然务实，但是能力欠缺，她跪在一只空箱子边上，徒劳地努力想把几本大小不一、厚薄不均的书本铺平整。她叹了两三口气，因为弯着腰让她感到有些背疼。虽然她精于处理人际关系，但感觉到毕竟年纪不饶人。露西一进房间就听到她在叹气，心中又生出了那股无名的情感冲动。她只是觉得，要是表姐能秉持"人人为她，她为人人"的原则，那么烛光会变得更明亮一些，收拾行李将变得不那么麻烦，整个世界也将变得更加美好。这种冲动由来已久，但从来没有像今天这般强烈。她在表姐的身边跪下，一把抱住了她。

巴特利特小姐也用热情与柔情拥抱着她，但是她可不傻，她非常清楚地知道露西不爱自己而是需要自己的疼爱。因此，过了好一会儿，她才说话，那语气令人感觉有点不妙：

"我最亲爱的露西，不知道你是否会原谅我？"

露西一下就警觉了起来，曾经的苦涩经历让她明白，"原谅巴特利特"意味着什么。她稍微平静了一下，调整了一下拥抱的姿势，然后说：

"亲爱的夏洛特，你这是什么意思？倒好像你做错了什么需要我原谅似的！"

"是有许多需要你原谅的，我自己也有许多地方需要原谅自己。我非常清楚每次我惹你生气——"

"但是，这不是——"

巴特利特小姐开始扮演起她最拿手最热衷的角色：一位未老先衰、富有牺牲精神的女人。

"噢，就是这样的！我觉得我们俩这次旅行没有我预想的那么成功。本来我早就应该知道是不会成功的，你需要的旅伴是一个更加年轻更加健康也更有共同语言的人，我这个人太无趣了，还老派——只适合给你收拾收拾行李。"

"拜托你不要——"

"我唯一能聊以自慰的就是你找到了更加适合你口味的人，这样我就能经常留在家里了。我对淑女的行为规范略有浅见，但是我希望除了最必要的那一点点，我没有将那一套强加于你。不管怎么说，这两个房间的事就是你拿的主意。"

"千万别这么说。"露西轻声地说。

她内心依然希望她俩之间是亲密无间、心意相通的。她们继续默默地收拾行李，一言未发。

"我一直很失败，"巴特利特小姐边说边用力地给露西的箱子而不是自己的箱子扣上了皮带，"我没能让你尽兴，没能尽好你妈妈交付给我的职责。她对我一直都那么好，但是发生了这场大乱子之后，我再没有颜面去见她了。"

"可是妈妈她会理解的。这又不是你的错，而且虽然这事情是很烦人，但还算不上是什么大乱子吧。"

"是我的错，也确实是大乱子。她完全有理由永远都不原谅我。比如说，我有什么权利去跟拉维希小姐交朋友。"

"你完全有权利的呀。"

"可我是为了保护你才来这儿的，我怎么有这权利？要是我惹你生气了，那也是因为我没有照看好你。等你跟你妈妈说了之后，她一定是跟我一样的想法。"

露西害怕了，但是又想挽救局面。她说：

"为什么要说给妈妈听呢？"

"但是你平时什么都不瞒着她的吧？"

"我想，一般来说是这样的。"

"我可不想打破你们之间的信任。这种信任很神圣，除非你觉得这件事情是不能对她说的。"

露西可不想被贬低成这个样子。

"当然，我本来是应该对她说的。但是，如果这样一来她就会责怪你，那我向你保证我不会跟她说。我愿意这样做。这件事，我不会跟她说，也绝不会跟任何人说。"

她的这一承诺瞬间便终结了这次拖沓的对话。巴特利特小姐在她两边的脸颊轻吻了一下，道了晚安，然后就让露西回自己房间了。

就这样，原先的麻烦暂时被抛到了脑后。乔治的行为举止一直就像个彻头彻尾的流氓，也许人们最终都会这么认为的。就目前而言，露西既没有原谅他也没有谴责他，她对他完全没有评判。而就在她刚要对他进行评判的时候，巴特利特小姐就发表了她的看法，而且从此，便是巴特利特小姐的一言堂了。即便是此时此刻，巴特利特小姐的叹气声哪怕顺着墙壁的缝隙也能传过来，她着实称得上是坚忍不拔，不卑不亢，始终如一。她就像伟大的艺术家一样辛勤耕耘。有一段时间——准确地说，是好几年——她好像一直碌碌无为，但到最后却为露西呈现了一幅完整的画卷，它描绘了一个欢乐绝迹、爱意全无的世界，在那里，年轻人义无反顾地冲向毁灭，直到撞了南墙才知道回头——那个知耻严苛的世界里戒备森严，障碍林立。也许人们因此避开了邪恶，但似乎不会因此变得良善，这些我们能从那些最严格地遵守规矩的人身上看个一清二楚。

露西正在经受着人世间最令人伤心的委屈：她的真诚，她对同情与对爱的渴求，被人用手段玩弄于股掌之间。这样的委屈是永远都不会忘记的。她再也不会不假思索、毫不设防地将自己的心事展露出来了，免得碰一鼻子的灰。这样的委屈深深地伤害了她的心灵。

门铃响了，她走向百叶窗。还没走到那儿，她便犹豫了起来，于是转身将蜡烛给吹灭了。就这样，虽然她看到窗外楼下的雨中站着一个人，而那个人，虽然他正抬头往上看，却没有看到她。

这个人必须先经过她的房间才能回到他自己的房间。她白天的衣服还没有换掉。她突然想到，她可以悄悄来到走廊上，就只是告诉他一声明天在他起床之前自己就已经离开了，告诉他这段奇妙的交往就此结束了。

她是否有勇气这么做呢？一切都无从得知了。就在那关键的一刻，巴特利特小姐打开了她自己房间的门，只听她的声音在说：

"埃默森先生，我希望去前厅和你说一句话。"

很快传来了他们返回的脚步声，还有巴特利特小姐的说话声：

"埃默森先生，祝你晚安。"

回应她的只是他那沉重而疲惫的呼吸声。巴特利特小姐已经完成了她监护人的使命。

露西大声喊了起来："不是这样的，不可以这样。我不愿意再这样糊里糊涂的了。我想快点长大。"

巴特利特小姐在隔壁敲了敲墙壁。

"赶紧睡觉吧，亲爱的。你需要好好休息一下。"

第二天清早，她们启程去了罗马。

第二部

第八章

中世纪之风

全新的地毯得好生保护，不能在八月的骄阳下暴晒，所以风之角客厅的窗帘平时都拉得严严实实的。窗帘十分厚重，几乎长及地面，光线透过窗帘大大减弱并呈现出多种色彩。如果有个诗人——可惜现场没有诗人——也许会吟诵出这样的诗句："生命，犹如多彩琉璃的穹顶"，或许，他会将窗帘比作关闭的水闸，将天空中令人难忍的热潮拒之门外。室外骄阳似火，热浪滚滚，室内虽然还能看到一些阳光，但已经被调至算是宜人的程度了。

房间里坐着两个心情愉悦的人。其中之一——一个十九岁的男孩——正捧着一本解剖学小册子，偶尔还瞅一眼放在钢琴上的一块骨头。他还时常从椅子上蹦起来，喘上几口气，哼唧几声，这是因为暑气逼人，而书上又尽是蝇头小字，且人体的结构又是那么的精妙复杂。另一个人是他的母亲，她正在写信，时不时把自己刚刚写下的句子念给儿子听。时不时地，她还会站起身来，将窗帘掀开一条缝，这时地毯上就会洒下一条细长的光线，然后她会说他们还在那儿。

"哪儿没有他们呀？"男孩说。这个男孩就是弗雷迪，露西的弟弟。"说实话，我都感觉很厌烦了。"

"既然如此，那就看在上帝的分上，请你离开我的客厅吧！"霍尼彻奇太太大声地说。她想用认真对待的方式纠正孩子们说话喜欢带上俚语的习惯。

弗雷迪既不动弹，也不吭气。

"我觉得事情有些眉目了。"她说。如果用不到她太多的恳求他就愿意讲一讲的话，其实霍尼彻奇太太还是很想听听儿子对这件事情的看法的。

"到现在也该有点眉目了。"

"我很高兴看到赛西尔再一次向她求婚了。"

"他这都是第三回挑战了吧？"

"弗雷迪，我真的觉得你这样说话不够礼貌。"

"我不是故意要不礼貌的。"接着，弗雷迪又说："不过我打心底觉得露西在意大利的时候就能把事情说清楚了。我不了解女孩子们是怎么处理这些事情的，但是她之前肯定没有好好地拒绝他，要不然她今天也不必再拒绝一次了。整个这件事情——我讲不清楚——都让我觉着很不爽快。"

"亲爱的，你这话是当真的吗？可真有意思！"

"我觉得吧——算了，不说得了。"

他又开始看他的书了。

"你来听听我给维斯太太写的信。我是这么写的：'亲爱的维斯太太——'"

"行了，妈妈，你刚才已经给我读过了。信写得相当精彩。"

"我是这么写的：'亲爱的维斯太太，赛西尔刚才又一次请求我同意他和露西的婚事，如果露西答应他，我会非常高兴，不过——'"她停了下来，"我觉得有趣的是赛西尔居然会来请求我的同意。他这人向来主张不要理睬世俗的观念，父母之命什么的根本就无所谓。但真正事到临头，他又没了我不行。"

"没了我也不行。"

"你？"

弗雷迪点点头。

"你这是什么意思？"

"他也跑来征求我的同意。"

她惊呼起来："他这人可真是奇怪！"

"怎么就奇怪了？"这个儿子兼家族继承人反问道，"怎么就不能征求我的同意了？"

"露西和她们姑娘家，还有其他的那些事，你又哪里弄得明白呢？那你到底跟他说了些什么？"

"我对他说：'你娶她也罢，不娶她也罢，那不关我的事！'"

"这个回答真是管用！"不过，虽然她自己的答复在措辞上比较正式，意思和效果也都是一样的。

"真正烦人的是这个。"他又开口说。

说完，他又拿起了他的那本书，他感到不好意思，难以说出那真正烦人的是什么。这时，霍尼彻奇太太又回到了窗边。

"弗雷迪，快过来！你看，他们还在那儿！"

"我认为，你不应该那样子偷窥。"

"那样子偷窥！难道我还不能从我自己家的窗口往外看吗？"

不过，她还是回到了写字台那边，走过儿子身边时向他指出："怎么还在看322页啊？"弗雷德轻轻哼了一声，往后翻了两页。有那么一小会儿，两人都没有说话。窗外，就在不远的地方，那两位还在促膝长谈，低语轻柔不曾断绝。

"真正烦人的事是这个：我对赛西尔说错话了，弄得很尴尬，"他紧张地吞咽了一下口水，"他对于我给予的那种'同意'不满意——也就是说，我说的是：'我无所谓'——好吧，他对此不满意，他其实想知道的是，我是不是高兴极了。他实际上是这么讲的：这桩婚事要是成了，对露西和风之角来说，难道不都是天大的好事吗？他非要让我回答他——他说，这样的话，他求婚就更有动力了。"

"亲爱的，我希望你的回答很谨慎。"

"我跟他说：'不！'"男孩说，气得咬牙切齿，"你看吧！这一下就搞砸了！但是我也没办法——我必须这么说呀。我必须说不。他就不应该来问我。"

"你这傻孩子！"他的妈妈叫嚷着，"你自我感觉神圣又真诚，实际上不过是自负得让人讨厌罢了。你觉得像赛西尔这样的人会把你说的一两句话当回事吗？我真希望他当时抽你两个耳光。你怎么敢说不呢？"

"噢，妈妈，别说了！如果我不能说'是'，那我别无选择必须说'不'。我当时还努力让自己笑了一下，假装自己是在开玩笑，赛西尔也笑了一下，然后走开了，这事儿可能也就这样过去了。但是，我还是觉得我做错了。噢，你别再说了，让我安安静静看会儿书吧。"

"不行，"霍尼彻奇太太说，从她的神情来看，她已经对这事有过充分的考虑了，"我就是要说。你明明知道在罗马他们俩之间发生了什么，你也知道他为什么要到这儿来，即便如此，你还要故意去羞辱人家，还想着把他从我们家给轰出去。"

"根本不是那么回事！"他为自己辩护道，"我只是想表达我不喜欢他。我并不讨厌他，但也不喜欢他。我在意的只是他会不会把这事告诉露西。"

他瞅了一眼窗帘，神情郁闷。

"好吧，可是我喜欢他，"霍尼彻奇太太说，"我认识他的妈妈，他为人善良，头脑聪明，家境优渥，人脉广泛——喂，你别踢钢琴呀！他人脉很广——如果你愿意，我可以再说一遍：他人脉很广。"她停了下来，仿佛是在背诵一篇颂词，只不过脸上仍是不悦的表情。她又补充了一句："而且，他举手投足都很优雅。"

"以前我还是喜欢他的，我觉得可能是因为他让露西刚回家的第一个星期就那么扫兴，还有听到毕比先生也说了些话，也许他不太了解情况吧。"

"毕比先生？"他妈妈问，想掩饰一下自己的好奇心，"我不明白毕比先生跟这件事能有什么关系呀。"

"你知道毕比先生说话很有意思，尤其是如果你搞不清楚他的本意是什么。他说，'维斯先生可真是个理想的单身汉。'我常得这话很有趣，就问他这是什么意思。他这么说：'哦！他就像我一样——但是他更超然物外。'我再问他，他就不再多说了，不过这让我产生了一些想法。自从赛西尔开始追求露西以来，至少，我发现他不怎么讨人喜欢——我也说不清楚。"

"亲爱的，你永远都说不清楚的，可是，我说得清楚。你嫉妒赛西尔，因为他，也许露西以后就不再给你织丝绸领带了。"

这种解释似乎合情合理，弗雷迪也想让自己接受这个解释。但是在他意识的深处，还是潜藏着一丝隐隐的不信任。那是因为赛西尔把喜欢体育运动的人吹上了天吗？是这个缘故吗？因为赛西尔老是不让别人顺着人家自己的思路而非要顺着他的意思说话？这一点很让人厌烦。是这个原因吗？另外，赛西尔从来都不戴别人戴过的帽子。弗雷迪想了一会儿便作罢了，他没有意识到自己还会进行深入的思考。他一定是嫉妒了，要不然他不可能因为这么愚蠢的理由就去讨厌一个人。

"这么写你看行不行？"他妈妈叫他，"'亲爱的维斯太太，赛西尔刚才又一次请求我同意他和露西的婚事，如果露西答应他，我会非常高兴。'然后我写了下面这句话：'而且我已经跟露西这么说了。'我得把这封信再誊写一遍——'而且我已经跟露西这么说了。但露西好像举棋不定，现在的年轻人必须自己拿主意。'我这么写是因为我不想让维斯太太觉得咱们家思想落伍。她总是去听讲座，接触新的思想，可是她家的床底下总是积满厚厚的灰尘，电灯的开关上也总是布满女仆的手指印。她住的公寓真是乱得可怕——"

"要是露西真嫁给了赛西尔，她是住到城里的公寓，还是住在乡下呢？"

"别随便打断我的思路。我说到哪儿了？噢，这儿——'现在的年轻人必须自己拿主意。我知道露西喜欢你的儿子，因为她会一五一十都跟我说。他第一次向她求婚，露西就从罗马给我写信告诉我了。'不行，我得把这最后一句给划掉——看起来太自大了。我写到'因为她会一五一十都跟我说'这句就可以了。要不，是不是这句话也给删掉？"

"这句也删了吧。"弗雷迪说。

这句话，霍尼彻奇太太还是留了下来。

"现在定稿了，全信是这样的：'亲爱的维斯太太，赛西尔刚才又一次请求我同意他和露西的婚事，如果露西答应他，我会非常高兴，而且我已经跟露西这么说了。但露西好像举棋不定，现在的年轻人必须自己拿主意。我知道露西喜欢你的儿子，因为她会一五一十都跟我说。不过我并不知道——"

"小心!"弗雷迪喊了出来。

窗帘突然拉开了。

赛西尔的第一个动作就带着满心的不满。他真受不了霍尼彻奇家的这种习惯,为了保养家具而宁愿一家人坐在黑暗中。他出于本能扯了一下窗帘,窗帘一下子就顺着帘杆打开了。阳光照了进来。窗外是一个平台,两侧种着树,很多乡间别墅都建有这样的平台,平台上放着一把乡村风格的小椅子,还有两个花坛。由于风之角是建在一处可以俯瞰萨塞克斯郡威尔德地区的斜坡上,远处的风景让这个平台看上去似乎变了模样。露西就坐在那椅子上,看上去她好像坐在一块绿色魔毯的边沿,在空中飘浮。

赛西尔走了进来。

赛西尔在我们的故事中登场略晚,所以有必要赶紧介绍一下他。他是个带有中世纪之风的男子,身材高大,举止文雅,如同一尊哥特式雕像。他双肩极为端正,仿佛是在用意志力时刻保持着。他的脑袋微微上扬,视线高出平常,像极了守卫在法式大教堂门口的那些一丝不苟的圣像。他受过良好的教育,天赋异禀,体格无瑕。他没能逃脱某种魔鬼的掌心,现代世界将这种魔鬼称之为"自我意识",而在中世纪,由于人们的认识水平有限,却把它当作禁欲主义来加以崇拜。哥特式雕像蕴含着独身禁欲的涵义,而希腊式雕像则暗含着欢乐享受的意蕴,或许这就是毕比先生所指之意。弗雷迪没有考虑到这层历史与艺术的因素,因此他说他无法想象赛西尔戴着别人的帽子是什么样,其实表达的也是同样的意思。

霍尼彻奇太太把信放在写字台上,向这位年轻的朋友走去。

"啊,赛西尔!"她叫道——"啊,赛西尔,快告诉我!"

"我已有婚约在身了。①"他说。

---

① 原文为意大利语:I promessi sposi。出自意大利著名作家亚历山德罗·曼佐尼(Alessandro Manzoni,1785—1873)代表作《约婚夫妇》,这部长篇历史小说是意大利古典文学的瑰宝,在意大利,它同但丁的《神曲》一样家喻户晓,妇孺皆知。

他们看着他，神情焦急。

"她接受了我的求婚。"他说，用英语把这句话说出口，让他有些脸红。他露出开心的微笑，比往常多了些人情味。

"我真的太高兴了。"霍尼彻奇太太说，而这时弗雷德伸出手来，他的手因为碰了化学物质变成了黄色。他们也希望自己会说意大利语，毕竟用英语表达赞美和惊讶之情只适合小场面，遇到真正的大场合都不敢开口，说英语显得不合适。我们总是希望带点诗情画意，或者努力回想《圣经》里是怎么说的。

"欢迎你成为我们家庭的一员！"霍尼彻奇太太一边说，一边向着家具挥了挥手，"今天真是开心幸福的一天！我相信你一定能让我们亲爱的露西幸福的！"

"希望如此。"年轻人答道，抬眼望着天花板。

"我们这些当妈妈的——"霍尼彻奇太太假笑着说，随即就意识到自己这样是虚伪做作，有点感情用事，夸夸其谈——那都是她最讨厌的样子。她怎么就不能像弗雷德一样呢？他正笔直地站在房间的中央，看上去满脸的不高兴，但是却有点儿帅气呢！

"嘿，露西！"眼看这边的局面快维持不下去了，赛西尔就叫了露西的名字。

露西从椅子上站起身，穿过草坪。她对着他们微笑，就好像她是要叫他们一起去打网球。接着，她看到了她弟弟脸上的表情，她张开嘴唇，把他搂在了怀里。弗雷迪说："冷静一点！"

"不打算吻我一下吗？"妈妈问。

露西也亲吻了妈妈。

"劳烦你带他俩到花园里去，然后告诉霍尼彻奇太太整件事情的经过，好吗？"赛西尔提议，"我就留在这儿，写封信告知我妈妈。"

"我们跟露西一起去？"弗雷德问，就好像他是在接受命令一样。

"是的，你们跟露西一起去。"

他们走进了阳光中。赛西尔目送他们走过平台，走下台阶，然后消失在视野之外。他们会一直往前走——他了解他们的习惯，经过灌木丛，然后走过网球场和栽满大丽花的花坛，一直走到菜园那里，然后，他们将停下脚步，在土豆和豌豆的见证下谈论他和露西的婚姻大事。

他点着了一支烟，尽情地微笑着。他把与这一幸福结局相关的一切都在脑海里回顾了一遍。

他与露西相识已经有好几年了，但一直以来，她在他的眼里只是一个碰巧爱好音乐的普通女孩。他还记得在罗马的那个下午，他正心情沮丧，露西和她的表姐突然从天而降一般出现在眼前，要求他带着她们去圣彼得大教堂。那一天，露西就是一位再寻常不过的游客——语气尖锐，穿着一般，因旅途劳顿而憔悴不堪。但是，意大利在她身上创造了奇迹。它予她以光，而且——这让他觉得倍感珍贵——赠她以影。很快，他在她的身上发现了一种别样的含蓄之美。她好似列奥纳多·达芬奇 ① 画中的女主人公，其隐藏的心事比她本人更令人心驰神往。那些心事绝不属于今生今世，就像列奥纳多·达芬奇画中的女主人公绝不至于庸俗到有什么"风流韵事"。真的，她一天天长大成熟了。

慢慢地，他也发生了变化。虽然说不上激情似火，但也不再是高人一等、冷峻有礼了，起码，他的内心深处开始局促不安。还在罗马的时候，他就曾向她暗示他俩也许很是合适。而她听了这话并没有与他翻脸，这就更让他动心了。她礼貌而明确地表示了拒绝。从那以后——正如那句恐怖的话所言——她待他与往日并无区别。三个月以后，在那鲜花遍野的意大利北疆、阿尔卑斯山脉，他用直白而传统的话语又一次向她求爱。她让他想起了更多列奥纳多·达芬奇的画。那些形态各异的岩石在她晒得黝黑的脸蛋儿上投下阴影。听到他说的话，她转过身来，站在他与阳光之间，背后是一望无垠的原野。他陪

---

① 列奥纳多·达芬奇（Leonardo da Vinci, 1452—1519），意大利文艺复兴三杰之一，也是整个欧洲文艺复兴时期最完美的代表。他思深邃，学识渊博，多才多艺，不仅是画家、雕塑家，还是发明家、哲学家、音乐家、医学家、生物学家、地理学家、建筑工程师和军事工程师，其创作的名画《蒙娜丽莎》《最后的晚餐》等享誉全球。

她一起走回家，完全没有求婚被拒的羞耻之感。真正重要的东西没有丝毫的动摇。

所以，他现在又一次向她求婚，还是一如既往的明确而温和。她已经表示接受了他，没有忸忸怩怩地解释她为什么拖到现在才答应，只是简单地说了一句：她爱他，并将尽她所能让他幸福。他的母亲也会很高兴的，她早就建议他采取今天这一步了，现在他要写一封长信向母亲详细汇报。

他看了看自己的手，他担心弗雷德手上的化学品会沾到自己的手上。随后，他走到写字台前。"亲爱的维斯太太"这一行字映入眼帘，下面还有很多修改的笔迹。他有点吃惊，没有接着往下看，片刻的犹豫之后，他就坐到了别处，把信纸放在膝盖上，用铅笔写了封简短的信。

然后，他又点了根烟，但这次感觉没有上一支烟那么好，他心里寻思着风之角的客厅可以怎么改造一下会更具特色。这里视野开阔，景色宜人，客厅也应该是无与伦比的建筑才是，不过，托特纳姆宫路①从这里经过，他几乎能想象出舒尔布雷特公司和梅普尔公司的运货车开到门口运来各式家具的情景，将这把椅子、那些油漆发亮的书橱、那张写字桌换掉。写字桌又让他想起了霍尼彻奇夫人未写完的那封信。他不想偷看这封信——他的心从来不会受到这样的诱惑，不过要说他全不担心那倒未必。霍尼彻奇夫人要和自己的妈妈讨论关于自己的事情，这还不是自己给招来的。他第三次向露西求婚之前，需要得到她母亲的支持。他还想让其他人，不管是谁，全都赞成这桩婚事，所以才去一个个征得他们的同意。霍尼彻奇太太彬彬有礼，但是在一些基本问题上却反应迟缓，至于说到弗雷德——

"他不过是个孩子，"他思考着，"他鄙视我所代表的一切，所以又何必强求他认可我这个姐夫呢？"

霍尼彻奇家族是名门望族，但他开始意识到露西的气质与这个家

① 托特纳姆宫路（Tottenham Court Road），英国伦敦一著名购物街。

族格格不入。也许——这一点他还没有说得很明确——他应该尽快把她带进更符合她气质的圈子里去。

"毕比先生到了!"是女仆的声音。随即,夏街的新教区长被引了进来。露西在佛罗伦萨往家里写的信里对他赞誉有加,所以他一到任就和大家相见如故了。

塞西尔跟他打了个招呼,神情中满是挑剔。

"维斯先生,我是来喝茶的。你觉得这茶我能喝上吗?"

"我觉得没问题。在这里吃喝是最不愁的——别坐那个椅子,小霍尼彻奇先生刚刚在那儿放了根骨头。"

"哎呀。"

"我知道,"塞西尔说,"我知道你是怎么想的。我也不明白霍尼彻奇太太怎么会允许他这么做。"

塞西尔没有把骨头和梅普尔公司的事情联系到一起去,他没有意识到,如果把两者放在一起考虑,它们就会让这房间充满生机,这种生机也是他自己想要的。

"我来这儿是来喝茶聊天的。这不正有个新闻吗?"

"新闻?我不明白你的意思,"塞西尔说,"什么新闻?"

毕比先生所指的新闻,跟塞西尔所想的根本不是一回事。他开始了他的闲聊。

"我来这里的路上遇到了哈里·奥特韦爵士,我相信我一定是第一个知道这件事的人。他从弗拉克先生那里买下了塞西和艾伯特!"

"真的吗?"塞西尔竭力让自己恢复镇静。他差点掉进了 个多大的陷阱啊!这位牧师和那位爵士对自己的订婚大事怎会如此漠不关心?但他依然维持着生硬的态度,他问毕比先生塞西和艾伯特是什么人,不过他心想毕比先生简直毫无修养。

"你问出这个问题是不可原谅的呀!你都在风之角住了一周了,居然还没见过塞西和艾伯特,它们就是教堂对面那两栋半独立的房子呀!这下,霍尼彻奇太太要排到你前头去了。"

"我对本地的情况确实一无所知,"年轻人淡漠地回答,"我甚至都分不清农村教区委员会和地方政府委员会有什么区别。可能压根就没什么区别，也可能是我把它们的名字搞错了。我来乡下不过是为了拜访朋友，游山玩水。我确实太粗心了。只有在伦敦和意大利我才感觉自己是自在的。"

毕比先生有点尴尬，没想到塞西尔这么一本正经地看待塞西和艾伯特一事，于是他决定换个话题。

"让我想想，维斯先生——我忘了——你在哪里高就呀？"

"我没有任何职业，"塞西尔说，"这一点再次证明了我的颓废无为。我的态度——这种态度本身是站不住脚的——是：只要不给别人添麻烦，我就有权我行我素。我也明白我应该要从别人身上赚钱，或者全力以赴去做那些我根本就不喜欢的事情，但不知为何，我还没有着手去做这些事情。"

"你很幸运，"毕比先生说，"自由自在，这可是很棒的人生际遇呀。"

他说话的声音就和本地教区的人一样，但他不知道怎么自然地接上他人的话茬。跟所有拥有正当职业的人一样，他觉得每个人都应该有一份工作才对。

"很高兴你认同我的观点。我都不敢跟体面人讲起这些——比方说，弗雷迪·霍尼彻奇。"

"噢，弗雷迪是个好人，不是吗？"

"他令人钦佩，他是个地地道道的英国人。"

塞西尔对自己的表现有些惊讶。今天他这是怎么了，怎么和往常的自己截然相反呢？他想让自己正常起来，于是热情地问候毕比先生的母亲，尽管他本来对这位老太太并不是特别关注。接着，他又开始奉承毕比先生，对他自由开放的思想以及他对待哲学、科学的开明态度大加称赞了一番。

"其他的人都去哪儿了？"毕比先生终于问道，"我决定在他们这儿喝完下午茶再去做晚礼拜。"

"我估计安娜根本就没告诉他们你来了。在这个家里，客人第一次来做客就会知道这里的仆人是个什么情况了。安娜的毛病是，明明已经听得很清楚了，可还非要让你再说一次，再就是喜欢用脚踢椅子。至于玛丽，她的问题嘛——噢，我记不得玛丽都有些什么毛病了，反正挺严重的。我们要不要到花园去看看？"

"玛丽的毛病我知道，她总是把簸箕落在楼梯上。"

"尤菲米娅的毛病是，她不愿意，怎么也不愿意把板油切成小块。"

两个人哈哈大笑，气氛变得轻松了起来。

"弗雷迪的毛病是——"塞西尔继续侃侃而谈。

"啊，弗雷迪的毛病实在太多啦，只有他的母亲才记得全他的毛病。要不咱们说说霍尼彻奇小姐吧，她的毛病倒不是特别多。"

"她没有毛病。"年轻人说，态度是绝对的真诚。

"我非常同意这一点。起码目前她没有毛病。"

"目前？"

"我不是玩世不恭，我只是想起了我的那个关于霍尼彻奇小姐的妙论。她弹得一手好钢琴，生活却波澜不惊，你觉得这合理吗？我觉得，总有一天，她的生活也会像她的音乐一样精彩，她内心的密封舱将会打开，音乐与生活将合二为一。到那个时候，我们就可以看到一个好到极点的露西，或者坏到极点的露西——可能这么说是有点夸张，但她要么极好，要么极坏。"

塞西尔发现这位同伴真是有趣。

"你的意思是，眼下，她的生活没什么亮点？"

"这个嘛，我得说其实我只是在坦布里奇韦尔斯和她有过一面之缘，起码那个时候她确实平淡无奇，后来在佛罗伦萨又见了面。我到夏街上任后，她又一直在外。你以前见过她的，是吧？是在罗马和阿尔卑斯山见过的吧？噢，我给忘了，你肯定早就认识她了。没错，在佛罗伦萨，她也还是平淡无奇，不过我一直对她抱有期待。"

"在哪方面抱有期待呢？"

他们在平台上来回踱步，两个人聊得越来越投机了。

"我可以轻松地猜到她下一曲会弹什么。我就是有这么一种感觉，她已经找到了属于自己的翅膀，并且准备展翅高飞了。我可以给你看看我的意大利日记，里面有一幅美丽的画：霍尼彻奇小姐是一只风筝，而巴特利特小姐则是手持风筝线的那个人。在第二幅画里，风筝的线断了。"

他的日记里是有这样的素描，不过那是他在后来以艺术的眼光回顾往事时创作的。正当其时，他自己也是拉过几次那根风筝线的。

"但是那个时候，风筝线一直没有断吧？"

"是的，我可能没有看见霍尼彻奇小姐飞起来，不过我倒是确实听说巴特利特小姐摔倒了。"

"现在，那根线已经断了。"年轻人用低沉、略带颤抖的语调说。

宣布订婚的方式有千万种，可以是自负狂妄，可以是荒唐可笑，可以是轻蔑卑鄙，但是他意识到自己刚刚使用的那一种是最最糟糕的。他在心里责骂自己为什么这么喜欢使用暗喻，他刚刚说的话是不是让人觉得他把自己比作了星星，而露西飞上天来只是为了靠近他？

"断了？此话怎讲？"

"我想说的是，"塞西尔生硬地说，"她马上就要嫁给我了。"

牧师知道他接下来说的话里包含着难以掩饰的苦涩与失望。

"真是不好意思，我必须向你道歉。我一点都不知道你跟露西的关系这么亲近，要不然我肯定不会这样随便肤浅地谈论她。维斯先生，你刚才应该制止我的。"他朝楼下看去，露西就在花园里。没错，他失望极了。

塞西尔的嘴角微微向下撇了一下，比起道歉，他自然更希望得到祝贺。他求婚成功了，难道这世界给他的就是这些吗？当然了，这个世界他也瞧不上，每一个有思想的男人都应该愤世嫉俗，这是检验人是否有修养的标准。但是他对接二连三遇到的那些小事，还是很敏感的。

有的时候，他也能变得非常鲁莽。

"我很抱歉吓了你一跳，"他冷冷地说，"我担心露西的选择得不到你的认可。"

"没有的事。但你刚刚应该让我别说下去的。我与霍尼彻奇小姐相识不久，也许，是我不应该随意在别人面前议论她，更何况是在你的面前。"

"你是觉得自己失言了？"

毕比先生控制住自己的情绪。说真的，维斯先生在让人不开心这一方面真是天赋异禀。毕比先生只好使用自己的职业特权了。

"不，我倒并没有失言。在佛罗伦萨的时候，我就预知到她那安静的、波澜不惊的童年时代就要结束了，它现在已经结束了。我隐隐约约地感觉到，她马上就要迈出关键的重要的一步，这一步她现在已经迈出了。她已经懂得了——你就当我是随便说说，就像刚开始一样——她已经懂得了爱情的意义：有人会说，这是我们在人世间最重要的一课。"这时候，他该向迎面走来的三位挥帽致意了，他立马就这么做了。"通过你，她学到了这一切，"如果说他说话仍然是牧师的腔调，不过现在多了几分真挚，"希望你能好好用心，让她学到的这些造福于她。"

"非常感谢！①"塞西尔说，他不喜欢教区长这样的人物。

"你知道了吗？"霍尼彻奇太太一边大声说着，一边费劲地爬上花园的斜坡，"噢，毕比先生！你听到消息了吗？"

弗雷迪用口哨吹起了《婚礼进行曲》，现在的他满怀善意。年轻人往往不会去批判既成的事实。

"我当然听说啦！"他大声回答。他看着露西。在她面前，他没法再正儿八经地扮演教区长了——不管怎么说，此刻他的心中对她是有歉意的。"霍尼彻奇小姐，我要做一点职责之内本该做的事了，不过通常我是不好意思这么做的。我要祈求上帝赐福，不论庄严或欢愉，至大或至小，赐一切的福祉予新人。我祝福他们作为夫妻、作为父母都生活和睦、幸福美满。好了，现在我想喝杯茶。"

"你现在提出喝茶的要求可正是时候，"露西回应道，"在风之角，

---

① 原文为意大利语。

你怎么还敢装得这么一本正经？"

于是，他就顺着她的腔调说起话来。再没有人提什么庄严祝福了，也再没有人试着用诗句或者《圣经》的名言来营造氛围了。谁也不敢也不能再装出一本正经的样子了。

婚约就是这么强大，它能让一切谈起它的人们最终都心怀幸福的敬畏。要是没了这种氛围的烘托，让他们独自待在屋子里，毕比先生，还有弗雷迪，恐怕又会变得爱挑剔起来。但是现在，因为有了这种氛围，因为人人都在场，他们每一个人都发自内心地快乐开心。婚约自带一种神奇的力量，它能让人心悦诚服。有这么一个类比——这是拿一件重要的事情跟另一件重要的事进行比较，那就是：与我们不同的宗教信仰的圣殿对我们的心灵所产生的影响力。站在那样的圣殿外面，我们也许会嘲笑它、反对它，最多有一点儿伤感。但是，一旦进去，虽然里面供奉的圣贤神明我们都不信，但是在真正的信众簇拥之下，我们也就变成了真正的信徒。

于是，这个下午，在经历了种种的试探、承受了种种的担忧之后，他们终于安静下来，坐到一起，开始了宜人的茶会。也许他们是伪君子，但他们自己并不知道，而他们的虚伪完全有可能变成真诚。安娜让大家非常开心，因为她将每一只盘子放到桌上时的样子就好像在摆放婚礼礼物一样。每次她轻轻踢开客厅的门之前，都会朝大家笑一下，于是大家也都立即报之以微笑。毕比先生不停地轻声说着什么，弗雷迪非常风趣，称塞西尔是"溃不成军"（Fiasco）——这是这家人送给未来女婿（fiancé）的荣誉称号 ①。霍尼彻奇太太微微发福，言谈幽默诙谐，一看就会是一个好岳母或好婆婆。而露西和塞西尔，那圣殿正是为他们而建，他们也融入了这欢乐的仪式之中，但他们就像那些最为虔诚的信徒，正在等待更为庄严神圣的欢乐圣殿出现在他们面前。

---

① "溃不成军"的原文是 Fiasco，出自意大利语。未婚夫是 fiancé，出自法语。两个单词无论拼写还是发音均十分相似。

第九章

画中人露西

婚约宣布了。几天之后，霍尼彻奇太太让露西和她"溃不成军"先生参加当地的一个小型露天茶话会。霍尼彻奇太太自然是想让大家看一看自己的女儿许配给了一位体面的小伙子。

塞西尔又何止是体面呢！他仪表不凡，身材修长，与露西走在一起非常般配。露西和他说话的时候，他帅气的长脸也是热情洋溢。大家纷纷向霍尼彻奇太太表示恭喜祝贺，尽管我认为这是社交礼仪方面的小小失误，不过她却因此好生高兴，于是她也相当随意地将塞西尔介绍给了几位古板的富孀。

吃茶点的时候，发生了一点小意外：一杯咖啡泼到了露西的绣花丝绸裙上，虽然露西表面上装作无所谓，她的母亲却一点儿也不掩饰自己的情绪，她把女儿拉进室内，让一个善良的女佣帮忙把裙子弄干净。她们离开了好一会儿，把塞西尔丢给了那几位贵妇人。等母女俩回来的时候，发现塞西尔的心情不像先前那么愉快了。

"你经常参加这种活动吗？"他们乘坐马车回家的时候，他这样问露西。

"噢，有时候会参加。"露西答道，她今天玩得很尽兴。

"乡下的社交场就是这个样子吗？"

"我觉得是。妈妈，你觉得呢？"

"这样的活动可多呢。"霍尼彻奇太太说，她正在竭力回忆一条裙子下摆的装饰图案。

发现未来岳母心不在焉的样子，塞西尔便转向了露西，他说：

"对我来说，这样的活动糟糕透顶，讨厌透顶，真是一场灾难。"

"刚才留你一个人在那儿，很抱歉。"

"我倒不是说这个，我说的是他们的那些祝贺恭喜。真是太恶心了，个人的婚约搞得就像公有财产一样——就像一个荒废的地方，哪个不相干的外人都可以闯进去发表一通庸俗的感想。那几个老太太还一直在那儿傻笑！"

"我想，每个人都得经历这么一遭吧。下回，他们就不会这样关注我们了。"

"但我想说的是，他们的整个态度就大错特错了。婚约——首先，这个词就很恐怖——是个人的私事，就应该以私事的方式来对待。"

从个人的角度来看，这些傻笑的老太太是不对，但是从民族的角度来看，她们做得再怎么不对其实也没什么错。世代相传的民族精神就是在她们的傻笑中得以传承的，她们为露西和塞西尔的这份婚约而欢欣鼓舞，因为正是这样的婚约才保证了生命的延续。对于塞西尔和露西来说，婚约的意义完全不同——个人的爱情。这就是塞西尔生气的原因，也是露西认为他有理由生气的原因。

"多么烦人啊！"她说，"你刚才干吗不开溜一下去打网球呢？"

"我不打网球——至少在公开场合不打。这样，这一带就不会谣传说我喜爱体育运动了。我已经听到一些谣传了，说我是英籍意大利人。"

"英籍意大利人？"

"他是魔鬼的化身！① 你知道这句谚语吗？"

她不知道。他和他的母亲一起在罗马悠闲地度过了整整一个冬季，这句谚语应该并不适用于他这样的年轻人。自打订了婚，塞西尔就特别喜欢显摆自己见多识广，其实他的知识并没有那么渊博。

"也罢，"他说，"她们要是不喜欢我，那我也没办法。我和她们之间存在着无法跨越的隔阂，而我必须接受她们。"

"依我看，人非圣贤，孰能无过。"露西说了句明智的话。

"话虽如此，但有时候她们喜欢强加给我们一些东西。"塞西尔说。从露西的反应来看，她不太理解自己的立场。

——————————

① 原文为意大利语。源自一则意大利谚语，大意是：英籍意大利人是魔鬼的化身。

"这话怎么说呢？"

"我们在自己周边修一圈栅栏是一码事，别人修栅栏将我们隔离在外又是一码事，这两者是不一样的，你说是不是？"

她思忖了一会儿，表示这两者的确是有区别的。

"区别？"霍尼彻奇太太大声说，她忽然警觉了起来，"我可没觉得有什么区别。栅栏就是栅栏，尤其是如果它建在同一个地方。"

"我们是在谈论栅栏背后的动机。"塞西尔说，谈话被打断了，他感觉不爽。

"我亲爱的塞西尔，看看这儿，"她放平膝盖，将她的纸牌盒放在了大腿上，"这是我，那是风之角，剩下的是其他的人。栅栏在这儿，动机没有什么问题。"

"我们说的不是真正的栅栏。"露西说，笑了起来。

"噢，我懂了，亲爱的——你们说的是诗里的栅栏。"

她满意地向后一靠。塞西尔不明白露西为什么会觉得有趣。

"我知道只有谁没有你所谓的'栅栏'，"她说，"那就是毕比先生。"

"心无栅栏的牧师想必也没多大的能耐。"

在领会他人言下之意这一点上，露西向来比较迟缓，不过这次，她还是立马就听出了他的意思。她没有理睬塞西尔的警句，却捕捉到了塞西尔话里的情绪。

"你不喜欢毕比先生吗？"她若有所思地问。

"我可从没说过这话！"他大声回答，"我认为他远远胜过了常人，我只是不想——"他又很快将话题转回到了"栅栏"上，讲得很是精彩。

"说起来，有一个牧师确实是我很讨厌的，"露西说，本想说几句同情的话，"一个的确有栅栏的牧师，那栅栏还特别可怕，这个人就是伊格先生，佛罗伦萨的那位英国牧师。这个人虚伪极了——不仅仅是态度让人不快，他还是个势利小人，自大无比，他还说过一些很不友好的话。"

"什么样的话？"

"贝尔托里尼旅店有位老先生，他就说人家谋杀了自己的妻子。"

"可能是真有其事呢。"

"什么？这不可能！"

"怎么就不可能呢？"

"老人家心地特别善良，我敢肯定他不可能做那种事。"

塞西尔取笑她这是女人的不理性。

"是这样的，我对这件事情进行过仔细的分析。伊格先生每次说起这事都拐弯抹角，喜欢说得模模糊糊——他说，那个老家伙'事实上'就谋害了他的妻子——在上帝的眼里，他杀了自己的妻子。"

"别说了，亲爱的！"霍尼彻奇太太漫不经心地说。

"这个人说起来应该是我们的楷模，可他却到处散布谣言中伤他人，这难道是可以容忍的吗？我相信，就是因为他这样到处乱讲，那个老人才丢了工作，大家就都认为老人卑鄙无耻，但是他肯定不是那种人。"

"可怜的老人家！他叫什么名字？"

"哈里斯。"露西信口编了一个。

"希望这个故事是假的，也不存在哈里斯太太这个人。"她母亲说。

塞西尔明智地点了点头。

"伊格先生难道不是那种很有文化修养的牧师？"

"我不知道，反正我讨厌他。我听他讲过乔托，我讨厌他，任何东西都掩饰不了一个人的狭隘。我太讨厌他了！"

"我的老天爷呀，孩子！"霍尼彻奇太太说，"你把我的脑袋都给闹晕了！有什么好大喊大叫的呀！从今往后我不允许你们俩再说什么讨厌神职人员了。"

他微微一笑。露西对伊格先生的这一番控诉有些不大正常，这就如同你居然在西斯廷教堂的天花板上看到了列奥纳多·达芬奇的作品一样。他很想提醒她，她的才能可不在控诉别人。女性的魔力与魅力源于神秘，而不是愤怒的咆哮。当然，咆哮也许也是生命力的象征。愤怒会损伤这个小美人的形象，但也彰显了她的生命力。过了一会儿，他带着几分赞许细细端详起她通红的脸颊和激动的手势。他努力克制住自己不要去压抑这股青春的源泉。

大自然——他想，这是最简单的话题了——就在我们的身边。松林茂密，蕨遍深湖，层林尽染，道直且美，这一切都是他赞美的对象。他对户外的世界不甚了解，有的时候会把事情整个都弄错。比如当他说落叶松从不落叶的时候，霍尼彻奇太太的嘴角就不由得抽动了一下。

"我自认为是个幸运儿，"他最后总结道，"在伦敦的时候，我以为自己一步都离不开伦敦。来到了乡村，我也同样对乡村情有独钟。不管怎么说，我相信，这成群的飞鸟、茂密的树林和湛蓝的天空都是人世间的瑰宝，在这里生活的也一定是最美好的人们。的确，十之八九的人发现不了这一点。乡下的绅士和雇工都各行其是，不容易与人交往。但是对于大自然创造之物，他们却饱含深情，这是我们城里人所没有的。霍尼彻奇太太，你觉得呢？"

她吃了一惊，然后笑了笑。刚才，她并没有认真地在听。塞西尔有点不悦，他挤坐在马车的前排座位上，很难受，于是决定什么有趣的话都不再说了。

露西刚才也没有认真在听。她眉头紧锁，看上去还没有消气——他于是得出结论：这是道德评判太多的结果。看到她对八月间树林的美景无动于衷，他有些伤心。

"'来吧，好姑娘，从远方的山上下来吧。'"他开始吟诵诗句，还用膝盖碰了碰露西的膝盖。

露西的脸又红了，问："哪个山？"

"'来吧，好姑娘，从远方的山上下来吧，在那冷艳灿烂的高山之巅，高山之巅，有什么乐趣呢（牧羊人唱道）？'霍尼彻奇太太说得对，我们接受她的忠告，以后不要再讨厌牧师们了。这里是什么地方？"

"这里当然是夏街。"露西说着，抬起头来。

树林在眼前豁然展开，一块三角状的斜坡映入眼帘，这是一片草地。两侧有几座漂亮可爱的房屋，地势较高的另一侧是新近用石头筑成的一座教堂，造型简单，但造价不菲，教堂上面是一个很好看的木瓦尖顶。毕比先生的家就在教堂的旁边，它不像其他的屋子那么高。这周围树木茂密，把附近的几座大宅子掩藏了起来。这风光不像世俗的圣地或闹市，更像瑞士的阿尔卑斯高山，唯一美中不足的是有两栋难看的小别墅——它俩好像在跟塞西尔的婚约展开竞赛似的，就在他求婚成功的那个下午，哈里·奥特韦爵士将它们收入囊中了。

其中的一栋别墅叫"塞西"，另一个取名"艾伯特"。它们的名字以带有阴影的哥特体出现院门上，还顺着入口处拱门的半圆形曲线以大写的印刷体再一次出现在门廊上。"艾伯特"目前是有人居住的，它的花园饱经风霜，但因为里面有盛开的天竺葵和半边莲还有闪亮的贝壳而熠熠生辉，小小的窗户均配上了素雅的诺丁汉花边窗帘。"塞西"正在招租，出自多尔金公司员工之手的三块广告牌懒懒地搁在栅栏上，昭告人们这一不言而喻的事实，院子里的小径上已杂草丛生，但小小的一方草坪上开满了蒲公英，望去一片金黄。

"这地方被糟蹋啦！"两位女士机械地说着，"夏街再也回不到从前了。"

马车经过时，"塞西"的门打开了。一位先生从里面走了出来。

"停车！"霍尼彻奇太太一边喊一边用阳伞碰了碰马车夫，"哈里·奥特韦爵士来了，这下我们马上就知道了。哈里爵士，请赶紧把那些东西都收拾了吧！"

哈里·奥特韦爵士——他这人不必加以描述——走到了马车边，说：

"霍尼彻奇太太，不是我不想啊，是我不能那么做，我真的没办法把弗拉克小姐给请出去。"

"我说的没错吧？签合同之前，她就该走了。她现在是不是还跟她侄儿在的时候一样，住房子不交租金呀？"

"可是，我又能拿她怎么办呢?"他压低了嗓音，"这老太太，太讨人厌了，几乎都病得躺着起不来了。"

"把她赶出去。"塞西尔鼓足勇气说。

哈里爵士叹了口气，神情悲伤地看着这两幢别墅。弗拉克先生的意图，他早就应该知道，本来完全可以在房子开工之前就把这块地给买下来，但是他这人办事拖拖拉拉，漫不经心。这么多年来，他对夏街是很了解的，这个地方如果被毁了是难以想象的。一直等到弗拉克太太放好了奠基石，一个由红色与乳白色砖块堆砌而成的怪物开始出现，他这才慌了神。他去找弗拉克先生，一位本地的建筑商——此人为人通情达理，受人尊敬——他也同意用瓦片盖出的屋顶更有艺术气息，但是同时指出石板要比瓦片便宜。不过，他对那种像水蛭一样缠在凸窗窗框上的科林斯圆柱提出了异议，他说，若是按他的个人想法，他会在外立面上添加少许的装饰。哈里爵士则暗示说，如果可能的话，柱子不仅起到支撑的作用，还要有装饰的作用。弗拉克先生回答说柱子都已经定做好了，还说："所有的柱顶都不一样——有一个雕刻着丛林之龙，另一个接近于爱奥尼亚风格，还有一个是弗拉克太太名字的首字母——总之每一个都不一样。"因为他读过罗斯金的作品。他建造别墅的时候随性而为，直到他把他那位进来了就不肯走的姑妈搬进来之后，哈里爵士才把房子给买了下来。

爵士倚靠在霍尼彻奇太太的马车上，这一笔徒劳无获、无利可图的地产生意让他伤心极了。他没有尽到对乡村的职责，现在这里所有的人也都在奚落嘲笑他。他钱是花出去了，但夏街还是被搞得一团糟。如今，他唯一能做的就是为"塞西"找一位靠谱的房客——真正靠谱的房客。

"我要的租金极低，"他对他们说，"可能我这个房东想法简单吧。不过房子的大小有点尴尬，对农民阶层来说，它有点偏大，而对于跟我们差不多的人来说又偏小了一点。"

塞西尔一直拿不定主意，不知道他到底是该鄙视这些小别墅还是该鄙视哈里爵士，谁让他鄙视这些别墅呢! 鄙视哈里爵士似乎更有意思。

"你应该立马找个房客，"他不怀好意地说，"对于银行职员来说，这房子简直就是人间天堂。"

"你说得太对了！"哈里爵士激动地说，"维斯先生，我担心的正是这一点。我怕招来不该进来的人。现在铁路服务是改进了——我觉得这样的改进糟糕透顶。现在大家都有自行车，离火车站五英里的路程，还算什么呢？"

"那得是个身强体壮的职员才行。"露西说。

塞西尔擅用他那套中世纪的恶作剧方式来捉弄人，于是回答说，现在中下阶层人民的身体素质正以惊人的速度在提高。露西发现他在调侃这位无辜的邻居，便出手制止了他。

"哈里爵士！"她大声说，"我有个想法。你觉得让几位未婚女士过来住怎么样？"

"我亲爱的露西，那好极了。你有这样的熟人吗？"

"是的，我在国外认识的。"

"是大家闺秀吗？"他试探着问。

"没错，就是这样，她们现在居无定所。上个星期我还接到了她们的来信——特蕾莎小姐和凯瑟琳·艾伦小姐。真的，我不是开玩笑，她们是合适的人选。毕比先生也认识她们。我可不可以让她们写信联系你？"

"当然可以了！"他大声回答，"这样我们的麻烦事就都解决了。这太好了！额外的优惠——请你告诉她们我会给她们额外的优惠，因为我不需要付中介费。噢，那些中介！他们给我找来的都是些什么人呐！有一位女士，我写了封信——你知道的，我写得很委婉的——请她介绍一下社会地位，结果她回信说她可以预付房租。谁关心这个呀！还有一些介绍材料我调查就更不像话了——有招摇撞骗的，有上不得台面的。啊，都是骗局！就在上周，我不知道领教了多少阴暗的东西。连看起来很靠谱的人都是满嘴谎话！我亲爱的露西，到处都是骗子呀！"

露西点点头。

"我的建议是，"霍尼彻奇太太插了句话，"根本不要去理会露西和她的那些家道中落的未婚女士。我知道那些人是什么样子。我可不想和那些以前有过好日子、现在又整天拿着传家宝、把整个屋子弄出一股霉味的人打交道。虽然这么说有点伤心，不过我情愿把房子租给正在走上坡路的人，而不是已经家道中落的人。"

"我赞同你的说法，"哈里爵士说，"不过，正如你所说，这种情况让人伤心。"

"艾伦姐妹俩不是那样的人！"露西大声说。

"不，她们就是那样的人！"塞西尔说，"虽然未曾谋面，但我得说她们非常不适合住在这个地方。"

"别听他的，哈里爵士——他太讨厌了。"

"我才是让人讨厌的人，"爵士回答，"我不该让年轻人分担我的苦恼，但我实在是犯愁，我太太只会对我抱怨说我这个人办事太不小心了，这也是实情，可她这么说也没什么用呀。"

"这么说，我可以给艾伦姐妹写信了，是吗？"

"请写吧！"

但是，听到霍尼彻奇太太说出下面一番话，他的眼睛里又有了几分犹豫：

"你得当心！她们肯定会养金丝雀的。哈里爵士，金丝雀你可得当心了：它们会把食物从笼子的条缝间吐出来，这样就会把老鼠招引过来。对女人你可得当心了，还是租给男人吧。"

"真是这样吗——"他声音轻柔，谦恭有礼，心里觉得她说得也有道理。

"男人喝茶的时候不爱闲言碎语。他们要是喝醉了，也就是醉了——他们会躺下来，舒舒服服睡一觉就没事了。即便他们粗俗，他们的粗俗也是关起门来自己的事，不会到处传染。如果是我，宁愿出租给男人——当然，前提是他得讲卫生。"

哈里爵士脸红了。这样对男性进行公然的恭维，他和塞西尔听了都不自在。尽管并非不讲卫生的男人，他们也没觉着自己有什么特别之处。哈里爵士提议，如果时间宽裕，霍尼彻奇太太可以下车亲自到"塞西"转转看看。她非常愉快地接受了。老天爷原本打算让她过贫穷的生活，住在这样的房子里。她对家庭布置尤其是小规模的家装布置一向饶有兴趣。

露西跟在妈妈后面想一起进去，但塞西尔拉住了她。

"霍尼彻奇太太，"他说，"我们俩步行回家，留你一人在这儿，可以吗？"

"当然可以！"她答道，很是亲切。

哈里爵士似乎也很高兴能够摆脱他们，他冲着他们绽开了笑容，说："啊哈！年轻人啊！现在的年轻人啊！年轻就是好啊！"然后就赶紧过去打开了房子的大门。

"庸俗透顶，无药可救！"还没走多远，塞西尔就嚷嚷了起来。

"噢，塞西尔！"

"我忍不住了。这老头不让人讨厌就奇怪了。"

"他这人是不太聪明，但确实是个好人。"

"不对，露西，他身上集中了乡村生活所有负面的东西。要是在伦敦，他还能有他的一席之地，他可以加入一个脑残俱乐部，他的太太可以安排一些脑残宴会。可是在乡村这儿，他摆出一副彬彬有礼、高高在上、自以为很懂艺术的样子，装得像个圣人一样，每个人——包括你妈妈——都被他给忽悠了。"

"你说的都没错，"露西嘴上这么说，心里却很沮丧，"我在想，这真的——真的很重要吗？"

"这非常重要。哈里爵士就是刚才那个露天茶话会的缩影。我的天，真是气死我了！我真是打心眼里希望他最后会找到一个粗俗透顶的房客——最好是个俗气透顶的女人，让他好生恶心一下。上流人士！去他的！就凭他那光秃秃的头顶和塌陷的下巴！算了，还是别提他吧。"

露西也很乐意不再提。如果塞西尔不喜欢哈里·奥特韦爵士和毕比先生，那谁又能保证他是否会喜欢那些她生命中真正重要的人呢？譬如，弗雷迪。弗雷迪相貌平平，既不聪明也不精细。谁知道塞西尔哪个时候会突然来这么一句："弗雷迪这家伙不让人讨厌就奇怪了"呢？要是他这么说，她又该怎么回答呢？她目前只是想到了弗雷迪，其他人还没有虑及，但就这已经足够让她担忧的了。她能够聊以自慰的是，塞西尔和弗雷迪已经相识一段时期，一直相安无事，也许，只是最近这两天出了点状况，也许，那只是巧合。

"我们走哪条路回去？"她问他。

大自然——她想，这是最简单的话题了——就在他们的身边。夏街深深掩藏在丛林之中，她在公路和小道的岔路口停了下来。

"这儿有两条路吗？"

"也许还是走公路好一些，毕竟我们今天穿得那么漂亮。"

"我更愿意从树林中穿过去。"塞西尔说。露西听出他心中压抑的恼怒，今天下午他一直就是这种情绪。"露西，你为什么总是说想走公路呢？你知不知道，自打我们订婚以来，我俩还从来都没有在田野和树林里一起走过？"

"没有过吗？那就走树林吧。"露西说，她对他的古怪脾气有点惊讶，但她相信他过后肯定会解释清楚的。让露西对他的意思心存疑惑，这可不是塞西尔的习惯。

她在前面带路，走进了飒飒作响的松树林，果然，刚走了几步，塞西尔就开始解释了。

"我有个想法——也许我说得不对，我觉得，你跟我在一起的时候，待在屋里你好像更自在一些。"

"待在屋里？"她重复了一遍，完全没搞明白什么意思。

"对。或者，花园里、公路上，但绝不是像这样真正的乡间野外。"

"噢，塞西尔，你究竟想说什么呀？我从来就没有过这样的感觉。你这么说，似乎我是个女诗人一类的人。"

"我觉得你就是这样的人。一看到某种景色，我就会想起你——

是某种特定的景色。是不是你一看到某个房间就会想起我来呢?"

她思考了一会儿,然后笑了起来,说:

"你知道吗?你说得没错。我知道你说得对。看来,我一定是个女诗人。只要想到你,总是好像在房间里。这可真有意思!"

令她惊讶的是,他似乎生气了。

"我猜,那房间就是客厅吧?看不到风景的房间?"

"是的,我想,是看不到风景的。不行吗?"

"我倒是,"他带着责备口气说,"宁愿你到了户外就想起我。"

她又说了一遍:"噢,塞西尔,你究竟想说什么呀?"

因为没有听到他的回应,露西就不再继续追问了,这个话题对一个女孩子来说太难懂了,于是她带着他向树林深处走去,不时在某一处特别漂亮或熟悉的树丛前驻足停留。自打童年时期她能独自行走以来,风之角和夏街之间的树林就是她的老朋友了。弗雷迪还是个脸色紫红的小宝宝的时候,她曾带着他来林子里玩,还故意让弗雷迪迷失方向。现在的她虽然已经游历了意大利的风光,但这片树林对她的吸引力没有减少一丝一毫。

没多久,他们就来到了松树林中的一小片空地——又是一处绿色的小山包,山丘的中央是一片浅浅的水塘。此时此刻,这里分外幽静。

她兴奋地大声说:"这是圣湖!"

"为什么叫圣湖?"

"我也记不清为什么了,我想这名字是从某本书的典故中来的。现在看着它只是个小水塘,但是,你看见流经它的那条小溪了吗?是这样的,每次大雨过后,会有很多的水汇聚到这里,一下子又流不走,那时,水塘就会变得很大很漂亮。以前,弗雷迪经常来这儿洗澡,他可喜欢圣湖了。"

"那你呢?"

他的意思是:"那你也喜欢吗?"但是,她似在梦中,答非所问道:"我也在这儿洗澡,后来被大人发现了,还因此起了一场轩然大波。"

　　要是换个场合，他早就惊呆了，因为迂腐陈旧的道德观念在他心中深深扎根。不过此刻，他一时之间被新鲜的空气给迷住了，对露西这份难能可贵的单纯天真还感到有些欣喜。她站在水塘边上，他看着她。正如她刚才说的，毕竟她今天穿得那么漂亮，他感觉她就像一朵美丽灿烂的鲜花，花旁并无绿叶陪衬，而是陡然绽放于茫茫的绿海之中。

　　"你是被谁发现的？"

　　"夏洛特，"她轻声回答，"她当时在我家暂住。夏洛特——夏洛特。"

　　"可怜的小丫头。"

　　她笑了笑，神情有点严肃。塞西尔一直有个想法，但一直不敢提出来，这个时候似乎可以付诸实践了。

　　"露西！"

　　"嗯，我觉得我们该走了。"露西回答。

　　"露西，我想向你提一个从来没有提过的请求。"

　　听他说得这么严肃，露西坦率而真诚地朝他走了过来。

　　"是什么事，塞西尔？"

　　"我都一直还没有——甚至那天在草坪上你答应要嫁给我的时候都没有——"

　　他开始浑身不自在，开始不停地四处打量，看有没有人在看着他们。他的勇气消失了。

　　"你说的什么？"

　　"直到现在，我都一直没有亲吻过你。"

　　她的脸涨得通红，就好像他把亲吻这事说得很粗野一样。

　　"没——你是没有过。"她结结巴巴地说。

　　"那请问——现在可以吗？"

　　"当然可以，塞西尔。你之前就可以的。你知道的，我不能躲着你呀。"

这是一个美妙的时刻，但是他什么感觉都没有，只觉得一切都十分荒谬。她这样的回答不够令人满意，她一副公事公办的样子掀起了眼前的面纱。他一边慢慢靠近她，心里却希望能够后退。两人的脸颊刚刚相碰，他鼻梁上的眼镜就滑了下来，挡在了两人之间。

他们的拥抱就这样结束了。他认为这是不折不扣的失败。恋爱的激情本来应该势不可挡，没有什么温文尔雅，管它什么彬彬有礼，还有其他的种种可恶的礼仪规矩，统统都该抛掷脑后。首先，明明有权通行，何必还如履薄冰呢！他为什么就不能像一个普普通通的工人——不，应该说像刚入职的年轻人那样行事呢？他在脑海里重演了刚才的场景。露西站在水边，如一朵娇艳的鲜花。他直接上前，将她一把揽入怀中；她先是责怪他，后来顺从了他，最后对他的男子汉气概钦佩不已。他相信，女人之所以钦佩男人，正是因为他们的男子汉气概。

这样的一次拥抱过后，他们默默地离开了水塘。他期待着她能向他敞开心扉说点什么。终于，她开口了，严肃得恰到好处。

"那个人的名字叫埃默森，不是哈里斯。"

"谁的名字？"

"那位老人家。"

"哪位老人家？"

"就是我跟你提到过的那位老人，很不受伊格先生待见的那位。"

他永远都不会知道，这是他们之间最亲密的一次对话。

第十章

幽默的塞西尔

　　塞西尔计划将露西从其中拯救出来的那个社交圈子也许不是特别的美好，但是比起露西的祖辈赋予她的那个社交圈子却要美好一些。她的父亲是当地一位阔绰的律师，在这个地区的开发时期，他设计建造了风之角。风之角原本是个投机项目，但是他后来却沉迷于自己的作品，最后索性自己住了进去。在他结婚后不久，当地的民风开始发生了变化。在南边陡峭的山坡上、后面的松树林里，还有北边丘陵地带的白垩石上，兴建起了一批房子。这些房子大多数都比风之角要大，房主人也大都不是本地人，而是伦敦人，他们误以为霍尼彻奇家族是本地贵族的苗裔。露西的父亲为此感到惴惴不安，而她的母亲却处之泰然，她总是这么说："我无法推测别人在干什么，但我知道这对我的孩子们来说是极大的幸事。"她拜访了所有的街坊邻居，邻居们也热情地回访，过了一段时间等大家发现她与他们其实并不属于同一阶层的时候，他们已经喜欢上她了，因此是不是一个阶层似乎也不那么重要了。霍尼彻奇先生去世的时候，他满意地发现——没有几个诚实的律师会鄙视这一点——他们一家已经在当地最佳的社交圈子里扎下了根。

　　当地最佳的社交圈子。当然，很多从外地迁居过来的人都相当无趣，对此，露西从意大利游历归来之后体会更为深刻。一直以来，她都不假思索就接受了他们的理念——他们待人友善，家境优渥，他们对待宗教态度温和，他们不喜欢布袋、橘皮和碎玻璃瓶。现在的露西成了一个不折不扣的激进分子，她学会带着厌恶的口气说起郊区的生活。从前，她费心设想的那种生活是一群生活富裕、讨人喜欢的人组成的圈子，大家有相同的兴趣、共同的敌人。人们的所思所想、婚丧嫁娶、生老病死都不迈出这个圈子一步。圈子的外面是贫困和庸俗，外面的人拼命想进来，就像伦敦的大雾穿过层峦叠嶂，试图渗入松树林里。但是来到意大利，这种生活观念不见了，只要愿意，每个人都能享受平等的温暖，一如人人都能平等地享受阳光。她的眼界与心胸开阔了，她觉得天底下没有讨厌的人，社会阶层的隔阂无疑是依然存在的，但并非不可逾越。你能跨越这些隔阂，就像你能够越过栅栏进入亚平宁山区农民的橄榄园一样，农民会笑脸相迎。她带着全新的眼光回到了英国。

塞西尔也回到了英国，但是，意大利让塞西尔变得更为急躁而不是更加宽容。他发现了当地社会的狭隘，但他并没有说："这有什么大不了呢？"相反，他心生反感，想用他自以为更宽广的社会来取而代之。他没有意识到，长久以来，成千上万点点滴滴的友善已经在露西的心中播下了温情的种子，在她的心里这是一个神圣的地方，因此，尽管她也看到了它存在的缺陷，但内心深处她是不肯全盘否定它的。还有更重要的一点他也没有意识到——如果当地的社会配不上露西，那么哪里的社会都配不上她了，那么她就已经到达了只有个人交流才能令她满足的阶段。她尽管叛逆，但不是他所理解的那种叛逆——她并不想要一个更宽敞的起居室，但她渴望得到所爱之人的平等相待，因为意大利赋予了她人世间最珍贵的无价之宝——她自己的灵魂。

明妮·毕比是教区长的侄女，今年十三岁，露西现在正在和她一起玩一种吊打式球戏。这是一种古老而高雅的游戏，你得把几个网球高高地打向空中，让它们掉到网的另一边后立即弹起。有的球弹到了霍尼彻奇太太的身上，有的球不知去向。也许这话说得有点含糊，不过恰好体现了露西现在的心态，因为她同时还在和毕比先生说话。

"噢，真是太烦人了——起先是他，接着又是她们——谁也不清楚她们想要什么，每个人都那么讨厌。"

"不过，她们真的要到这儿来了，"毕比先生说，"几天前，我给特蕾莎小姐写了封信——她问卖肉的多久来一次，我告诉她一个月一次，她知道了应该很高兴。她们会来的，今天上午我收到她们的回信了。”

“我会讨厌那两位艾伦小姐的！”霍尼彻奇太太大声说，“就因为她们都老糊涂了，别人就得对她们说：‘真好呀！’我可不想听她们整天说什么‘如果’呀、‘可是’呀，还有什么‘而是’呀。可怜的露西——这也是她自找的——她会瘦得不成样子的。”

毕比先生看着那个会瘦得不成样子的人在网球场上跳来跳去，大喊大叫。塞西尔不在这儿——他要是在场，别人就不会玩这种吊打式球戏。

“对了，要是她们真来了——不，明妮，不要用土星。”土星是一个网球的名字，这个球已经有点脱线了，转动起来，球面周围就会出现一道圆环。“如果她们来了，哈里爵士就会让她们在二十九号之前搬进去的，那样，为了让她俩安心，粉刷天花板这一条款他就会删去，然后追加一些正常损耗的条款。——那一下不算数，我跟你说过不要用土星了。”

“玩这种游戏用土星刚刚好，”弗雷迪嚷嚷着，和大家一起玩了起来，“明妮，别听她的。”

“土星弹性不好。”

“它的弹性正好。”

“不，弹性不够。”

“得了，它的弹性比那个‘漂亮白魔’要好呢。”

“小声点，亲爱的。”霍尼彻奇太太说。

“可是你看露西——抱怨土星不好，可是‘漂亮白魔’一直抓在自己手里，随时准备出手。对，明妮，去追她——拿球拍打她的小腿——拿球拍打她的小腿！”

露西摔倒了，“漂亮白魔”从她的手里滑落了。

毕比先生将球捡了起来：“这个球其实叫维特多莉亚·科隆博纳。”不过，谁都没有关注他的这句话。

弗雷迪在逗女孩子生气这方面很有一套，不过一两分钟，他就已经把明妮这个乖乖女变成了一个大呼小叫的疯丫头。塞西尔在楼上的房间里听见了他们的声音，虽然他有很多有趣的事情想说，但是为了避免被球打伤，他没有出来。他倒也不是个胆小鬼，也能像任何一个男人一样承受不可避免的伤痛，但是他讨厌年轻人使用暴力。他是多么的正确呀！果然，游戏以哭声收了场。

"两位艾伦小姐要是能看见这场面就好了。"毕比先生评论说。这时，露西正在照顾受伤的明妮，可是她的弟弟却把她抱到了半空中。

"两位艾伦小姐是谁呀？"弗雷迪气喘吁吁地问。

"她们租住了塞西别墅。"

"不是那个名字——"

说到这儿，他脚下一滑，这下，所有的人都开开心心地摔倒在草地上了。就这样过了一会儿。

"不是那个名字？"露西问，弗雷迪的脑袋枕在她的大腿上。

"不是艾伦，哈里爵士的租客不是这个名字。"

"胡说什么呢，弗雷迪！你根本搞不清楚状况。"

"你才是胡说呢！我刚刚见到过爵士，是他对我说：'嗯哼，霍尼彻奇'——"弗雷迪的模仿能力马马虎虎，"——'嗯哼！嗯哼！我终于找到了真正合我心意的租客了。'我还对他说：'恭喜你啊，老兄！'然后拍了拍他的背。"

"没错呀！说的就是那两位艾伦小姐吧？"

"好像不是，倒有点像安德森。"

"哦，我的老天，真是越来越乱了！"霍尼彻奇太太大声地说，"看到没有，露西？我说得没错吧。我就说你别去掺和塞西别墅的事情。我从来都不会说错，我都觉得自己有点过分了，每次都说得这么准。"

"这一次只不过是弗雷迪又把事情搅乱了。他压根就不知道人家叫什么名字，只是装作自己知道而已。"

"不，我知道的。我想起来了，叫埃默森。"

"叫什么？"

"埃默森。我跟你打赌，随你想赌什么都行。"

"哈里爵士真是不靠谱，"露西静静地说，"我真希望我根本就没有瞎操这个心。"

说完，她平躺在草地上，凝视着万里无云的天空。毕比先生对露西的印象越来越好了，他小声对侄女说，要是遇上点不太顺心的小事，就应该表现得像露西这样。

与此同时，新租客的名字也转移了霍尼彻奇太太的注意力，让她不再沉醉于对自己天赋异禀的思考。

"弗雷迪，是埃默森吗？你知道埃默森一家是什么人吗？"

"我还不确定到底是不是叫埃默森。"弗雷迪回答。他这个人思想很民主，跟他的姐姐和绝大多数年轻人一样，他自然受到平等思想的吸引，而这个世界上又存在各种各样的埃默森，这一无可争辩的事实，弄得他心烦不已。

"我相信他们都是不错的人。行吧，露西，"——她又坐起来了——"我看你一脸不屑的样子，肯定觉得妈妈是个势利眼，但是这世界上的人就是有好有坏，假装人人都是好人其实就是虚伪。"

"埃默森是个很常见的名字。"露西说道。

她朝左右两边看去。这会儿，她正坐在一处山丘上，可以看到自远及近那些苍松覆盖着的山丘一座座呈梯度渐次降低，一直绵延到威尔德地区。其中的一座山丘就是这个花园，这横向的景色越发壮美。

"弗雷迪，我刚才只是想说，我相信他们肯定不是那个名叫埃默森的哲学家的亲戚，那家伙可烦人了。请问，你现在是否满意了？"

"噢，我很满意，"他咕哝着说，"相信你也会满意的，因为他们是塞西尔的朋友，所以嘛——"听得出他话语中满满的讥讽——"你和其他的人将来可以放心安心地去拜访他们。"

"塞西尔？"露西忍不住叫了起来。

"别咋咋呼呼的，亲爱的，"她的母亲平静地说，"露西，不要尖叫。你都快养成这个新的坏习惯了。"

"可是塞西尔他——"

"是塞西尔的朋友，"他重复了一遍，"'真是太合我心意了。嗯哼！霍尼彻奇，我刚刚给他们发了电报。'"

露西从草地上站了起来。

这对露西来说有点过分，毕比先生很同情她。要是艾伦小姐的事情是哈里·奥特韦爵士自己的决定，她完全可以坦然接受。可是当她听说这事她的爱人插了手，她完全有理由"尖叫"一下。维斯先生以捉弄别人为乐——这比单纯的捉弄人更糟糕：他把快乐建立在别人的痛苦之上。牧师看出了这一点，他看着霍尼彻奇小姐，内心比平常更多了一分慈爱。

当露西大声说出："可是塞西尔说的埃默森先生——他们不可能就是那两位——还有——"时，毕比先生并不觉得她说的这话有什么奇怪，而是从中发现了一个把话岔开的机会，所以，等她稍稍平静下来，为转移话题，他说了下面的一番话：

"你是说，在佛罗伦萨遇到的埃默森父子吗？不会的，我觉得不会这么巧是他们。他们怎么都不像是维斯先生的朋友啊。噢，霍尼彻奇太太，那对父子怪极了！古怪透顶！不过，我们倒是挺喜欢他们的，是吧？"他转向露西说，"他们还有个紫罗兰的故事呢。他们摘了许多紫罗兰，把艾伦小姐姐妹俩房间里所有的花瓶都插满了，就是现在没能租成塞西别墅的那两位。可怜的老太太呐！她们真是又惊又喜。这是凯瑟琳小姐当时最喜欢讲的经历之一。'我亲爱的姐姐最喜欢花儿了'，她的故事总是这么开头的。她们发现满屋子简直都成了蓝色的海洋——花瓶和水瓶里都是花——故事的结尾总是这一句：'如此的缺乏绅士风度，但又是如此的美好，这两者要兼具实在是太难啦！'没错，一想到佛罗伦萨的埃默森父子，我总会联想起紫罗兰。"

"这回，那'溃不成军'的家伙可是捉弄了你。"弗雷迪说，他没有发现姐姐已是满脸通红，她难以恢复平静。毕比先生注意到了这一点，继续努力把话题岔开。

"埃默森父子俩相依为命——那个儿子即便算不上是个好小伙子，但也是个帅哥。我觉得他这人不愚蠢，就是不够成熟——比如说悲观，等等。我们觉得那位父亲特别可爱——这哥们儿容易感情用事，有人还说他谋害了自己的妻子。"

要是在平时，毕比先生是绝对不愿传播这类小道消息的，但他现在正一心想要保护遇到了麻烦的露西，于是不管该说不该说的，他想到什么就都说了出来。

"谋害了自己的妻子？"霍尼彻奇太太说，"别走啊，露西——你们接着玩球吧。那个旅店可真是个古怪的地方，我都已经听说那儿有两个杀人犯了。夏洛特怎么想起来要住在那儿的？顺便说一句，改天我们真得请她过来住几天。"

毕比先生想不起来哪儿还有第二个杀人犯，他暗示女主人是不是搞错了。女主人一听到与自己不同的观点，立马表示她可以绝对肯定地说，有人讲述过同一个故事，还有一个游客杀了人。人名她不记得了，那人叫什么名字呢？是呀，叫什么名字来着？她双手抱膝努力回想着这个名字。是萨克雷笔下的一个名字。她敲了敲自己威严的额头。

露西问她弟弟，塞西尔是不是在房子里。

"喂，别走啊！"他一边喊着，一边想抓住她的脚踝。

"我必须走了，"她一本正经地说，"别乱来，你玩起来就没个数。"

露西离开的时候，她母亲的一声大喊："哈里斯！"连空气都为之颤抖，也提醒露西自己说过一个谎，而且一直没把这谎给说圆。就是这样 个不高明的谎话，搞得她精神紧张，还将塞西尔几位名叫埃默森的朋友跟两位普通的游客联系到了一起。从小到大，她从不撒谎。她现在明白了，从今往后，她必须时时警觉，必须——完完全全只讲真话？对，不管怎样，她不可以说谎。她急匆匆穿过花园，一路上还是因羞愧而满脸通红。她确定，只需要塞西尔说一句话就可以平复她的心绪。

"塞西尔！"

"嘿！"他大声答应着，从吸烟室的窗口探出身来。看起来他心情很不错。"我刚刚还盼着你能过来呢。我听见你们在花园里大喊大叫的，不过这儿更有趣。我，连我都为喜剧女神赢得了一个巨大的胜利呢！乔治·梅瑞狄斯①说得对——喜剧的起因和真理的起因其实是同样的。我，连我都替那个命运多舛的塞西别墅找到了租客。先别生气！别生气！等你了解了事情的全部经过，你就会原谅我的。"

他一脸高兴的时候看起来很有魅力，露西内心那些荒谬的不祥的预感一下子就给打消了。

"我听说了，"她说，"弗雷迪告诉我们的。塞西尔，你真是荒唐极了！你叫我怎么才能原谅你。我费了那么多心思，可最后都打了水漂。没错，那两位艾伦小姐是有点无聊，我也愿意结交你的那些好朋友，但是你不能这样捉弄别人啊。"

"我的好朋友？"他大笑起来，"可是，露西，真正好玩的地方就在这里。你过来呀！"但露西还是站在原地，一动没动。"你知道吗？我是在哪里找到这几位中意的房客的？是上周我去看我妈妈的时候，在国家美术馆里找到的。"

"在那种地方找人可真是奇怪啊！"她有点紧张，"我不太明白。"

"在翁布里亚展厅。我们完全不认识对方，当时，他们正在欣赏路加·西诺雷利②的作品——当然了，模样够愚蠢的。不过，我们聊了起来，他们着实让我耳目一新。他们还去过意大利。"

"可是，塞西尔——"

他得意忘形，继续讲他的故事。

"在聊天的过程中，他们说起想在乡下租个房子——父亲就住在那儿，儿子周末过去住。我心想：'这可是作弄哈里爵士的绝佳机会！'于是，我记下了他们的地址和在伦敦的担保人，发现他们

① 乔治·梅瑞狄斯（George Meredith, 1828—1909），英国维多利亚时代小说家、诗人，一生写有20多部小说和许多诗歌。与19世纪后半叶的其他英国小说家不同，他不注重结构和技巧，而是以精彩的对话、充满机智和诗意的宏伟场面以及对人物心理的刻画著称。
② 路加·西诺雷利（Luca Signorelli, 1445？—1523），出生年份不确定，意大利著名画家，独创透视前缩画法，后来的很多画家相继模仿这一风格，均没有他成功。一生中创作了许多作品，代表作有《反基督教徒的传教》《抹大拉的圣玛利亚》《圣母子与圣徒》等。

倒也不是什么坏人——真是太有趣了，然后我就给他写信，确定
一下——"

"不！塞西尔！这是不公平的。我以前可能见过他们——"

他没理会她。

"这是完全公平的。要惩罚一个势利小人，怎么做都是公平的。
那个老家伙将为街坊邻居创造一片新天地的。哈里爵士说什么"落魄
的大家闺秀"，听起来简直令人作呕。我早就想好好地教训他一顿了。
不，露西，不同阶级的人应该相互交融，很快你就会同意我的观点
的。应该通婚——诸如此类的事情。我相信民主——"

"不，你不是，"露西怒气冲冲，"你对民主一无所知。"

他定定地看着她，再次感到她与列奥纳多·达芬奇笔下的人物渐
行渐远了。"不，你不懂！"她的脸上毫无艺术情调——倒更像个暴怒
的泼妇。

"这不公平，塞西尔。我谴责你——我深深地谴责你。你无权搅
和我为两位艾伦小姐所做的事情，你让我在别人面前出丑。你说你是
在捉弄哈里爵士，但是你知不知道，这一切都是以牺牲我为前提的？
我认为，你这是对我极大的不忠诚。"

她转身离去。

"臭脾气！"他心里说，眉毛向上扬起。

哦不，这可不仅仅是发脾气——这是势利。只要露西认为，取代
艾伦小姐的人真是他的出色的朋友，她不会这么介意。他现在发现，
这两位新租客的存在颇有教育作用。他会宽容地对待那位父亲，并设
法让那沉默寡言的儿子开口说话。为了喜剧女神与真理女神，他一定
要把他们带到风之角来。

第十一章

维斯太太的精致公寓

喜剧女神懂得怎么保护好自己的利益，但对维斯先生送上门来的帮忙也是来者不拒。在女神看来，他把埃默森父子带到风之角来简直棒极了，于是她也就顺水推舟了。哈里·奥特韦爵士签了合同，跟埃默森父子见了面，他自然感到有点失望。两位艾伦小姐自然非常生气，给露西寄来一封义正词严的信，认为露西该为此次租房未能成功承担全部的责任。毕比先生计划着为新来的邻居安排一些快乐时光，还对霍尼彻奇太太说，等他们一来，弗雷迪就该去登门拜访。至于哈里斯先生这个弱小无能的罪魁祸首，无所不能的喜剧女神允许他低下头来，然后为人遗忘，消失得无影无踪。

露西——从阳光明媚的天空跌落到了地面，这地面有山丘就有阴影——一开始，陷入了绝望，但稍作思考后觉得实际上也没什么大不了的。现在她已有婚约在身，埃默森还敢对她放肆不成？既然如此，应该欢迎他们成为新的邻居。塞西尔想把谁带到这街坊里来都是他的自由，所以他把埃默森父子带到这街坊里来也是他的自由。但是，要我说，这需要一番思索才想得通，而且——女孩子的思维不一样——本来是个小事，但是却变得越来越重要，也越来越可怕了。她很庆幸，按照先前的安排，她现在刚好该去拜访维斯太太，所以当埃默森父子搬进塞西别墅的时候，她已安安心心待在伦敦的公寓里了。

"塞西尔——亲爱的塞西尔。"到达伦敦的那天晚上，她轻声唤着他的名字，钻入他的怀中。

塞西尔也表现得十分热情。他发现露西的心中已经燃起了必不可少的激情之火。到头来，她还是像所有的女人一样渴求关怀，并因为他的男子气概而仰慕他。

"这么说，你是真的爱我的，小东西？"他小声说。

"噢，塞西尔，我爱你，我当然爱你了！我不知道要是没有你，我该怎么办！"

就这样过了几天，然后，她收到了巴特利特小姐的一封来信。

这两位表姐妹之间的感情有些冷淡了，八月份两人分别之后就再也没有联系过。自从夏洛特所谓的"逃亡罗马"之后，两人的关系便开始变冷，在罗马更是越变越冷。要是在中世纪，这位同行者还只是趣味不相投而已，但是在古典的场景中，那就变得让人无法忍受了。在古罗马广场的时候，夏洛特表现得那么无私，即使是比露西性情更加柔和的人也会感到难以承受，后来到了卡拉卡拉浴池，她们两人甚至对能否继续结伴旅行都失去了信心。露西说她希望和维斯一家同行——维斯太太是她母亲的一位老熟人，所以这么做也没什么不妥——而巴特利特小姐则回答说她已经习惯于突然被抛下了。最终，什么也没有发生，但是两人间的关系依然冷冰冰的。对于露西来说，当她打开下面这封信的时候，隔阂似乎进一步加深了。这信是从风之角转寄过来的。

坦布里奇韦尔斯
九月

最亲爱的露西：

我总算是听到你的消息了！拉维希小姐在你们那一带骑车兜风，但她不知道去拜访你是否合适。在夏街附近，她的自行车爆胎了。补胎的时候，她愁眉不展地坐在那个漂亮的教堂院子里，没想到这个时候，对面的门打开了，那个叫埃默森的小伙子走了出来，吓了她一大跳。他说他不知道你就住在这一带（？）。他连提都没提一句要请埃莉诺进去喝杯茶。亲爱的露西，我担心极了，我建议你把他以前干的那些好事儿都一五一十地跟你妈妈、弗雷迪和维斯先生说清楚，这样，他们就不会让他进屋一步的。那件事情实在是太倒霉了，我估计你已经跟他们说过了吧。维斯先生这个人很敏感，我还记得在罗马的时候我总是把他搞得神经紧张。我对这一切感到很抱歉，想着非要提醒一下你才好。

请相信我，

忧心忡忡但深爱着你的表姐，

夏洛特

这可把露西给气坏了，她的回信是这样的：

比尔彻姆公寓大厦，伦敦西南区

亲爱的夏洛特：

多谢你提醒。埃默森先生在山上一时忘情，你让我保证不要告诉妈妈，因为你说妈妈知道了会责怪你没有时刻陪伴在我的身边。我信守了我的承诺，现在当然也不可能再去告诉她了。我跟妈妈和塞西尔都说过了，我在佛罗伦萨见过埃默森父子，并告诉他们埃默森父子是值得尊敬的人——我也是这么认为的，他不邀请拉维希小姐去喝茶，那可能是因为他根本就没有茶。她想喝茶应该到教区长的寓所去。事已至此，我可不能出尔反尔，大惊小怪。你肯定明白，那样做是很荒唐的。要是埃默森父子知道我在背后对他们抱怨，肯定会觉得自己很了不起，而实际上并非如此。我喜欢老埃默森，希望以后能与他再次见面，至于他的儿子，要是再见着他，我会为他而不是为我自己感到羞愧。塞西尔认识他们，他人很好，前几天还说起过你。我们计划一月份结婚。

拉维希小姐不可能跟你说起许多关于我的事情，因为我现在根本就不在风之角，我在伦敦。以后不必在信封上写上"亲启"两字，不会有人私拆我的信件的。

爱你的，

L.M. 霍尼彻奇

保守秘密存在这么一个弊端：我们会失去判断事物轻重缓急的能力，分不清我们要保守的秘密是否真的重要。埋藏在露西和表姐心里的这个秘密，要是被塞西尔发现了，那会是毁掉他一生的大事呢，还是一笑而过的小事呢？巴特利特小姐也许认为是前者，也许她是对的，于是现在这秘密就变成了天大的事情。要是当初就让露西自己来处理，她肯定会原原本本地告诉她的妈妈和恋人，那样它就是小事一桩。几周之前，事情不过是"是埃默森，不是哈里斯"这一名字之争，即便是现在，当他们笑谈起学生时代把塞西尔迷得神魂颠倒的某位漂亮小姐时，她还是很想将这一切告诉他。但是很奇怪，她感觉身不由己，只好作罢了。

在这个几乎被人遗忘的大都市里，他们四处游览，很多地方他们日后会十分熟悉。就这样，她的秘密又保守了十天。塞西尔认为，虽说社交圈子里的人都去打高尔夫或是去荒野打猎了，但是让露西了解一下社交场的规则有益无害。天气微凉，但也没什么影响。在这个社交淡季，维斯太太还是设法把社会名流的晚辈们请来举办了一场晚宴。虽说饭菜不怎么可口，但人们在交谈中流露出的那种诙谐与慵懒，倒是给露西留下了深刻印象。看起来，大家似乎对一切都厌倦了。人们开始侃侃而谈，随后颓然而止，但依然不失优雅，一会儿之后又在一片友好的欢笑声中重新振作起来。与此种氛围相比，贝尔托里尼旅社和风之角着实上不上台面，露西已能预见到，伦敦的生活会让她稍稍远离过去她所热爱的一切。

那些名流的子孙辈们请露西演奏钢琴，她弹了一曲舒曼的作品。那哀怨优美的琴声渐渐消逝了，这时，塞西尔大声说："再来一首贝多芬吧。"露西摇了摇头，又弹了一曲舒曼。旋律婉转上扬，好像有一种说不出的魔力。音乐时断时续，而非一曲到底。那支离破碎的悲伤——那往往是人生的悲伤，而绝不应该是艺术的悲伤——在支离破碎的乐句中震颤，让听众的神经也跟着一起震颤。在意大利贝尔托利尼旅舍里，在那架蒙着琴罩的小钢琴上，露西可不是这么演奏的，而当她一次次弹起舒曼的时候，毕比先生也没有对自己说过这句话：

"舒曼的曲子弹得太多了。"

宾客散去，露西也已回房休息，维斯太太在客厅里来回地踱步，一边跟儿子谈论着这次小规模的聚会。维斯太太是一位和蔼的女士，但是和大多数人一样，她的个性已经被伦敦的生活磨得没了棱角，在熙来攘往的地方生活，必须有一个坚强的头脑才行。她被巨大的命运之轮碾压着，她已经将社会人情、大街小巷、各色人等都阅了个遍，即便是对待塞西尔，她也是非常机械生硬，仿佛塞西尔不是她的亲生儿子，而只是，比方说，一个对自己有孝心的外人。

"让露西加入我们的大家庭中来，"每次说完一句话，她总是机敏地环顾四周，然后再把嘴唇张开了才说下一句，"露西越来越出色了——很出色。"

"她的音乐一直都很出色。"

"对呀，她没有霍尼彻奇家的那种小毛病——霍尼彻奇一家子都非常好，但是我说的什么意思你是明白的。她不会总是说仆人们说了什么，也不打听布丁是怎么做的。"

"这得归功于意大利之旅。"

"可能吧。"她轻声说。一提起意大利，她只能想起各式各样的博物馆。"这只是一种可能而已。塞西尔，明年一月你们就把婚事办了吧，露西已经是我们家的一员了。"

"可是，她弹的那些曲子！"他大声嚷道，"她的那种风格！我就像个傻瓜一样，想要听贝多芬，而她还是坚持弹她的舒曼。今天晚上听舒曼是正确的，今晚就适合听舒曼。你知道吗，妈妈，我想把孩子们都培养成像露西那样。让他们在淳朴的乡下人中间长大，这样他们会很有活力，然后送他们去意大利领略含蓄之美，然后——一定要到那个时候——然后再让他们回到伦敦来。我不相信伦敦的这些教育方式——"他顿了顿，忽然想起自己不也是伦敦教育的产品么，然后下了结论："不管怎么说，伦敦教育不适合女孩子。"

"让她加入我们的大家庭。"维斯太太又说了一遍，然后就回房休息去了。

　　她正迷迷糊糊要睡着的时候，一声惊叫——噩梦中的惊叫——从露西的房间传来。露西原本是可以按铃唤女用人来的，但维斯太太觉得还是自己亲自去一下比较好。她发现露西正直直地坐在床上，一只手捂着脸颊。

　　"不好意思，维斯太太——我刚才做梦了。"

　　"是噩梦吧？"

　　"只是梦而已。"

　　维斯太太笑了，亲吻了她，非常清晰地对她说："你要是听见我们刚才的谈话就好了，亲爱的。他越来越爱你了。做个好梦吧。"

　　露西回报以一吻，但一只手依然捂着一边的脸颊。维斯太太回自己的房间睡觉了。塞西尔正呼呼大睡，他并没有被那一声惊叫吵醒。夜幕笼罩着整个公寓。

第十二章

第十二章节

　　那是一个星期六的午后，大雨过后，天朗气清，生机勃勃。尽管已经入秋，空气中却洋溢着青春的气息。一切优雅的最终都大获全胜。汽车从夏街穿过，只扬起了少许飞尘，难闻的汽油味即刻被微风吹散，湿漉漉的桦树和松树清香四溢。毕比先生倚靠在教区长宅第的门口，一副悠然自得的样子。弗雷迪靠在他的身边，抽着一只弯弯的烟斗。

　　"要不，我们过去叨扰一下对面新来的邻居吧。"

　　"嗯。"

　　"你也许会发现他们很有趣味。"

　　即便是自己圈子里的人都没有让弗雷迪觉得很有趣味，所以他表示，人家才乔迁新居，可能正忙碌着，诸如此类。

　　"我刚才提议说我们该去叨扰一下他们，"毕比先生说，"他们不会让你白跑一趟的。"他拔下大门的插销，悠然穿过三角形的草地，向塞西别墅走去。"你们好！"院门敞开着，他朝门里喊道。从门口看进去，里面乱糟糟的。

　　一个洪亮的声音回应道："你好呀！"

　　"我给你们带来了一位个客人。"

　　"我马上下来。"

　　一个衣橱挡住了通道，搬运工没有把它搬上楼去。毕比先生艰难地从衣橱边上绕了过去。客厅里也堆满了书。

　　"他们特别爱读书吗？"弗雷迪小声问道，"他们是读书人吗？"

　　"我觉得他们懂得读书之道——这是难得的本领。他们有些什么书呢？拜伦，好极了。《什罗普郡少年》，这本书没听说过。《众生之路》①，这本也没听说过。有一本吉本②的书。哎哟！咱们亲爱的乔治还读德语书呢。嗯——嗯——叔本华、尼采，还有……呃，霍尼彻奇，我觉得你们这一代年轻人很了解自己的历史使命。"

"毕比先生，你看那个！"弗雷迪说，显得特别惊讶。

在衣橱的上檐处有一行字，一看就不是专业人士涂的："不要相信那些要求穿着新衣的企业。"

"我知道，这不是挺好玩的吗？这个我很喜欢，我敢肯定这是那老头的杰作。"

"这人可真奇怪！"

"你一定会喜欢吧？"

但是，毕竟，弗雷迪是霍尼彻奇太太的儿子，他觉得家具是不该这样随意糟蹋的。

"看这儿的画片！"牧师紧接着说，他一直在房间里走来走去，"乔托——我断定这是他们在佛罗伦萨买的。"

"露西的画片跟这些是一样的。"

"噢，问一句，霍尼彻奇小姐的伦敦之旅还愉快吗？"

"她昨天回来的。"

"我想她一定玩得很开心吧？"

"是的，很开心，"说着，弗雷迪拿起一本书，"她和塞西尔比以前更亲密了。"

"这是个好消息。"

"毕比先生，我希望找个不是个傻瓜。"

他的这句话，毕比先生没有理会。

"妈妈觉着，以前吧，露西跟我一样，也很傻，不过从今往后，就不一样了。她以后会读各式各样的书。"

---

① 《众生之路》(The Way of All Fresh)，英国作家塞缪尔·巴特勒 (Samuel Butler, 1835—1902) 的一部半自传体长篇小说，1903 年出版。戏剧大师萧伯纳对此书发出惊呼，赞誉巴特勒是"19 世纪后半期英国最伟大的作家"。
② 爱德华·吉本 (Edward Gibbon, 1737—1794)，近代英国杰出历史学家，影响深远的史学名著《罗马帝国衰亡史》一书的作者，18 世纪欧洲启蒙时代史学的卓越代表。

"你也会的呀。"

"我只看医学书。那些读了后给你增加谈资的书，我是不读的。塞西尔在教露西意大利语，还说她钢琴弹得很精彩。还有很多东西，是我们以前从来都没注意到的。塞西尔说——"

"楼上那两人到底在磨叽什么呀？埃默森——我觉得我们还是下次再来吧。"

乔治从楼上飞奔下来，一句话也没说，径直把客人推进了房间。

"我来介绍一下，这位是霍尼彻奇先生，就住在这附近。"

接下来，弗雷迪就要语出惊人了，只有年轻人才会如此。也许是出于害羞，也许是出于友好，或者也许，他只是觉得乔治的脸需要洗一下了。不管是什么原因，他对乔治打的第一声招呼是："你好！去洗个澡吧。"

"噢，好啊。"乔治回答，并无惊讶。

毕比先生给逗乐了。

"你好？你好！去洗个澡吧，"他轻声笑着，"我见过那么多打招呼的方式，这个实属是最精彩的。不过恐怕只有男人之间才可以这么说。试想一下，两位经介绍相识的女士当着刚刚介绍她们相识的女士说出这么一句开场套话：'你好？去洗个澡吧'，那会是个什么场景？你们还跟我说什么男女是平等的。"

"我告诉你们，将来是会男女平等的，"老埃默森先生说，他正从楼梯上慢慢地走下来，"下午好，毕比先生。我告诉你们，他们将来会成为志同道合的人，乔治也这么认为。"

"我们是要将女士提高到跟我们一样的位置吗？"牧师问。

"还记得伊甸园吗？"老埃默森先生继续说，一边还在慢慢下楼梯，"人们以为伊甸园已成为历史，实际上它还未曾来临。等我们不再鄙视自己的身体的时候，我们就进入伊甸园了。"

毕比先生拒绝将伊甸园划归到哪一个时期。

"在这个方面——其他方面暂且不提——我们男人走在了女人的前面。我们不像女人那样对自己的身体感到羞耻，但是，只有当我们成为志同道合的人，我们才会进入伊甸园。"

"我说，还去洗澡不？"弗雷迪咕哝道。这一大堆的哲学问题扑面而来，他感到心慌意乱。

"曾经，我相信要回归自然。但是如果我们一直远离自然，怎么可能回归自然？现在，我认为我们必须去发现自然。跨越千山万水，克服千难万险，最终返璞归真，取得胜利。这是老祖宗留给我们的传统。"

"这位是霍尼彻奇先生，你一定还记得，在佛罗伦萨你见过他的姐姐。"

"你好！很高兴见到你，谢谢你将要带乔治去洗澡。得知你姐姐马上就要结婚，我很高兴。婚姻意味着一种责任。我相信她一定会很幸福的，因为我们也认识维斯先生。他为人很好。他跟我们在国家美术馆偶然相遇，然后就为我们联系租到了这座赏心悦目的房子。不过，我希望我没有惹哈里爵士不高兴。我没怎么遇到过属于自由党派的房东，我急切地希望把他对于狩猎法规的态度和那些保守党人的态度对比一下。啊，起风了。你们现在刚好去洗个澡。霍尼彻奇，你们这乡下，可真是个好地方啊！"

"一点都不好！"弗雷迪嘀咕着，"我得——也就是说，我得要——按照我妈妈的说法，我应该过一段时间再来拜访你们。"

"什么拜访，小伙子？你这种客套话是从哪儿学来的呀？说拜访老祖母还比较合适！你听这松林间的风声！你们这乡下，可真是个好地方啊。"

毕比先生过来救场了。

"埃默森先生，他会来拜访你的，我也会来拜访你的。十天之内，你和你的儿子也会去回访我们的。我说的是十天之内，我相信你一定注意到了这一点。昨天，我帮你修理楼梯了，那个不算在里面。今天，他俩马上要去洗澡，这个也不算在里面。"

"好吧，乔治，去洗澡吧。你们干吗在这儿闲聊浪费时间？一会儿洗完澡，你们一起回来喝茶，顺便带些牛奶、蛋糕、蜂蜜回来。到乡下换个环境对身体有好处，乔治在办公室里上班太辛苦了，我感觉他身体不是特别棒。"

乔治耷拉着脑袋，灰头土脸，神情忧郁，因为刚刚搬过家具，身上散发出一股独特的怪味。

"你真的想去游泳顺带洗澡吗？"弗雷迪问他，"你不知道，我说的只是一个小水塘。我敢肯定，你平时游泳的地方一定比这强多了。"

"去啊——我刚才已经说过了，去啊。"

毕比先生觉得自己必须帮这位年轻的朋友一把，于是率先迈出屋门，走进松树林。真是个好去处呀！一开始，还能听到老埃默森先生在他们身后表达他美好的祝愿，传递着人生哲学。声音渐渐消失，他们的耳边只剩下大风从蕨丛和树林间吹过的声音。

毕比先生本可以保持沉默，不过大家都不吭声，他又受不了这种沉默。眼下，这次的小小出行看起来情况不妙，两个小伙子都一言不发，他觉得自己必须说点什么。于是，他聊起了佛罗伦萨。乔治一本正经地听着，时不时做出一些微小但坚决的手势，这些动作就像他们头顶上树梢的随风摆动一般，令人不解。

"你们居然遇到了维斯先生，真是太巧了！你没想到吧？在这里，说不定你能把在贝尔托里尼见过的人都见个遍呢。"

"我没想到。拉维希小姐跟我说过了。"

"我年轻的时候，一直就想着要写一部《巧合史》。"

没有得到热烈的反响。

"不过，实际上，巧合并没有我们想象的那么多。比方说，如果好好想一想，你们俩今天在这儿，也不纯粹出于巧合。"

乔治终于开始说话了，毕比先生总算松了口气。

"没错，我已经想过了。这就是命运的安排，一切都是命中注定。是命运让我们聚到一起，也是命运让我们分开——离合悲欢，聚散有时。命运之风从四面八方向我们吹过来——我们总是漂泊不定——"

"你根本就没有想过，"牧师反驳了他，"请听我一言。爱默生 ① 说

---

① 拉尔夫·沃尔多·爱默生（Ralph Waldo Emerson，1803—1882），美国思想家、文学家、诗人，美国文化精神的代表人物，被林肯称为"美国的孔子""美国文明之父"。

过：不要把什么都归咎于命运。不要说：'这事我没有做过，'因为十有八九，你是做过的。现在，我来问你，你第一次见到我和霍尼彻奇小姐是在什么地方？"

"意大利。"

"你又是在哪里遇见霍尼彻奇小姐的未婚夫维斯先生的呢？"

"国家美术馆。"

"在那儿欣赏意大利艺术品。就是这样，而你还说什么巧合和命运！你自然而然地就去找跟意大利相关的东西，我们和我们的朋友也是一样。这样，范围就大大地缩小了，最终我们就在那个小范围相遇了。"

"是命运让我来到这儿的，"乔治坚持己见，"但是，你也可以说这一切是因为意大利，只要你开心就好。"

毕比先生发觉这话题变得这么严肃，就悄悄转移了方向。不过，他对年轻人是极度宽容的，他可不想冷落乔治。

"所以说，不管出于什么原因，我的那部《巧合史》还是得写啊。"

没人吭气。

为了圆满地结束这一话题，他又说道：

"你们能搬到这儿来，我们大家都很高兴。"

还是没人接茬。

"我们到了！"弗雷迪大声说。

"噢，太好了！"毕比先生高兴地大喊，终于舒展了眉头。

"水塘就在那儿，我希望它可以再大一点。"他不无遗憾地又说了这么一句。

他们从一道落满了松针的滑溜溜的坡堤上爬了下来。那个水塘就在眼前，它镶嵌在一片碧绿之中——只是一个小水塘，虽然不大，但足以容下人的身体，塘水清澈见底。由于最近雨水偏多，池塘的水漫上了周边的草地，看上去宛如精美的翡翠步道，不觉诱人走向中央的水塘。

"就水塘而言，这一个实在是棒极了，"毕比先生说，"不需要为此道歉。"

乔治挑了一处干的地方坐下来，开始没精打采地解开靴带。

"这一丛丛的柳草是不是特别漂亮！我最喜欢结了籽的柳草。这一种芳香植物叫什么名字来着？"

谁也不知道，或者说谁都没兴趣。

"在这里，植被品种之间的变化是没有过渡的——这是一小片海绵样柔软的水生植物，而两边都是又硬又脆的植物——石楠、羊齿、越橘、松树。太迷人了，真是太迷人了。"

"毕比先生，你不下来游一会吗？"弗雷迪一边脱衣服一边叫他。

毕比先生不打算下去游泳。

"这水太棒了！"弗雷迪大喊一声，跃进了水塘。

"水不就是水嘛。"乔治自言自语。他先把头发弄湿——这表明他心里是满不在乎的，然后，跟着弗雷迪踏入了这片神圣的水塘，但他是一副完全漠然的样子，就好像他是一尊雕像，而水塘就是一桶肥皂沫。必须干点体力活，干完体力活了就必须洗得干干净净。毕比先生默默看着他们，看着在他们头顶上随风舞动的柳草的种子。

"来呀，来呀，快游起来。"弗雷迪说着游了起来，他往两边各划了两下，然后被芦苇和塘泥缠住了。

"值得一游吗？"乔治像一尊米开朗琪罗雕像一样站立在塘边。

这时，堤岸突然塌了，他还没来得及将问题考虑清楚就跌入了水塘。

"哎呀——噗——我吞下了一个蝌蚪。毕比先生，这水太棒了，这水好得没话说。"

"这水还不错。"乔治的脑袋冒出水面，他将水花向着太阳的方向泼溅。

"这水好极了！毕比先生，来嘛。"

"快来呀，快来。"

毕比先生正觉着燥热难耐，何况只要有可能，他这个人总是乐意

做个好好先生。他环顾四周，没有看到任何一个他的教众，四面八方
都只有挺拔的松树，它们在蓝天下枝叶摇曳。真是赏心悦目呀！车马
喧嚣和牧师事务都消失得无影无踪了。碧水、蓝天、绿林、清风——
这些东西即便四季更迭都不会改变，它们当然不为人间烟火所沾染
的吧？

"那我也下来洗个澡吧。"于是，草地上又多出了一小垛衣服，他
也对塘里的水赞不绝口。

这不过是一方再寻常不过的水塘而已，水量也不多，而且，正如
弗雷迪所言：这让人感觉就像在色拉盘里游泳。三位男士光着膀子，
在水塘里打转，就像《诸神的黄昏》①里的三仙女一样。不过，也许
是因为雨水赋予了他们清新活力，也许是因为太阳播撒下最温暖的光
辉，又或许是因为其中的两位正值青春年华而另一位的内心也依然青
春未老——不管是什么原因，一种莫名的变化悄然在他们身上发生，
此时此刻，什么意大利、植物学、命运，统统都抛之脑后了。他们开
始了嬉戏打闹，毕比先生和弗雷迪互相泼水，他们又小心翼翼地向乔
治身上泼水。乔治没有动静，他们以为他生气了。接着，所有青春
的活力一瞬间迸发出来了，他笑了笑，向他们扑过来，用水泼他们，
然后闪身躲开，用脚踢踹他们，还向他们扔掷污泥，把他们赶出了
水塘。

"咱们绕着水塘跑，看谁跑得快。"弗雷迪大喊，于是，他们就这
样在阳光下赛跑，乔治抄了条近道，弄得小腿上满是泥巴，得再下去
洗个澡了。接着，毕比先生也加入了赛跑 这是难以忘怀的一幕。

他们奔跑是为了把身子吹干，下水游泳是贪图凉快，他们扮作印
第安人在柳草和蕨丛中玩闹，弄脏了就再去游个泳清洗身子。自始
至终，那三个小小的衣服堆一直慎重而安静地趴在草地上，郑重宣
告着：

① 《诸神的黄昏》，德国作曲家理查德·瓦格纳（1813—1883）所作的第四部、也是最后一部以尼伯龙根的
指环为题材的歌剧，三仙女为莱茵河的水仙。

"不，我们才是最重要的。离了我们，什么事都干不了，所有的人最终都得来求我们。"

"射门！射门！"弗雷迪一边喊，一边一把抓起乔治的衣服，把它放在假想的门柱旁边。

"足球规则。"乔治回敬道，一脚把弗雷迪的衣服踢散了。

"进球！"

"进球！"

"传球！"

"小心，我的手表！"毕比先生喊。

衣服飞向四方。

"小心，我的帽子！行了，差不多了，弗雷迪。把衣服穿上吧！行了，别玩了，喂！"

但是，两个年轻人正玩得兴致勃勃。他们一下就钻进了树林，弗雷迪的腋下夹着牧师的一件背心，乔治湿漉漉的头上顶着牧师的宽边软毡帽。

"可以了！"毕比先生大声喊着，他想起来这儿毕竟是自己的教区范围。随后，他的声音逐渐变了，就好像他面对的每一棵松树都是他的下属牧师。"嗨！快停下来！我看见有人过来了，你们俩，快给我停下！"

这一声声喊叫，穿过斑驳的泥地，传向四方。

"嗨！嗨！有女士过来啦！"

乔治和弗雷迪，他俩都不是那种讲究文雅精致的人，不过，他们并没有听见毕比先生最后的那句警告，不然的话，他们就会避免迎头碰上霍尼彻奇太太、塞西尔和露西了，这三位正一路走来，要去拜访上了年纪的巴特沃思太太。弗雷迪将背心扔在了他们脚下，飞一般躲进了蕨丛中。乔治迎着他们大喊一声"哎呀"，迅疾转身顺着通往水塘的路跑去了，毕比先生的帽子还扣在他的脑袋上呢。

"噢，我的天哪！"霍尼彻奇太太惊呼起来，"这都是谁呀？这些可怜的人儿！哎哟，亲爱的，快转过去别看！可怜的毕比先生，他也在！这到底是怎么回事啊？"

"快，到这边来！"塞西尔发出了指令，他总是觉得自己有引导女士的职责，尽管他也不知道该把她们引导到哪儿去，他还觉得自己有保护女士的职责，但不知道该保护她们免受谁或什么的攻击。此刻，他引导着她们向蕨丛走过去，而弗雷迪恰好就藏在那儿。

"噢，可怜的毕比先生！我们刚才看到的丢在路上的那件背心是他的吧？塞西尔，那是毕比先生的背心——"

"那个，我们不必操心。"塞西尔瞥了一眼露西，发现她用阳伞把自己全部遮住了，显然是很"操心"了。

"我好像看到毕比先生又跳进水塘里了。"

"请往这边走，霍尼彻奇太太，请这边走。"

她们跟着他走上岸堤，试图装出一副紧张而又淡然的表情，女士一旦遇到这种场合就应该是这种表现。

"好吧，我实在没办法了，"一个声音从前边不远处传来，随即，从蕨丛中露出了弗雷迪那一张长着雀斑的面孔和一对白嫩的肩膀，"总不能让你们踩到我身上吧，是不是？"

"噢！我的天哪！怎么是你呀！你这搞的是什么花样！你怎么不在家里舒舒服服地洗澡呢？家里冷水热水都有啊。"

"听我说，妈妈，人总要洗澡的吧，洗完澡身子总要弄干的吧，要是另一个人——"

"亲爱的，你说得对，毫无疑问，你总是有道理的，但现在不是你辩论的时候。露西，你过来。"她们俩转过身去。"噢，瞧——不，别看！噢！可怜的毕比先生！他怎么这么倒霉——"

毕比先生正挣扎着从水塘里爬上岸来，他的一些贴身衣服正在水面上飘着呢！而乔治，那个悲观厌世的乔治正冲着弗雷迪大喊大叫，说自己逮到了一条鱼。

"我呀，我还吞下去了一条呢，"藏身在蕨丛后面的弗雷迪答道，"我吞下去一只小蝌蚪，它在我肚子里打滚呢，我要死啦——埃默森，你这畜生，你居然穿着我的裤子。"

"小声点，亲爱的，"霍尼彻奇太太说，她觉得已经没法继续保持震惊万分的状态，"首先，请你们把身子彻底擦干了，不把身子彻底擦干容易引起各种感冒。"

"妈妈，我们走吧，"露西说，"噢，看在老天的分上，快走吧。"

"嗨！"乔治大喊一声，两位女士又停下了脚步。

他自己以为已经穿好衣服了，其实还光着脚丫，露着膀子，在幽暗的树林的衬托下，显得特别容光焕发，英俊潇洒。他说：

"你好，霍尼彻奇小姐！你好！"

"鞠躬，露西，最好鞠个躬。这究竟是谁啊？我也该鞠个躬。"

霍尼彻奇小姐鞠了一躬。

那天傍晚连同整个夜晚，水塘的水都流走了。到了第二天，水塘缩小到了原先的面积，荣光不再了。这是一次对热血、自由和意志的召唤，是一种稍纵即逝但其影响却不再消逝的的祝福，是一次圣典，是一道魔咒，是一场短暂的青春盛宴。

第十三章

巴特利特小姐那烦人的锅炉

这一个鞠躬礼，这一次会面，露西已经在心里预演了很多次。不过，我们完全可以猜想，她的预演一定都是在室内，而且一定是穿戴整齐的。谁又能预料到，她和乔治的会面竟然会发生在一个文明分崩离析的场景中，在散落了一大堆外衣、硬领和靴子的阳光灿烂的野外呢？在她的想象中，年轻的埃默森先生可能有点害羞，或者有点病态，或者态度冷漠，或者厚颜无耻，对这些情况，她都有思想准备，可她怎么都想不到，这个人会开开心心地跟她大声打招呼，就像早晨的星星一样欢乐。

她坐在屋里，和年迈的巴特沃思太太一起喝着茶，一边在心中感叹着世事真的难以精准预料，人生实在无法预演。要是布景出了差错，要是一位观众的脸上露出不满，要是有观众突然冲上舞台，那我们精心设计的动作就会变得毫无意义，或者变得夸张可笑。她之前曾经想过："我会鞠躬，但不会跟他握手。这样的行为是恰当的。"她的确是鞠了一躬——但是她是向谁鞠的躬呢？向天上的神明，向世上的英雄，向女学生们的胡言乱语！她是隔着一堆将这个世界弄得一团糟的垃圾鞠的躬。

她这样想着，同时还牵挂着塞西尔那边的事情。这一次不过是订婚后的又一次可怕的拜访而已。巴特沃思太太希望见见塞西尔，而塞西尔谁都不想见。他不想听老太太聊绣球花，不想听她唠叨为啥海边的绣球花颜色会不一样，他也不想加入那个慈善机构协会。只要他感到不痛快了，那他总会千方百计与他人周旋，原本只要答"是"或"不是"的问题，他还要说上一段复杂冗长的俏皮话。露西安慰他，还给他说的话打圆场，所以看起来，他们婚后的生活会很平和。人无完人，当然，能在结婚之前发现对方的不完美之处，那是好事。巴特利特小姐虽然嘴上没有说过，却用实际行动让露西认识到，生活本来就没什么是圆满的。露西虽然不大喜欢这位老师，但也觉得个中道理是深刻的，并将它活学活用在了恋人的身上。

"露西，"回到家里，露西的妈妈问，"塞西尔怎么了呀？"

这个问题似有不祥的预兆：到目前为止，霍尼彻奇太太一直表现得宽容而克制。

"没什么，我觉得没什么，妈妈，塞西尔没问题。"

"他可能累了。"

露西稍作妥协：也许，塞西尔有点儿累了吧。

"因为，如果不是累了的话，"——她将帽子上的别针一一取下来，显得愈发不高兴了——"要不然，我就无法理解他的态度了。"

"你要是说的是今天这事的话，我真觉得巴特沃思太太相当烦人。"

"是塞西尔让你这么想的。你小时候可喜欢巴特沃思太太了，那次你得了伤寒，巴特沃思太太对你无微不至。不——人家无论在什么方面对你都特别好。"

"我帮你把帽子收起来吧，好吗？"

"他就不能对她保持半个钟头的礼貌吗？"

"塞西尔对人有很高的标准，"露西结结巴巴地说，她预感到前景不妙，"这是他个人理想的一部分——正是这一点确实让他有时候显得——"

"哦，别胡说啦！要是崇高的理想让一个年轻人变得粗暴无礼，那这样的理想还是早点丢弃为好。"霍尼彻奇太太说着，将帽子递给露西。

"好了，妈妈！我也不是没见过你跟巴特沃思太太发生过争执。"

"但那不是一码事。有时候，我都想把她掐死呢。但这不是一码事，不，不一样。塞西尔彻头彻尾就是那种人。"

"顺便说一下——这我没跟你提起过。在伦敦的时候，我收到过夏洛特的一封信。"

露西这样转变话题的做法显然太过幼稚，霍尼彻奇太太很不乐意。

"从伦敦回来之后，塞西尔就好像一肚子的不满。每次我只要一开口说话，他就皱起眉头——这我都看见了，露西，你反驳也没有用。没错，我这个人既不懂艺术又不懂文学，既没什么学问也没有音乐细胞，但是我就是舍不得换掉客厅里的家具：那是你爸爸买来的，我们就得继续用着，希望塞西尔能记住这一点。"

"我——我知道你的意思了。塞西尔做得肯定不对，但他不是故意不礼貌的——他曾经解释过——是因为那些东西让他心烦——难看的东西很容易让他心烦——他对人是不会不礼貌的。"

"弗雷迪唱歌的时候，那到底是东西还是人啊？"

"你不能指望真正懂得音乐的人会像我们一样欣赏滑稽小调呀。"

"那他为什么不离开这个房间？为什么他就非要坐在那儿扭来扭去，一脸不屑，叫每个人都扫兴呢？"

"我们对人不可以这么不公平。"露西结结巴巴说道。不知道为什么，她变得软弱了。在伦敦的时候，遇到塞西尔的事情，她都处理得得心应手，但是现在却难以奏效。这是两种文明的冲突——塞西尔之前就暗示过也许会发生这种冲突，她被弄得头晕目眩，不知所措，就好像汇聚在整个文明背后的光芒晃得她睁不开眼睛。阳春白雪也好，下里巴人也罢，不过是时兴的流行语，是不同款式的外衣罢了。音乐穿过树林便会逐渐消隐，成为轻声絮语，那时候是高雅音乐也好，滑稽小调也罢，都没什么区别了。

霍尼彻奇太太开始换衣服，准备吃晚餐，露西感到非常尴尬。她时不时地说一两句话，但都无济于事。事实就是事实，无法遮掩——塞西尔就是故意目空一切的，而且他总是一帆风顺。至于露西——她也不知道为什么——她只希望麻烦事不要在这个时候出现。

"去换衣服吧，亲爱的，晚餐不要迟到了。"

"好的，妈妈——"

"别嘴里说着'好的'，可人还站在那儿不动。快去吧。"

她听从了母亲的话，但是却满腹愁闷在扶梯平台的窗口停留了一阵。窗子面北而开，因而看不到多少风景，也看不见天空。现在，松树在她的眼前摇曳，就像在冬季一样。有人说扶梯平台的窗户象征着忧愁。眼下并没有具体的问题困扰着她，但她还是独自叹息："噢，天啊，我该怎么办，我该怎么办？"她似乎感觉，整个世界都在与她作对。她刚才真不该提起巴特利特小姐的来信。她必须加倍小心：妈妈可是会刨根究底的，很可能会问起信里写的什么内容。噢，我的天！那可怎么办？——这时，弗雷迪蹦蹦跳跳跑上楼来，加入了举止粗鲁行为无礼的行列。

"要我说，那些人真是棒极了。"

"你这个捣蛋鬼，太讨厌了！你干吗无缘无故带他们跑到圣湖去游泳啊？那可是大庭广众之下。你自己倒也算了，可你搞得大家都尴尬不迭。以后做事千万小心一点，别忘了，现在我们这儿离城市并不远。"

"我说，下个星期有什么活动吗？"

"据我所知，没有。"

"那星期天我想邀请埃默森父子俩来打网球。"

"噢，换作是我，就不做这种事，弗雷迪，现在乱糟糟的，我不想打球。"

"网球场没问题吧？就算有一两处不平整他们也不会介意的，而且我已经订购了新网球。"

"我是说最好不要，我真的建议不要。"

他抓住她的手肘，滑稽地拽着她在过道上来来回回地跳起舞来。她装作不在意，心里却想生气地尖叫起来。塞西尔往盥洗室去的路上，朝他们瞥了一眼，玛丽端着一叠热水罐，被他们堵住了去路。霍尼彻奇太太打开了房门，说："露西，你们可真会闹腾！我有话跟你说。你刚刚不是说你收到了夏洛特的来信？"弗雷迪赶紧溜走了。

"没错。我不能耽搁了，我也得去换衣服了。"

"夏洛特近来可好？"

"很好。"

"露西!"

倒霉的姑娘只好转过身来。

"别人的话才讲了一半,你人就跑了,这可是个坏习惯。夏洛特有没有说起锅炉的事情?"

"她的什么?"

"你难道忘了吗?她的锅炉十月份就应该检修,洗澡水的蓄水箱也该清洗了,还有各种麻烦事需要处理。"

"她的那一大堆烦心事,我哪能全给记住,"露西悻悻地说,"你现在对塞西尔那么不满,马上,我自己的烦心事也够多的。"

听了这话,霍尼彻奇太太本可以大发雷霆,但她没有。她说:"来吧,我的露西——谢谢你帮我放帽子——吻我一下。"尽管世间万物难有完美,但在那一瞬间,露西觉得妈妈也好,风之角也好,斜阳下的威尔德也好,一切都是如此完美。

生活的小摩擦就这样消失了,在风之角通常就是这样。每当社交机器卡壳已近无望的时候,家里总会有个人在最后一刻注入一滴润滑油,塞西尔就看不惯他们这一套——也许他有他的道理。不管怎么说,他自己不会这么做。

晚餐的时间是七点半。弗雷迪匆匆忙忙做了饭前感恩祷告,大家把沉重的椅子拖近桌子,就开始吃饭。幸运的是,男士们都饿了。一切正常,大家相安无事,直到布丁端上桌子。这时,弗雷迪说:

"露西,埃默森这个人怎么样?"

"我在佛罗伦萨见过他。"露西说,希望这么回答能暂时搪塞过去。

"这哥们是个聪明人吧,或者说是个正派人?"

"你问塞西尔吧,是塞西尔把他带到这儿来的。"

"他是个聪明人,就跟我一样。"塞西尔说。

弗雷迪一脸狐疑地看着塞西尔。

"在贝尔托里尼的时候,你跟他们是否熟悉?"霍尼彻奇太太问。

"哦，不怎么熟悉。我是说，我不熟悉，夏洛特更不熟悉。"

"噢，你这话倒是提醒我了——你还没跟我说，夏洛特信里写了什么呢。"

"就东拉西扯，随便说了些事情，"露西说，心想不知自己能不能不必说谎就过了晚饭这一关，"其中有一件事，她的一位讨厌的朋友骑车经过夏街，还想要顺道来拜访我们，不过，谢天谢地，她没来。"

"露西，我真的认为你这么说话很不友好。"

"她那个朋友是写小说的。"露西巧妙地说。她这么说是很聪明的，因为霍尼彻奇太太对于女人去搞什么文学可不赞同了。她会抛开所有其他的话题，对那些一心想通过出书沽名钓誉（而不是潜心打理家务、相夫教子）的女人展开猛烈的攻击。她的态度是："如果非要写书，那就让男人们去写吧。"她开始滔滔不绝，借题发挥，塞西尔在一旁哈欠连天，弗雷迪用他的李子核玩起了自己的小游戏，嘴里念叨着"今年成，明年成。要么现在成，要么永远都不成"，而露西呢，则不失时机地在妈妈的怒火上再浇上一点油。不过很快，这场大火就渐渐熄灭了，幽灵开始在黑暗中悄然聚集。最初的那个幽灵——在她脸颊上的那一个吻——当然早就消散了。一个男子曾经在山上亲吻了她一下，这对她来说根本就不算什么。但是，这个幽灵却招来了一群的幽灵——虚构的哈里斯先生，巴特利特小姐的信，毕比先生关于紫罗兰的回忆——不是这个就是那个幽灵，必然有一个会当着塞西尔的面来纠缠她。这回登场的是巴特利特小姐，这个幽灵形象生动，令人胆战心惊。

"露西，我一直在想夏洛特的那封来信。她怎么样了？"

"那封信我已经撕了。"

"她难道没有说起她自己的近况吗？她信中的口气怎么样？开心吗？"

"噢，是啊，我想是这样的——不对——不是太开心，我觉得。"

"我说的肯定没错，她要是不开心，那就是因为锅炉。我自己也有体会，水一旦出了问题，是很伤脑筋的。我宁愿问题出在别的方面——哪怕肉没有做好都没事。"

塞西尔抬起一只手，捂住了眼睛。

"我觉得也是。"弗雷迪宣称道，表示他支持自己的母亲——他支持的与其说是母亲刚刚说的内容，不如说是话语所传递的精神。

"还有，我一直在考虑，"她接着又说，显得有点紧张，"我们下星期当然可以让夏洛特来我们这儿挤一挤，正好让她好好地度个假，让水暖工把她在坦布里奇韦尔斯的家给收拾好。我已经多久没有见到可怜的夏洛特了。"

这大大超出了露西的心理承受能力，可是，她妈妈刚刚在楼上还对她那么温和，现在她也不能拉下脸来提出强烈抗议。

"妈妈，别这样！"她哀求道，"这是不可能的。我们不能只考虑夏洛特的问题，现在家里已经挤得要命了。星期二，弗雷迪还有个朋友要来，塞西尔也在这儿，你还答应过要让明妮·毕比也过来住，免得她染上白喉病。真的不能再有人来了。"

"胡说！当然能的。"

"那只能让明妮睡在浴缸里了，否则不行。"

"明妮可以跟你睡一张床。"

"我可不想和她睡一张床。"

"那好，要是你真这么自私，那就只能让弗洛伊德先生和弗雷迪合睡一间房了。"

"巴特利特小姐，巴特利特小姐，巴特利特小姐。"塞西尔小声埋怨着，又用手捂住了眼睛。

"这是不可能的，"露西再次申明，"不是我想故意与人作对，可是这样把房子塞得满满的，对用人也是不公平的。"

唉！

"亲爱的，其实，说白了就是，你不喜欢夏洛特。"

"对，我不喜欢她，塞西尔也不喜欢她。她弄得我们神经紧张。的确，她是个好人，但你最近没有见过她，你不知道她现在有多讨人嫌。所以，求你了，妈妈，这是我在这边过的最后一个夏天了，别让我们烦心了。不要请她来，你答应我，你就惯我们这一次吧。"

"说得对，说得对！"塞西尔也说。

霍尼彻奇太太显得比平时更为严肃，也比平时更加激动，她回答说："你们两个这么说话可不太好。你们俩成双成对的，可以并肩在树林里漫步，生活一片美满，可是可怜的夏洛特连水都用不上，身边只有几位水暖工作伴。你们还年轻，亲爱的，但是年轻人再怎么聪明，读的书再怎么多，都体会不到渐渐老去的人的孤独与痛苦。"

塞西尔把面包掰成了碎片。

"我得说一句，那年我骑自行车去看望夏洛特表姐的时候，她对我可好了，"弗雷迪插话说，"她一直不停地说感谢我去看望她，说得我都感觉自己成了个大傻瓜，然后又手忙脚乱煮了个鸡蛋给我当茶点，还一直唠叨着说什么鸡蛋要煮得刚刚好。"

"我知道，亲爱的。她对每个人都很好，可是我们现在想稍稍回报人家一下，露西却感到很为难。"

可是露西心意已决。对巴特利特小姐心存善意可不会有什么好果子吃，这一点她已亲身体验过多回了，最近还刚刚有过一次呢。与人为善是可以为下辈子积累一笔财富，但是对巴特利特小姐和其他人来说，这辈子反正用不上了。最后，露西没办法只好说："我无能为力，妈妈。我就是不喜欢她。我承认这样是不好。"

"照你这么说，你已经对她说过这话了。"

"是的，谁叫她非要傻乎乎地离开佛罗伦萨，她匆匆忙忙就——"

那些幽灵又登场了。意大利遍地都是幽灵，现在就连她童年时代就熟悉的地方都正在遭到幽灵的入侵。圣湖不再是过去的圣湖了，到这个星期天，连风之角都将难以幸免。她要怎么才能打败幽灵呢？一时间，眼前的世界逐渐隐退，真实存在的似乎只剩下回忆与情感了。

"据我估计，既然巴特利特小姐的鸡蛋煮得那么出色，那她是非来不可了。"塞西尔说。幸亏今天的晚餐相当不错，他的心情也相当不错。

"我并不是说她的鸡蛋煮得很好，"弗雷迪纠正道，"其实，她是忘记将鸡蛋及时从炉子上拿走了，而且事实上，我也不爱吃鸡蛋，我只是想说她看起来对我很好。"

塞西尔的眉头再次皱了起来。噢，瞧这一家子！鸡蛋，锅炉，绣球花，女佣——他们的生活就只是这些。"我和露西可以先离开餐桌吗?"他问道，傲慢不加掩饰地写在脸上，"我们就不吃餐后甜点了。"

第十四章

露西的勇敢抗争

毫无疑问，巴特利特小姐接受了邀请。同样毫无疑问的是，她觉得自己一定会给别人添加麻烦，所以她恳切地要求给她安排一间差一点的备用客房——看不见风景的那种房间，或者随便什么房间。她向露西问好。还有一件事同样毫无疑问，那就是，乔治·埃默森下个星期天要过来打网球。

露西勇敢地面对现在的局势，当然，跟我们大多数人一样，她只关注她周遭的局势。她从来不探寻自己的内心，如果有时候她的内心深处浮现出一些奇怪的幻象，她会将这种现象归结为自己精神紧张。塞西尔把埃默森父子带到这儿来的时候，她的精神就很紧张。夏洛特会把发生在过去的那点事添油加醋后泄露出来，这也会使她情绪紧张。到了晚上，她特别紧张。她跟乔治说话的时候——在教区长的寓所，他们又见了一面——他的嗓音令她深深动容，她恨不得继续待在他身边。要是她真的恨不得继续待在他身边，那岂不是太可怕了！当然，产生这种幻想是由于精神紧张，精神一紧张它就爱这样作弄我们。曾经，她也被"无中生有，无以言表"的事情所困扰。后来，在一个潮湿的午后，塞西尔给她讲解了一点心理学，青春里一切对未知世界的困惑与烦恼都可以得到合理的消解。

读者看得一清二楚，可以得出这一结论："她爱上乔治·埃默森了。"但设身处地从露西的角度出发，这一点不是那么容易发现的。记录生活中的点点滴滴并非难事，但要生活却让人困惑，所以我们常常用"精神紧张"或别的陈词套话来掩饰我们的七情六欲。她爱塞西尔，乔治让她感到紧张。读者大人是否知道怎么才能让她明白这两个动词的位置应该调换一下呢？

但是眼下这外部的局势——露西将勇敢地面对。

在教区长寓所的那次会面处理得相当好。露西站在毕比先生和塞西尔中间，她只是恰到好处地提起了几次意大利，乔治也作出了回应。她急于表现出自己并不害羞，看到乔治好像也不害羞，她很高兴。

"这小伙子不错，"毕比先生后来说，"假以时日，他会变得更加成熟的。我倒是不看好那些一上来就表现得温文尔雅、八面玲珑的年轻人。"

露西说："他的精神看起来好多了，也比以前爱笑了。"

"是啊，"牧师答道，"他正在觉醒。"

会面的经过就是这样。但是，随着那一周的日子一天天过去，她的防备之心也一天天松懈，她的脑海里开始浮现出一张英俊的脸庞。

巴特利特小姐到达风之角的路线写得非常清楚，尽管如此，她还是将事情搞成了一团糟。她本来应该在多尔金的东南铁路车站下车，霍尼彻奇太太驾车去那里接站，但是她却坐到了伦敦和布莱顿铁路车站，然后不得不租了辆马车过来。她到的时候，其他人都不在，家里只有弗雷迪和他的朋友，他们只好放下手中的网球，花了足足一个小时来招待她。塞西尔和露西到四点钟才回来，于是，这些人，再加上小明妮·毕比，他们组成了一个略带悲伤的六人组在上边的草坪上吃起了茶点。

"我永远都不能原谅自己，"巴特利特小姐说，她不停地从座位上站起来，大家只好不停地恳求她坐下来，"我把一切都搞砸了。我居然闯到你们年轻人中间来了！但是马车的费用必须由我来付。无论如何，车费让我来付。"

"我们家的客人，绝不可这么见外。"露西说。她的弟弟也变得越来越不耐烦，此刻，那个煮鸡蛋的美好回忆已经很模糊了，他大声嚷道："露西，就这点事，我都已经劝了表姐半个小时了。"

"我真觉得我自己不是普普通通的客人。"巴特利特小姐说，她的目光落在她那饱经风霜的手套上。

"那好吧，如果你非要付也可以。一共五先令，我还给了车夫一先令的小费。"

巴特利特小姐打开钱包看了看，里面只有金镑和便士。哪位可以给她换零钱呢？弗雷迪只有半镑，他的那个朋友有四枚面值为二先令六便士的硬币。巴特利特小姐收下了他们的钱，又问："可是，我这个金镑应该给谁呢？"

"这事等妈妈回来再说吧。"露西提议道。

"不行，亲爱的。你妈妈没接到我，没有我的牵制，等她回来可能还得好久呢。我们每个人都有一些小怪癖，而我的小怪癖就是钱一定要立马结清。"

这时，弗雷迪的朋友弗洛伊德先生提出了一个建议，这是他说出来的唯一一句值得引述的话：用弗雷迪的那枚硬币来投掷，以此决定巴特利特小姐的金镑归谁。这个解决方法看起来不错，就连一直在装模作样认真地品茶赏景的塞西尔也感受到了赌博的永恒诱惑，他的身子转了过来。

但是，这个方法也行不通。

"不好意思——不好意思——我知道我这个人总是让人扫兴，但是真这么做了我会内疚的。那样我不就是抢了输家的钱了吗？"

"弗雷迪还欠我十五先令，"塞西尔插了一句，"所以，你只要把那一镑给我，就万事大吉了。"

"十五先令？"巴特利特小姐表示怀疑，"这是怎么一回事，维斯先生？"

"你还没明白吗？因为弗雷迪给你付了车钱。你把一英镑给我，咱们就可以不必进行这场不幸的赌博了。"

巴特利特小姐数字方面不够擅长，稀里糊涂就把她的那一个金镑交了出来，年轻人都竭力想忍住，但还是咯咯笑了起来。有那么一会儿，塞西尔感到很满足。他这是在和同龄人一起瞎胡闹呢。然后，他瞅了一眼露西，淡淡的忧伤驱走了她脸上淡淡的微笑。等到明年一月份，他就能将自己的列奥纳多·达芬奇女神从这种漫天瞎扯的生活中拯救出来了。

"可是我弄不明白！"明妮·毕比大声喊着，她把刚才那一场不公平的交易从头至尾全都看在了眼里，"我不明白为什么这个金镑要给维斯先生。"

"就是因为十五先令还有那个五先令，"他们一本正经地说，"你知道的，十五先令加上五先令刚好就是一英镑。"

"可是我不明白——"

他们想用蛋糕堵住小姑娘的嘴巴。

"不，谢谢，我已经吃饱了。我不明白这是为什么——弗雷迪，你别戳我。霍尼彻奇小姐，你弟弟把我弄疼了。哎哟！弗洛伊德先生的十先令怎么办？哎哟！不，我真的不明白，我永远都不明白为什么这位小姐——她叫什么来着？——就不应该给车夫付车费呢。"

"我都把车夫给忘了，"巴特利特小姐红着脸说，"谢谢你提醒了我，亲爱的。是一个先令，对吧？谁能帮我找开这个两先令六便士？"

"我来吧，"年轻的女主人说，果断站起身来，"塞西尔，把那个金镑给我。不——你就把那个金镑拿给我，我让尤菲米娅去换，然后我们再重新算一遍。"

"露西——露西——唉，我真是太烦人了！"巴特利特小姐想劝阻露西，跟着她穿过了草坪。露西步履轻快，走在前面，装出一副万分高兴的样子。等她们走到没人能听到她们说话的地方，巴特利特小姐不再唉声叹气，转而用相当欢快的语调问她："他的事，你跟塞西尔讲过了吗？"

"没有，我没讲，"露西回答，她因自己这么快就理解了表姐刚刚那句话的言下之意而懊悔不迭，"我想一想——一个金镑应该换多少银币。"

她躲进了厨房。巴特利特小姐突然转变了话题，这实在是不可思议。有时候，她说出口的每一个字似乎都是有预谋的，就好像这次关于马车和零钱的闹剧也是为了给她的灵魂来个突然袭击。

"不，我没有跟塞西尔或任何人讲，"她走出厨房，说，"我答应过你会守口如瓶。这是你的钱——除了两枚两先令六便士的硬币，其他的都是先令。你点一下可以吗？这下，你可以把你的账结清了。"

巴特利特小姐在客厅里，看着那幅装裱在镜框里的《圣约翰升天像》。

"那多可怕呀！"她咕哝道，"万一维斯先生从别的渠道知道了这事，那就更不堪设想了。"

"噢，不会的，夏洛特，"姑娘说，她进入了戒备状态，"乔治·埃默森不会说，哪来的别的渠道？"

巴特利特小姐思考片刻。"比方说，那个车夫。我看到他隔着树丛在看你，我记得他嘴里还叼着一枝紫罗兰。"

露西微微颤栗了一下。"如果我们自己不注意，就会被这件蠢事搞得心烦意乱。你说，佛罗伦萨的一个马车夫怎么可能跟塞西尔扯上关系呢？"

"每一种可能性我们都必须考虑到。"

"噢，没问题的。"

"还有，也许老埃默森先生是知道的。事实上，他一定知道。"

"他知不知道我也不在乎。你特意写信提醒我，我很感谢，但是就算这事真的让大家知道了，我相信塞西尔也一定会一笑置之的。"

"他不会生气吗？"

"不，他会一笑了之。"但是，露西心里明白她不能相信他，因为他希望她纯净无瑕。

"那很好，亲爱的，你最懂事了。也许现在的小伙子和我年轻的时候不一样了，反正姑娘们肯定是不一样了。"

"嗨，夏洛特！"她打趣似的打了她一下，"你这人真是太善良又太喜欢操心啦！你到底想让我怎么做呢？起先，你说'要守口如瓶'，后来你又说'要实话实说'。那到底该怎么办呀？快说！"

巴特利特小姐长叹一声。"我是说不过你的，最亲爱的露西。在佛罗伦萨的时候，我指手画脚管着你，其实你能很好地照顾自己，而且方方面面都比我聪明得多，每想到这些，我都会脸红。你是永远都不会原谅我的了。"

"那要不，咱俩出去吧？我们再不出去，他们会把所有的瓷器都打碎了。"

因为空气中回荡着明妮的尖叫，有人正拿着茶匙刮她的脑门呢。

"等一会儿，亲爱的——以后，我们俩像这样聊天的机会可能不会再有了。你已经见过那小子了吗？"

"是的，见过了。"

"怎么会见面的？"

"我们在教区长寓所碰到了。"

"他是什么态度？"

"没什么态度。他就和其他人一样，谈起了意大利。真的没事。坦率地说，他如果表现得像个流氓，对他又有什么好处呢？我真心地希望，你能够以跟我一样的方式来看待这个问题。夏洛特，我相信他真的不会胡来。"

"一日为流氓，终生是流氓。这是我个人的观点。"

露西稍作停顿。"有一天，塞西尔说——我觉得说得鞭辟入里——流氓分为两种——有意和无意的。"她又停顿了一下，确认自己将塞西尔深邃的思想传达到位了。她往窗外看去，看到了塞西尔，他正在翻阅一部小说，是从史密斯图书馆借来的一本新书。看来妈妈已经从车站回来了。

"一日为流氓，终生是流氓。"巴特利特小姐嘴里不住絮叨着。

"我说的'无意'，指的是埃默森先生当时是一时头脑发热。我一下子摔进了紫罗兰花丛里，他当时一定是猝不及防，茫无头绪的，我觉得我们不该过分地指责他。要是你突然之间见到一个人，而这个人的身后又是那么美丽，会产生不一样的感觉，真的会感觉不一样，完全不一样，于是他头脑一阵发热。他对我没有爱慕，那跟爱慕什么的根本扯不上任何关系，他只是把我看作了一棵小草。弗雷迪倒是挺喜欢他，还邀请他星期天过来玩，所以你可以自行判断。他已经有所改观了：不像动不动就可能哭鼻子的样子了。他现在在一个大型铁路部门工作，是总经理办公室的工作人员——不是服务员！——周末的时候赶过来看望他的父亲。他父亲原本是想做新闻工作，但现在因患了风湿病已经退休。行啦！我们现在去花园吧。"她挽起客人的胳膊。"我们能不能别再提起这件发生在意大利的蠢事了，希望你这次的风之角之旅平稳顺利，无忧无虑。"

露西自己觉得这番话说得很好，不过，读者们可能已经发现里面有一个不幸的漏洞。巴特利特小姐有没有发现这一漏洞，这不好说，因为毕竟年岁越长的人也越难被参透内心。本来，她可能还想说点什么，但正在这时女主人进了屋，打断了她俩的谈话。接下来是一番解释，于是，露西趁机悄悄溜开了，脑海中原先的那些画面变得更加鲜活生动了。

第十五章

萧墙之祸

巴特利特小姐到达那天是个星期日，那一天跟那一年中的大多数日子一样，也是个阳光明媚的日子。威尔德地区，秋季已经悄悄来临，夏季那种单调的绿色已不复存在，公园里染上了雾蒙蒙的灰色，山毛榉呈现出赤褐色调，而橡树则披上了金色的外衣。山岗上的一片片黑松林见证了夏秋之际发生的变化而自己却不为所动。无论夏秋，乡间总是碧空如洗，万里无云，也无论秋夏，教堂的钟声都会叮当响起。

风之角的花园里空无一人，只有一本红色封皮的书孤零零地躺在沙砾小径上晒着太阳。屋子里传出断断续续的说话声，好像女士们正准备动身去教堂。"男士们说他们不想去"——"呃，我不会责怪他们的"——"明妮问，她也必须去吗？"——"告诉她，别瞎说八道"——"安娜！玛丽！帮我把背后的搭钩扣一下！"——"最亲爱的露西，麻烦给我一个别针好吗？"巴特利特小姐刚刚宣布了，教堂她无论如何是非去不可的。

太阳渐升渐高，领着它运行的不是法厄同，而是阿波罗。太阳神强劲有力，坚忍不移，至神至圣，他将阳光洒向走到卧室窗户前的女士们，洒向此时正在夏街的毕比先生，他正面带微笑浏览着凯瑟琳·艾伦小姐的来信，也洒向正在替父亲擦拭皮靴的乔治·埃默森。最后，他将阳光洒向刚才提到的那本红色书本上，这样，值得记录之事便没有任何遗漏了。女士们开始行动了，毕比先生开始行动了，乔治也行动起来了，动了，就会有影子。然而，那书躺在原地，一动也不动，整个上午它都在接受太阳神的抚爱，它的封面偶尔微微翻起，似乎在对太阳神的抚爱表达感谢。

不一会儿，露西穿过客厅的落地窗走了出来。她身上的那件樱桃色新裙子并不好看，显得庸俗花哨，毫无生气。她领口处别了一根石榴红的胸针，手指上戴着一枚镶了几块红宝石的戒指——这是她的订婚戒指。她远远望向威尔德地区，双眉微蹙——不像不高兴，而是像一个勇敢的小孩子逞强忍住不哭。旷野之上，不会有人偷窥她，即便是皱起了眉头也不怕有人会来指责她，她可以尽情打量太阳与西边山峦间的景致。

"露西！露西！那是本什么书啊？是谁把它从书架上拿下来，扔在那里不管的？"

"就是从图书馆借来的那本，塞西尔一直在看。"

"还是把它捡起来吧，你不要像只火烈鸟那样，傻站在那里无所事事。"

露西把书捡起来，没精打采地瞄了一眼标题：《在凉廊之下》。她自己现在已不再看小说了，而是全力以赴地阅读严肃的文学作品，她想要赶上塞西尔。她懂得的东西真是少得可怜，而且她发现即便是她自以为有所了解的东西，比如意大利画家，也已经忘得差不多了。就在今天早上，她还把弗朗切斯科·弗朗西亚①和皮耶罗·德拉·弗朗切斯卡②给混为一谈了，塞西尔就说了："怎么！你不会已经把你的意大利给忘记了吧？"这也在她此刻的眼神中增添了一抹焦虑，她正观赏着眼前亲切的景致和花园，还有天空中那一轮亲切的太阳，很难想象这太阳也会在别的地方出现。

"露西——你没有可以给明妮的六便士硬币，还有一先令自己用吗？"

她赶紧进屋走向妈妈，一到星期天她总是手忙脚乱的。

"这次捐款非同寻常——为什么募捐我不记得了。我请求各位不要用半便士的硬币在盘子里弄得叮当作响，那有多俗气讨厌，要像明妮那样的亮闪闪的六便士硬币。这孩子跑哪儿去了？明妮！那本书都

---

① 弗朗切斯科·弗朗西亚（Francesco Francia，1450—1517），意大利文艺复兴鼎盛时期著名画家。
② 皮耶罗·德拉·弗朗切斯卡（Piero della Francesca，1416—1492），意大利文艺复兴初期著名画家。

变形了。(天哪，你怎么一点反应都没有！)快把书放在地图册下面压一压。明妮！"

"噢，霍尼彻奇太太——"声音是从楼上传来的。

"明妮，别磨叽了。马儿来了——"她总是说"马儿"，从来不说"马车"，"夏洛特人在哪儿呢？快去，叫她赶紧过来。她怎么这么磨蹭？她又没什么好忙的。她每次来啥都不带，就带衬衣。可怜的夏洛特——我可讨厌衬衣了！明妮！"

不信教是会传染的——比白喉或笃信宗教的传染性可强多了——教区长的侄女对自己被强行带去教堂表示抗议。跟平时一样，明妮不明白她为什么得去教堂，为什么她就不能和男孩子们一起坐着晒太阳呢？男孩子们现在才露面，还说着风凉话取笑她，而霍尼彻奇太太赶紧为正统的信仰进行了辩护。就在这一阵忙乱之中，只见巴特利特小姐打扮妥当，衣着时尚地从楼梯上款款而下。

"亲爱的玛丽安，真是不好意思，但是我实在没有小零钱了——只有金镑和两先令六便士的硬币。有哪位能给我——"

"有啊，那还不简单！快上车吧。我的天哪，你今天这身打扮，多好看呀！你把我们都衬得不能见人了。"

"你说，我的这些宝贝破烂，要是不趁着现在赶紧拿出来，那还有什么机会穿呢？"巴特利特小姐说，似带着责备的口气。她坐上马车，背对着马坐了下来。在一阵必不可少的喧闹之后，他们出发了。

"再见！好好去吧！"塞西尔在后面喊着。

露西咬了咬嘴唇，她听出了塞西尔这话里蕴含着的嘲讽之意。涉及"去教堂以及诸如此类"的问题，他俩曾经有过一次不是很愉快的对话。他说，人人应当自省其身，而她没有这方面的自觉，她也搞不懂要怎么个自省法。对于真诚的正统宗教信仰，塞西尔是尊重的，但他一直认为，真诚不过是精神危机所造就的，他无法想象真诚是一个人与生俱来的权利，就像花儿一定会向上生长一样。尽管塞西尔浑身上下的每一个毛孔都散发出宽容的信号，但有关这一话题他说的每一句话都刺痛了露西。不知怎么回事，埃默森父子跟他就不一样。

做完礼拜离开教堂之后，她看到了埃默森父子。路上的马车排成了长长的一列，霍尼彻奇家的马车恰巧就停在塞西别墅的对面。为了节约时间，她们穿过草地，向马车走去，然后就看到这父子俩在花园里吞云吐雾。

"给我们介绍一下吧，"露西的母亲说，"除非那小伙子认为他已经认识我了。"

他还真有可能认识她的，不过露西还是忽略了圣湖边上的那一次见面，为他们做了一个正式的介绍。老埃默森先生非常热切地同露西打了招呼，还表示，听说她即将结婚，他很高兴。她回答说，好的，她也很高兴。与此同时，巴特利特小姐故意和明妮一起跟在毕比先生的后面，于是露西换了个轻松一些的话题，询问他是否喜欢他的新居。

"非常喜欢。"他这么回答，不过他的话语里却带有一丝不快，露西可是从来都不曾见过他这样。他接着说："可是，我们得知那两位艾伦小姐原本打算搬到这儿来住，是我们把她们给挤走了。女人一般很在乎这种事情，为此我深感不安。"

"我相信这其中一定有什么误会。"霍尼彻奇太太说，有点心神不安。

"有人对房东说，我们跟大家不同，是另一类人，"乔治说，他似乎有意要继续探讨这个问题，"房东误以为我们俩是懂艺术的，现在他很失望。"

"我还在想我们是不是应该给两位艾伦小姐写封信，主动把房子让出来。你觉得如何？"他最后的问题是向露西提的。

"噢，既然来了，就安心住下吧。"露西语气轻松。她不能去怪罪塞西尔，虽然没人提起过塞西尔的名字，但是这一段小插曲就是因他而起的。

"乔治也这么说。他说，艾伦姐妹俩只好委屈一下了，不过这样好像确实不太仁慈。"

"这世上的仁慈本就不多。"乔治说道，目光落在来来往往的车辆上，阳光照在马车的镶板上亮得耀眼。

"就是!"霍尼彻奇太太大表赞同,"我也是这个意思。干吗要为这两位艾伦小姐白费那么多口舌呢?"

"仁慈不常有,就像阳光不常在,"乔治嘴里念念有词,语气是慎重的,"不管在哪里,只要站着,我们都会将影子投映到某个物体上,纵然移动到别处,也是徒劳,因为影子总是跟随而来。倒不如选一个不至于损害他人的地方——对,选一个不会对别人造成太多损害的地方,然后就站在那里,面对阳光。"

"哎哟,埃默森先生,我发现你相当聪明啊!"

"嗯——?"

"看得出来,你会越来越聪明的。可怜的弗雷迪,我希望你没有像那样对待过他。"

乔治眼里带着笑意。露西心想,乔治和她的妈妈会融洽相处的。

"没有,我可没那样对他,"他答道,"倒是弗雷迪曾经那样对待我,那是他的人生哲学。只不过他是借此开启了人生,而我的人生却是从一个大大的问号开始的。"

"你这话是什么意思?哦算了,不管你是什么意思。不必解释了。他盼着今天下午跟你见面呢。你打网球吗?星期天打网球你不介意吗——?"

"星期天打网球,乔治怎么会介意呢!乔治受过教育,会把星期天和其他日子区分开来——"

"好极了,乔治不介意在星期天打网球,我也不介意。那就这么定了。埃默森先生,如果你能和乔治一起来,我们会很高兴的。"

他对她说了声谢谢,不过去府上的这段路听起来有点远,而这些天,他只能在附近稍微走动一下。

她转身对乔治说:"就这样,他却还要把房子让给那两位艾伦小姐。"

"我明白。"乔治说着,用一个胳膊搂住他父亲的脖子。毕比先生和露西早就知道他内心的柔和善良,而此时此刻这种善良突然之间迸发出来，就像阳光在轻轻触摸一片茫茫的自然风景——那是清晨阳光的抚摸？在她的记忆里，他虽然古怪，不过从来没有对情感的表达有过任何微词。

巴特利特小姐走了过来。

"你认识露西的表姐，巴特利特小姐吧，"霍尼彻奇太太高兴地说，"在佛罗伦萨，你见过她和我女儿。"

"没错，见过的！"老人说，看样子像要走出花园去跟巴特利特小姐打招呼。巴特利特小姐立即上了马车，随后在马车的掩护之下，礼节性地朝这边鞠了一躬。一切都好像又回到了贝尔托利尼旅舍，回到了那张上面放着瓶装水和葡萄酒的餐桌，回到了几个月前因为那间看得见风景的房间而发生的争执。

乔治没有理会巴特利特小姐的这个鞠躬。他像个小男孩一样，涨红了脸，感到羞愧。他知道这位监护人还没忘记曾经发生的事。他说了句："我——我会来打网球的，要是到时候能够来的话。"随后就走进了房子。也许，无论他怎样做，露西都会感到开心，可是他这种尴尬的样子却让露西心头一阵难受：毕竟，男人不是神，跟女孩子一样，男人也是人，也会手足无措。即使是男人，也同样会因为欲望得不到表达而感到痛苦，也同样需要人施以援手。对于像露西这样的成长经历和人生目标的人而言，"男人也有软弱之处"这一事实是个全新的概念，不过，在佛罗伦萨的时候，当乔治把她的那些图片扔进阿诺河里的那一刻，她已经对此有所感触。

"乔治，别离开呀，"他的父亲喊道，埃默森先生觉得要是儿子肯和别人说话，对方会非常高兴，"乔治今天精气神儿可足了，我敢确定他今天下午一定会上你家去的。"

露西捕捉到了她表姐的眼神，眼神中那种无声的恳求所透露出的某种东西倒是让她突然变得无所顾忌。"好呀，"说着，她提高了嗓门，"我真心希望他能来。"说完，露西走向马车，一边喃喃自语："他没有告诉老人，我就知道没事的。"霍尼彻奇太太紧跟在露西的身后上了车，她们乘着马车离开了。

老埃默森先生对佛罗伦萨的那件事一无所知，这让露西很是满意，不过，她也不应该高兴得过了头，简直像飞到了天堂边上。满意归满意，然而，她对此表现得确实是有点过分开心了。一路回家，马蹄声声，似乎在对她吟唱如下的曲调："他没有对人说，他没有对人说。"露西在脑海中又把这曲调扩写了："他没跟他父亲说——他平常对他父亲从无任何隐瞒。那并不是一次冒险行动。我离开后，他也没有取笑我。"她抬起一只手，摸着脸颊："他不爱我。是的，他要是真爱我那可太可怕了呀！不过，他也没有告诉别人，他不会说的。"

她想要大声呼喊："没事啦！这是我们俩之间的秘密，永远都是。塞西尔这辈子都不会知道。"她甚至感到庆幸，在佛罗伦萨最后的那个阴沉的夜晚，她和表姐跪在房间的地面收拾行李时，巴特利特小姐让她发誓要守口如瓶。而这个秘密，不管是大是小，总归是保守住了。这世上，只有三个英国人知道这个秘密。

露西就是这样解释她的好心情的。跟塞西尔打招呼的时候，她不是一般的容光焕发，因为她的内心感觉特别安全。塞西尔扶她下车时，她说：

"埃默森父子俩人很不错。乔治·埃默森也比以前好了许多。"

"是吧？我的那两位被保护人，他们怎么样？"塞西尔问，其实他心里对他们已经无所谓了，而且他早就忘了自己当初决计让他们搬到风之角来，原本是想让他们来接受教育的。

"被保护人！"露西有点激动，大声嚷道。

在塞西尔看来，他和他们唯一的关系就是封建关系，即：保护者和被保护者的关系。他哪里能体会到露西所渴求的那种友情呢。

"你马上就可以亲自看到你的被保护人现在怎么样了。乔治·埃默森今天下午就要过来。跟他这个人说话非常有意思，只是你不要——"她差点就说出了口，"不要去保护他就成。"正在这时，午饭的钟声响起了，塞西尔并没有太注意去听露西说的话，这种情况已经司空见惯了。露西的长处应该是妩媚动人，而不是伶牙俐齿。

这是一顿愉快的午餐。通常，露西在饭桌上都会感觉有点郁闷，因为总有人需要她来安慰——不是塞西尔就是巴特利特小姐，再不然就是某个肉眼凡胎看不见的灵魂——这个灵魂对着她的心灵轻声絮语："这种欢乐，它是不会持久的。明年的一月，你就得前往伦敦，和那儿的社会名流的后代一起娱乐。"但是今天，她觉得特别踏实，好像得到了一种承诺。她的妈妈会永远坐在那个位置上，她的弟弟也会永远陪伴在这儿。而天空的太阳，虽然从早晨到现在是移动了一点位置，但它绝不会被西边的山脉所遮挡。饭后，大家请露西弹钢琴。露西今年看过格鲁克①的《阿尔米德》，便凭借记忆弹奏了"魔幻花园"那一幕中的音乐——剧中，雷诺②沐浴在永恒的晨光之中，伴随着音乐走上前来，自始至终，这乐声既不高亢也不低弱，一直宛如仙境中永不停息的海水，唯有微波荡漾，没有潮汐涨落。这样的音乐并不适合钢琴演奏，露西的听众开始变得躁动不安，塞西尔也同样心有不满，便喊道："现在，请给我们弹奏另一个花园——《帕西发尔》③里的乐段吧！"

露西合上了钢琴盖。

"这样做不太好吧。"那是她母亲的声音。

露西有点担心这会惹塞西尔不高兴，便迅速转过身来。乔治来了，他刚才是悄无声息地进来的，没有打扰她的演奏。

"噢，这是怎么回事！"露西大声说，面颊绯红，接着，也没打声招呼，她又掀开了琴盖。塞西尔想听《帕西发尔》就弹给他听吧，他应该听到他爱听的任何乐曲。

"咱们的演奏家改变主意了。"巴特利特小姐话中有话，似乎在说："她这是弹给埃默森先生听的。"露西手足无措，甚至都有些六神

---

① 克里斯托弗·威利巴尔德·格鲁克（Christoph Willibald Gluck，1714—1787），德国作曲家，生于德国南部，逝于奥地利维也纳，是当时集意大利、法国和德奥音乐风格特点于一身的绝无仅有的作曲家，作品以质朴、典雅、庄重而著称，其歌剧改革对法国、意大利、奥地利、瑞典、英国音乐戏剧的发展产生显著影响。创作歌剧百部以上，《阿尔米德》为五幕歌剧，1777 年初演于巴黎。
② 雷诺（Renaud），五幕歌剧《阿尔米德》中的男主人公，笃信基督教的骑士，对异教徒女王阿尔米德由恨转爱并闯入其所在的魔幻花园。
③ 《帕西发尔》（Parsifal），德国著名作曲家瓦格纳创作的三幕歌剧，剧中的主人公帕西发尔为取得圣矛闯入了妖术士的魔园。

无主了。她弹奏了那首"如花少女组合"演唱的歌曲中的几个小节，弹得糟糕极了，于是便停了下来。

"我提议，咱们去打网球吧。"弗雷迪说，他不喜欢这东一茬西一茬的音乐节目。

"好啊，我也想打网球，"露西又一次合上了那架倒霉的钢琴，"我建议你们可以来一场男子双打。"

"行啊。"

"我就不打了，谢谢，"塞西尔说，"我可不想搅黄了你们的双打。"他根本没意识到，哪怕你的球技再怎么糟糕，在三缺一的时候如能来凑个对也算是一桩善举。

"噢，来打嘛，塞西尔。我打得也不好，弗洛伊德的球技也很烂，我敢说埃默森打得也不怎么样。"

乔治纠正了他："我打得可不赖呢。"

对这种话，旁人是不以为然的。"那么，我当然就不打了。"塞西尔说，而巴特利特小姐想着要故意冷落一下乔治，于是接着插嘴道："维斯先生，我同意你的说法。网球你还是不打为好，还是不打为好。"

明妮却闯进了塞西尔不敢进入的领域，大声宣布她想打网球。"我反正一个球都接不住的，那又有什么关系呢？"可是，因为恰逢星期日，明妮自告奋勇的好心提议便无疾而终了。

"那这样的话，只能是露西上场了，"霍尼彻奇太太说，"你们只能请露西上场了，没有别的办法了。露西，快去，把你的裙子换掉吧。"

对露西来说，安息日通常带有两重含义。上午，她真心诚意，谨守安息日，到了下午就不遵守了，也无勉强之意。在换裙子的时候，露西还在想塞西尔是不是会偷偷嘲笑她。在和塞西尔结婚之前，她确实必须改头换面，了断过去。

露西的搭档是弗洛伊德先生。音乐虽是她的头等爱好，不过，跟音乐相比，网球似乎更令她开心。穿着舒适的衣服在球场上自由奔跑，可比穿得浑身紧绷地坐着弹钢琴要棒多了。她又一次有了那种感觉：音乐不过是小孩子的把戏。轮到乔治发球，他强烈的求胜欲让她吃了一惊。她记得，乔治在圣十字教堂的墓碑间徘徊时曾经因世事难料而叹息不已。她也记得，在那个不知名的意大利人死后，他曾倚靠在阿诺河边的护堤上对她说过："我说，我想活下去。"现在，他也想活下去，他想要赢球，他想在这阳光下展露自己的身手——太阳渐渐西斜，阳光在露西的双眸里闪亮。乔治真的赢了！

啊，威尔德地区是多么的美丽！重峦叠嶂，一如菲耶索莱矗立在托斯卡纳平原之上，如果你愿意，亦可以将南唐斯丘陵 ① 想象成卡拉拉 ② 的山脉。也许，露西现在对她的意大利开始渐渐淡忘，但是对她的英格兰却不断有更多新的发现。也许，你会以新的视角去观察原有的景致，试图在其数不胜数的层峦叠嶂中发现某个小镇或村庄并将它与佛罗伦萨联系起来。啊，威尔德是多么的美丽啊！

可是，就在这时，她听到塞西尔在叫她。他这会儿正好思路明晰，一门心思想挑剔他人，对旁人的欣喜心生排斥。其他人在打网球，而在这整个过程中，他真是讨厌极了。他正在阅读的那部小说写得太差劲了，而他还非要大声读给大家听，于是，他在网球场周围转来转去，大声叫嚷着："听我说，露西，你来听听这一句，它用了三个分裂不定式。""太糟糕了！"露西一说话，就又丢了一个球。等他们打完了那一盘球，他还在那儿读个不停。书里有一段是谋杀的场景，真的，大家都来听一听。弗雷迪和弗洛伊德要去月桂树丛里找打丢了的球，另外的那两位就只好过来了。

"故事发生在佛罗伦萨。"

"这可真有意思，塞西尔！快读。来。埃默森先生，你刚才打球，现在一定累了吧。"按她之前的说法，她已经"宽恕"了乔治，所以刻意对他表现得和颜悦色。

① 南唐斯丘陵（South Downs），亦译作：南丘，英格兰东南部的草原丘陵。
② 卡拉拉（Carrara），意大利中北部托斯卡纳大区马萨—卡拉拉省城市，位于佛罗伦萨的西北，风景优美，富产石材。

乔治从网上一跃而过，在她的脚边坐下，问道："你——你觉得累了吗？"

"我当然不觉得累啊！"

"你输了球，介意吗？"

她刚想开口说"不介意"，可是突然意识到她心里其实是在乎的，于是改口说"是的"，但接着她又开开心心地说："不过，我觉得你也算不上一位网球高手，只不过你是顺光，我可是逆光，阳光晃我的眼睛。"

"我可从来没说过我是高手啊。"

"什么，你明明说过的好吧！"

"那是你没听清。"

"你说过的——哦，对了！在我们家，可不要追求确切。我们喜欢稍稍夸大一点，谁要是不这样，我们可要跟他生气的。"

"故事发生在佛罗伦萨。"塞西尔提高了声调，又重复了一遍。

露西安静下来。

"'夕阳西下，丽奥诺拉正快步——'"

露西打断了他。"丽奥诺拉？女主角叫丽奥诺拉？这小说的作者是谁啊？"

"作者名叫约瑟夫·埃默里·普兰克。'夕阳西下，丽奥诺拉正快步穿过广场。她默默祈祷自己不要迟到。夕阳西下——意大利的夕阳。在奥卡尼亚①凉廊下——也就是现在我们俗称的佣兵凉廊——'"

露西不禁笑出声来。"'约瑟夫·埃默里·普兰克'！真是的！哎哟，那是拉维希小姐！原来是拉维希小姐的小说，她的小说是用了别名出版的。"

"谁是拉维希小姐啊？"

"噢，一个可怕的人——埃默森先生，你还记得拉维希小姐吗？"

---

① 奥卡尼亚（Orcagna，1309—1368），14 世纪意大利佛罗伦萨画家、雕塑家、建筑师。佣兵凉廊曾被误认为是他的作品。

今天下午实在太开心了，露西兴奋得拍起手来。

乔治抬起头来。"我当然记得她，我刚到夏街的第一天就看到了拉维希小姐。就是她告诉我你住在这儿的。"

"你难道不高兴吗？"她其实是想说"看到拉维希小姐你难道不高兴吗？"不过看到乔治低下头去看着草地，一言不发，她忽然意识到自己的话可能有些歧义。乔治的脑袋几乎贴着她的膝盖，她望着他的脑袋，发觉他的耳朵根都红了。"难怪这本书这么差劲，"她又说，"我从没喜欢过拉维希小姐，不过既然我们曾和她有过交集，我想我们还是应该读一读她的小说。"

"现代小说都很差劲，"塞西尔说，他对露西漫不经心的样子有点生气，于是把怒火撒向了文学作品，"这年头，人写书就是为了赚钱。"

"哦，塞西尔——！"

"正是如此。我也并不是非要把约瑟夫·埃默里·普兰克的小说念给你们听。"

这个下午，塞西尔就像一只叽叽喳喳叫个不停的麻雀。他的语调时高时低，不同寻常，但露西对此置若罔闻，她常年沉浸在音乐的旋律之中，她的神经对他发出的噪音毫无反应。他愿意生气就随他去吧，露西再一次凝视眼前这一头黑发的脑袋。她并没有伸出手去抚摸它，但她的内心确有这样的念头。这种感觉实在是微妙。

"埃默森先生，你觉得我家这儿的风景怎么样？"

"我觉得哪里的风景都差不多。"

"你这是什么意思？"

"天下景致，皆为相似。其实，空气和距离才是其中真正重要的东西。"

"唔！"塞西尔发出了这么一声，他并不清楚乔治这句话算不算惊人之语。

"我父亲——"他抬头看着露西，脸颊微红，"他说完美景致唯有一处——那就是我们头顶的这片天空，世间万景莫不是在仿效天空。"

"我猜你父亲最近在读但丁的作品。"塞西尔摩挲着那本书，也只有说起书本他才能滔滔不绝。

"还有一天，父亲对我们说，风景不过是事物的集合罢了——树林、房屋与山峦的集合——正如人以群分，它们一定是彼此相似的——同理，它们对我们有着超自然的吸引力。"

露西惊讶得微微张开了嘴。

"构成人群的也不仅仅是人，还有一些其他的东西——其中原理无人知晓，就像山峦之上，也还有其他东西融入了风景。"

他举起球拍，指向南唐斯丘陵。

"这种观点多么奇妙啊！"她低声嘀咕，"要是能再听你父亲谈谈这些，我一定会很高兴的。真是可惜，他现在身体不太好。"

"是啊，他的身体不大好。"

"这本书里有一段景色描写太荒唐了。"塞西尔。

"父亲还说过，即使是人也分成两类——一类是记不得风景的人，另一类是不会忘记风景的人，哪怕是在小小的房间里。"

"埃默森先生，你有兄弟姐妹吗？"

"没有，怎么了？"

"可你刚刚说了'他对我们说'。"

"我说的是我妈妈。"

"砰"的一声，塞西尔将书合上了。

"哎呀，塞西尔——你吓了我一跳！"

"我再不给你们念约瑟夫·埃默里·普兰克了。"

"我只记得我们一家三口曾一起到乡下玩了一整天，一直逛到海恩赫德。这是我记事以来记得的第一件事。"

塞西尔站了起来，心想：这人是真没教养——打完网球也不把外套穿上，一直都没有穿上。要不是露西制止了他，塞西尔就直接走开了。

"塞西尔，给我们念念那段风景描写吧。"

"既然埃默森先生在这儿为我们消遣解闷，我就不必念了。"

"不要——你就读吧。大声读出来的蠢事儿最有趣了。埃默森先生要是觉得我们这样很无趣，那他可以离开。"

露西的这句话，塞西尔觉得微妙至极，听了也很受用。这句话显得他们的客人有些自命不凡。塞西尔多少得到了一些安慰，于是便重新坐了下来。

"埃默森先生，你去把网球捡回来吧。"露西打开了书。她一定得让塞西尔把他的那一段给朗读一下不可，一定得让他做他喜欢的任何事情。可是她的心思却不觉转到了乔治母亲的身上——按照伊格先生的说法——在上帝看来，他的母亲是被谋害的——可是照这儿子的说法，他们不是去海恩赫德旅行了吗？

"真的要我离开吗？"乔治问道。

"哪里，当然不是。"露西答道。

"第二章，"塞西尔说着，打了个呵欠，"麻烦你替我翻到第二章。"

她翻到了第二章，迅速看了几眼开头几行字。

这一看，她觉得自己都要疯了。

"来——请把书递给我。"

她说话都有些不由自主了。"这本书不值一读——读这种书简直太愚蠢了——我从没见过这么差劲的东西——这书就根本不该让它印刷出版。"

塞西尔一把将书从她手中拿了过去。

"丽奥诺拉，"他开始念了起来，"独自一人坐在那里，陷入了沉思。她的眼前是富饶的托斯卡纳平原，平原上散布着许多欢乐的村落。正是春光明媚的时节。"

天知道拉维希小姐是从哪儿知道了那件事，还用她拖沓啰唆的文字把它写进了书里，此刻，塞西尔正读着，乔治正听着呢。

"金雾弥漫，"他接着念道，"远方，那是佛罗伦萨的塔楼，她坐在堤岸上，堤岸上长满了紫罗兰。谁都没有看到，安东尼奥偷偷地走到了她的背后——"

露西不想让塞西尔看到她的脸，于是转了过去，她看到了乔治的脸。

塞西尔继续念着："他没有像寻常的恋人那样口吐甜言蜜语，他没有滔滔的口才，但他也没有因缺乏口才而吃亏。他直接用他健硕有力的手臂将她搂进了怀里。"

一阵静默。

"这不是我原本想念的那一段，"他告诉他们，"还有一段比这有趣得多，在后面。"他"哗哗"往后翻了好几页。

"我们还是进屋去喝杯茶吧。"露西的声音还算平静。

她起身率先向花园前边走去，塞西尔跟在她身后，乔治在最后。露西心想，可算是逃过一劫了。可是，当他们走进灌木丛的时候，还是劫数难逃。那本小说，似乎它的坏事还没有做够，被遗忘在了原处，塞西尔执意要回去拿，而乔治，这位正处于炽热爱恋中的人，偏偏要和她在那儿狭路相撞。

"别——"她喘息着说，就这么着，他又一次亲吻了她。

不可能再有其他的作为了，他悄悄地退了回去。塞西尔又回到了她的身边，他们一起来到高处的草坪上。

第十六章

欺骗乔治

自春天以来，露西成熟了许多。换句话说，跟原先相比，如今的露西更加善于克制那些与世俗不符、不为大众所认同的情感。尽管面临着比以往更大的危险，可她并没有因为内心深处的悲伤而退缩。她对赛西尔说："我不进屋喝茶了——你跟我母亲说一声——我得写几封信。"说罢，她径直上楼回到了自己的房间。一进房间，她就准备采取行动。感受到了爱情，爱情再度出现了，那是我们的身体所呼唤的爱情，是我们的心灵所赞美的爱情，那是我们一生中能遇到的最真切的感情，可是，如今它却以不为世间所容的面目出现了，露西必须将它无情地扼杀。

她让人把巴特利特小姐给请了过来。

这并不是爱情与责任之间的角逐，也许这样的角逐从来就没有出现过。这是真诚与虚伪之间的角逐，而露西最首要的目标就是战胜自己。眼下，露西的头脑里阴云密布，有关风景的记忆变得渐渐模糊，小说里的语句也渐渐消散。她又回到了从前应对紧张的固有模式。她"战胜了自己的精神软弱"。她在脑海里篡改了事实，忘记了曾发生过的事实真相。她记得自己已经和塞西尔订了婚，迫使自己将与乔治相关的记忆搅浑：对她来说，他无足轻重。对她来说，他从来就无足轻重，他的行为可恶极了，自己从来不曾怂恿过他。谎言的铁甲在暗中已然铸就，将那个男人隐藏起来，非但别人看不见他，连他自己的心灵也对他视而不见。不到几分钟，露西已经全副武装，准备迎战了。

"发生了一件糟糕透顶的事，"巴特利特小姐一进房间，她就发起了进攻，"你是否知道拉维希小姐写的那本小说？"

巴特利特小姐显得有些意外，她说自己没读过那本书，也不知道那本书是否已经出版。埃莉诺本质上是个沉默寡言的女人。

"小说里有这么个场景。男主角和女主角卿卿我我。那一点，你知道的吧？"

"亲爱的——？"

"请问，你是否知道？"她又说了一遍，"他们俩在山坡上，远处就是佛罗伦萨。"

"我亲爱的露西，我不知道你在说什么。这个，我真的什么都不知道啊。"

"还有紫罗兰，我就不信还能有这么巧的事情。夏洛特啊夏洛特，你怎么可以跟她说呢？我是经过深思熟虑才这么说的：一定是你告诉她的，除了你，没别人。"

"告诉她什么呀？"她问道，感觉越来越心慌意乱。

"就是二月份那个可怕的午后所发生的事。"

巴特利特小姐打了个激灵。"哎哟，露西，我最亲爱的姑娘——她居然把那事写到她的书里了？"

露西点了点头。

"别人看不出来她写的是谁吧？"

"看得出来。"

"那么，埃莉诺·拉维希，我将永远——永远——永远都不再把她当作是我的朋友了。"

"这么说，你是告诉她了？"

"我的确只是碰巧——在罗马，我当时跟她在一起喝茶——说着说着就——"

"可是夏洛特——那天收拾行李的时候，你曾经向我发誓，那又是怎么回事？你为什么要告诉拉维希小姐？你不是都让我不要告诉妈妈的吗？"

"我永远都不会原谅埃莉诺，她背叛了我的信任。"

"可是，你为什么要告诉她呢？这是一件非常严重的事情。"

为什么要告诉别人？这是个永远都回答不了的问题，也就难怪巴特利特小姐对露西的提问只是发出一声轻轻的叹息。她错了——这一点她是承认的。她只是希望她没有伤害到任何人，她当初可是叮嘱埃莉诺要她千万保密的。

露西万分气恼，跺了下脚。

"塞西尔恰好当着我和埃默森先生的面大声地把那一段给读了出来，把埃默森先生搞得心烦意乱，他又对我动手动脚的。塞西尔不在场。天哪！男人们难道都这么粗莽无耻？他是在我们从花园里走过来的时候趁着塞西尔离开的那一会儿偷袭的。"

接着，巴特利特小姐一口气说出了无数自责与悔恨的话。

"现在我该怎么办？你能不能告诉我？"

"噢，露西——我永远也无法宽恕我自己，这辈子，哪怕到死我都不能宽恕自己。想一想，如果你的未来——"

"这我知道。"露西说。一听这话，她就皱起了眉头。"现在，我算是明白了，为什么你在信中叫我去告诉塞西尔，还有你说的'别的渠道'是什么意思。因为你知道你已经告诉拉维希小姐了，而且也明白她这个人是不靠谱的。"

这一回，轮到巴特利特小姐皱眉头了。

"不管怎样，"露西说，心里很是鄙视她表姐的出尔反尔，"事已至此，再说这些废话也没有意义了。是你让我陷于如此尴尬的境地的，你说吧，我怎样才能摆脱眼下的困境？"

巴特利特小姐脑子里一片空白。对她说来，精力旺盛的日子已经一去不返，目前，她也不是监护人，只不过是一个客人，而且是一个失去了信誉的客人。她站在那里，双手交叠，与此同时，露西是越说越恼火了，而这恼火也是不可避免的。

"他必须——必须好好教训那家伙一顿，让他终生难忘。那么，由谁来教训他呢？夏洛特，我现在已经没法跟妈妈说了——那是因为你。也没法跟塞西尔说了，也是因为你。我每天都过得提心吊胆，失魂落魄。我觉得我都要疯了。我不能向任何人求助，所以我就把你请了过来。现在，我需要一个能好好教训他的人。"

对此，巴特利特小姐表示赞同：需要有个人来好好教训他。

"没错——可是，你光表示赞同有什么用呢？问题是，应该怎么办？我们女人就只知道唠叨闲扯。你说，如果一个姑娘遇上了一个无赖，她应该怎么办？"

"亲爱的，我一直都说他是个无赖。不管怎么说，这一点你该相信我吧。打一开始——自从他说他父亲在洗澡那一刻开始，我就这么认为了。"

"噢，现在就别纠结于什么相不相信以及谁对谁不对了！这事搞得这么一塌糊涂，我们俩都有责任。此时此刻，乔治·埃默森还在下面的花园里，是让他逍遥自在，还是让他吃点苦头？你怎么说？我想知道。"

巴特利特小姐当然什么忙都帮不上了。泄密事件的败露已经令她烦恼不安，她现在的脑子里，各种想法正痛苦地相互纠缠。她无力地走到窗户边，想要透过月桂树枝找到那个无赖穿着白色法兰绒衣服的身影。

"在贝尔托里尼旅舍的时候，你火急火燎要把我带到罗马去，那会儿，你不是想要找他谈一谈的吗？那现在你难道就不能去找他谈一谈吗？"

"我愿意竭尽全力——"

"我希望你讲得具体确切一点，"露西有些不屑，"你愿不愿意跟他去谈？考虑到所有的事情都是源于你的背弃诺言，至少这件事情你还能做一下。"

"从今往后，我再也不把埃莉诺·拉维希当成是我的朋友了。"

说实话，夏洛特正在绞尽脑汁地思考。

"请你告诉我，你是愿意还是不愿意。愿意还是不愿意？"

"这种事情，必须男士出面才能解决的。"

乔治·埃默森一手拿着网球拍出现在了花园里。

"那很好，"露西说着，做了一个非常生气的手势，"既然没有人愿意助我一臂之力，那我就自己去跟他说。"这话一出口，她立马就意识到，这正中了她表姐的下怀。

"喂，埃默森！"弗雷迪在下面大声喊着，"你把那个不见的球给找到了？你可真棒！要喝茶吗？"然后，只见一个人从屋里冲上了平台。

"哎呀，露西，你可真是勇敢啊！我佩服你——"

他们聚拢到乔治的身边，乔治向大家挥手致意。她感到，乔治的这个手势一下子挥走了困扰着她的那些荒谬的杂念、纷乱的想法和隐秘的渴望。一看见他，她心里的怒气就消了一半。啊！归根到底，埃默森父子言行举止都是那么善良。她先竭力抑制住热血澎湃的冲动，然后说道：

"弗雷迪把他带到饭厅去了，其他人还在花园里。快，我们赶紧把这件事情给解决掉。快点，当然，你必须跟我一起留在屋里。"

"露西，这么做，你是不是不愿意？"

"你怎么会问出这么可笑的问题？"

"可怜的露西——"她向她伸出手来，"无论走到哪里，我好像只会给人带来不幸。"露西点了点头。她想起佛罗伦萨最后的那个晚上——整理行装的情景、那支蜡烛，还有巴特利特小姐那顶无檐帽投在门上的阴影。她不会重蹈覆辙，不会再次掉入同情的陷阱。她避开了表姐敞开的怀抱，率先往楼下走去。

"你尝一下这种果酱，"弗雷迪正说着，"这果酱的味道可好了。"

乔治正在餐厅里来回走动，头发蓬松，显得身材高大。露西一走进了客厅，他就停下脚步，说道：

"谢谢——什么都不吃了。"

"你到其他人那里去吧，"露西对弗雷迪说，"我和夏洛特会照顾好埃默森先生的，他想吃什么我们都会满足他。妈妈去哪儿了？"

"她在客厅里，正在写她的星期天日记。"

"那好，你离开这里吧。"

弗雷迪走了，一路哼着歌。

露西在桌边坐了下来。巴特利特小姐完全给吓坏了，她拿起一本书，假装看书。

　　她不打算长篇大论，她只是说："埃默森先生，我不能接受这种事情发生，我甚至都无法跟你说话了。请你离开这里，只要我住在这里，你就再也不要踏进这个家门了。"她说这番话时满脸通红，她抬起一只手，指着餐厅的门。"我讨厌跟人争执。请你离开吧。"

　　"你说什么——"

　　"其他没什么好说的。"

　　"可是，我不能——"

　　她摇了摇头，说："请你离开，我不希望把维斯先生叫过来。"

　　"你的意思，难道，"乔治说，就好像巴特利特小姐根本就不在跟前，"——你难道真的要嫁给那个男人？"

　　这句话让人始料未及。

　　露西耸耸肩，对他的粗俗无礼似乎很是厌倦。"你真是太可笑了。"她语调平静地说。

　　然后，他开口了，说话的声音压过了她的，语气严肃："你不能跟维斯先生共同生活。这个人只适合做普通的朋友，只适合社交场合，只适合优雅的谈吐。他跟任何人都不会建立亲密的关系，特别是跟女人。"

　　对塞西尔的秉性，这倒是一种全新的评价。

　　"跟维斯聊天的时候，你难道没感觉很无趣吗？"

　　"我不想和你讨论——"

　　"行，可是你没有这种感觉吗？他这类人，跟物品打交道是没有任何问题的——像书啊画啊什么的——但是一旦跟人打交道，就跟要了他们的命一样。所以即便是现在这么糟糕的情况，我还是要直言相告。虽说失去你对我来说是够痛苦的，不过一般来说，作为男人，我会选择放弃。假如你的塞西尔不是那一类人，我一定会克制自己，绝对不会像那样失控。但是，我第一次在国家美术馆遇到他时，就因为我父亲念错了几位大画家的名字，他就眉头皱个不停。后来，他介绍我们来到这里，搬来之后才发现原来他的目的就是为了戏弄一位好心的邻居。这就是塞西尔的本色——戏弄他人，戏弄他身边最神圣的

生命形式。后来，我就遇到了你们，你们在一起，我发现他在保护并
告诉你和你母亲应该大惊失色，其实是不是大惊失色难道不是由你们
自己来决定的吗？这又是塞西尔的本色。他可不敢让女人自己来作出
决定，就是他这一类人让欧洲倒退了一千年。他生命的每时每刻都在
想着要改造你，告诉你怎样才妩媚动人，怎样才有趣可爱，怎样才端
庄贤淑，告诉你怎样才是男人心目中女人该有的样子。而你，偏偏是
你，不去倾听自己内心的声音反而去听信他说的那些。后来，在教区
长家里，我又见到了你们俩，也是这样。今天，整个下午也是这样。
因此——并不是因为那本小说，'因此我吻了你'，我多么希望我能更
好地克制自己。我并不感到羞愧，我也不会向你道歉。但是，这件事
吓着了你，而且你也许还没有发现我爱你，不然你怎么会就这样让我
离开，随随便便就决定这样一件人生大事呢？因此——因此，我决
定，我要和他一决胜负。"

露西想到了一个绝妙的回答。

"埃默森先生，你说维斯先生想让我对他唯命是从。对不起，恕
我直言，这个习惯，你也有。"

这个指责不算太高明，但他坦然接受了并略加发挥，发表了下面
这一番不朽的言论。他说：

"没错，我也有，"他一屁股坐了下来，就像忽然感觉累了，"究
其根本，我也很粗鲁。凌驾于女性之上的这种想法——它根深蒂固，
只有靠男性和女性同心协力共同奋斗才能破除它。所不同的是，我是
真心爱你——可以肯定的是，我爱你的方式一定比他的要好。"他想
了想。"没错——用更好的方式爱你。即便我把你抱在怀里的时候，
我依然希望你保持自己的思想。"他向她伸出双臂："露西，快做决定
吧——我们现在没时间空谈了——快到我身边来吧，就像春天你我邂
逅的时候一样，以后我会好好再和你解释。主权广场那件事之后，我
就时刻把你放在心上。没了你，我没法继续活下去。'这样不行，'我
也告诉自己，'她要嫁给别人了。'可是在那个金色阳光、清澈湖水的
世界里偏偏让我又遇见了你。在我看到你穿过林子向我走来的那一

刻，我就明白了，除了你，其他的一切都无所谓。于是我大声喊了出来，我要真正的生活，我要抓住这个获得幸福的机会。"

"那维斯先生怎么办？"露西依然保持着令人称道的镇静，"他也无所谓吗？我爱塞西尔，而且，我很快就要嫁给他了？这一点，我估计，也不重要吧？"

可是，他的双臂越过桌子伸向她。

"冒昧问一下，你的这番表白想要达到什么目的？"

他回答："这是我们最后的机会，我会竭尽全力。"然后，好像在别的方面已经竭尽了全力，他转向了巴特利特小姐。她坐在那儿，就像夜空下的不祥之兆一样。"假如你能理解，你一定不会再次阻挠我们，"他说，"我曾经陷入黑暗，但愿你能理解，否则，我将再次陷于黑暗。"

巴特利特小姐那颗细长的脑袋前后摆动着，似乎正在努力挣脱某个无形的障碍。她未置可否。

"因为青春的力量，"他语气平静，从地上捡起网球拍，准备离开，"因为我确信露西真心爱我，因为那是爱情与青春对理性的呼唤。"

两位女士一言不发，静静地看着他。她们知道，他最后的这番话并无意义，但是他会不会付诸行动呢？他，这个无赖，这个骗子，最后会不会做出什么惊人之举呢？不会的。因为很显然，他已经心满意足了。他离开了她们，轻轻地关上了前门。她们从餐厅的窗口望出去，看到他沿着车道走去，随后翻过屋后蕨类丛生的山坡。这时，她们的舌头才得以舒展，开始表达内心隐秘的开心。

"噢，露西——快到这儿来——哦，这个人是多么可怕！"

露西毫无反应——至少一时没有反应。"说真的，我觉得他很有趣，"她说，"不是我疯了，就是他疯了，而我更愿意相信是他疯了。夏洛特，你的第二次庸人自扰可以告一段落了。非常感谢，不过，我相信，不会再有下一次啦。我的这位爱慕者估计是不大会再来烦我了。"

巴特利特小姐也试着说起了俏皮话：

"唔，不是每个人都有本事可以这样自夸去征服对方的，你说是吧，亲爱的？噢，我们真不该笑话他，这原本可是很严肃的事情呀。不过，你的表现是多么明智，多么勇敢啊——完全不像我们那个年代的小姑娘。"

"我们下楼去吧。"

可是，露西一到室外，就停下了脚步。一种强烈的情感——遗憾，恐惧，爱恋？——涌上了心头，她忽然感觉一阵秋意袭来。夏天即将过去，时近傍晚，空气中弥漫着万木枯萎的气息，让人不禁怀念春意盎然的日子，心中生出几分悲伤。那是爱情或者什么对理性的呼唤吗？一片树叶剧烈颤动着，从她的身边飞舞而过，其他的树叶却纹丝不动，静静地躺在那儿。大地是不是即将重返黑暗之中？风之角是不是也将悄悄地笼罩在树影之中？

"喂，露西！天还亮着呢，你们俩动作快一点的话，我们还能再打一会儿球。"

"埃默森先生已经走了。"

"太讨厌了！这样我们就三缺一了。塞西尔，听我说，你来打吧，来吧！别让大家扫兴啊！这是弗洛伊德在这儿的最后一天了。你就陪我们打球吧，就这一次。"

塞西尔的声音传来："我亲爱的弗雷迪，我没有运动细胞。你今天早晨不是说过吗？'有些人除了读书，别的什么都不行'。对不起，我就是这样的人，我就不来烦你们了。"

露西豁然开朗。她怎么受得了塞西尔，哪怕一分一秒？他这个人简直叫人忍无可忍。就在那天晚上，她解除了与他的婚约。

第十七章

欺骗塞西尔

塞西尔不明所以，无话可说。他甚至都没有生气，他只是站在原地，手里拿着一杯威士忌，希望能理出个头绪，弄清楚到底是什么促使她得出了这样的一个结论。

她选择在临睡之前跟他摊牌。通常，每天的这个时候，她会给男士们倒酒，这是他们中产阶级的生活习惯。随后，弗雷迪和弗洛伊德自然就会端起酒杯回房休息，塞西尔每次都会留下来，一边看着她锁上餐具柜的门，一边慢慢细品他手上的那杯酒。

"对此，我很抱歉，"她说，"我仔细考虑过了。我们彼此太不一样了。我必须请求你解除婚约，并请你忘记曾经遇到过一个这么愚蠢的女孩子。"

露西的这番话说得相当得体，可是她心里的恼火其实超过了她表面的歉意，这一点从她的声音是可以听出来的。

"不一样——可是怎么——怎么会——"

"首先，我没有接受过真正良好的教育，"她接着说，依然跪在餐具柜的旁边，"我的那次意大利之旅来得太迟了一点，而且在那里学到的那些现在都快忘光了。我永远都无法跟你身边的朋友聊到一块儿，我的行为举止也永远没法表现出作为你的妻子应有的样子。"

"我真搞不懂你，你现在有点反常。露西，你是太疲惫了。"

"太疲惫了！"她一下子情绪激动了，开始反驳，"你就是这个样子，你总以为女人就是口是心非。"

"好吧，你听起来像是累了，似乎有什么事情令你伤神。"

"就算是，那又怎么样？这不妨碍我认清现实。我不能嫁给你，总有一天，你会为我今天说的这番话感谢我的。"

"你昨天头疼得很厉害——好吧——"毕竟她刚刚是生气而大声

嚷嚷的，"——我知道那远不止是头疼，可是，请你给我一点时间。"
他闭上了双眼。"要是我说了什么蠢话，请你务必要原谅我，我的脑
袋不会正常思考了，它已经支离破碎，它的一部分还停留在三分钟之
前，三分钟之前它还相信你是爱我的，而其他的部分——我觉得难以
表述——我可能会说出一些不该说的话。"

她突然意识到他此刻的举止还挺平静，于是越发感觉恼火。她心
头再次升腾起一种渴望，渴望与他进行一番激烈的争吵，而不是讨
论。为了激发这种争吵，她说道：

"总有些日子，人能够看清事情的本质。对我而言，今天就是这
样的日子。凡事总有个极限，今天就是这个极限了。如果你非要知道
的话，那我可以告诉你，其实是一件不起眼的小事促使我下定了决
心——那就是你拒绝跟弗雷迪他们一起打网球。"

"我从来都不打网球的，"塞西尔说，感到既痛苦又困惑，"我从
来都不会打网球。我不知道你说这个是什么意思。"

"三缺一的时候，你完全可以上场的。我认为你那样做是极端自
私的。"

"不对，我真的不行——算了，咱们不要再谈网球了。如果你当
时觉得我那样做有什么不对，为什么就不能——不能提醒我一下呢？
午饭的时候你还在讨论我们的婚礼——起码，你让我说了呀。"

"我就知道你不会理解的，"露西说，她很烦躁，也很生气，"也
许，我早该知道需要做些讨厌的解释。当然，并不是因为打网球——
网球不过是压死骆驼的最后那根稻草，它终于让我确认了这几个星期
以来一直隐隐存在的感觉。自然，在我自己还不能确定的时候，我没
法开口。"顺着这一点，她继续阐明自己的立场："以前，我也时常怀
疑，自己是不是适合做你的妻子——比方说，在伦敦那会儿。我也曾
想过，你是否适合做我的丈夫？我觉得不适合。你并不喜欢弗雷迪，
也不喜欢我的妈妈。塞西尔，其实，我们的婚约有许许多多、方方面
面的不合适，但是，双方的亲友似乎都很乐意，而我们又时常见面，
所以不到——是的，事情没有达到某一个极限点，根本不可能提起这

个。今天，到了这一个点，对此，我很确定。我必须告诉你。就是这样。"

"你的说法，我无法认同，"塞西尔说，语气温和，"我说不清为什么，虽然你刚才说的听上去似乎不无道理，但我还是认为，你这样对待我有失公平。这实在太可怕了。"

"争吵有什么好处？"

"没有好处，但我应该有权知道更多的情况吧。"

他放下酒杯，打开了窗子。她还跪在那儿，手里的钥匙弄得叮当作响。从跪着的地方，她正好能看到黑暗中的一道缝隙，塞西尔那张长长的陷入沉思的脸刚好对着这道小小的缝隙。他凝望着黑夜，仿佛黑夜能让他"知道更多的情况"。

"别开窗。请你最好把窗帘也拉上，弗雷迪或是别的什么人可能就在窗外。"他照她说的做了。"如果你不反对的话，说心里话，我觉得我们最好还是去睡觉吧。再说下去，我怕只会说出一些令我以后想起来不舒服的话。你刚才说得对，是很可怕，多说无益。"

但是，对于塞西尔来说，现在他就要失去她了，她却反而比以往任何时候都显得更有吸引力了。自打他们订婚以来，他这是第一次真正地看着她，而不是透过她看向她的身后。此刻，她从达·芬奇笔下的名画变成了一个真实的活生生的女人，她有着她自身的神秘与力量，有着即便是艺术也难以展现的神韵与特质。他回过神来，迸发出一股真挚的情感，他大声道："可是我爱你啊，而且我真的一直以为你也是爱我的！"

"我不爱你，"她说，"一开始，我也错以为自己是爱你的。我很抱歉，最后的这次求婚，我也不应该答应你。"

他开始在房间里不停地来回踱步，但他越是表现得高贵大度举止文雅，她就越是烦躁。她原本以为他必定会表现得心胸狭窄，那样的话，她会感觉容易一些。可是现在，倒是触发了他性情中最美好的一面，这可真是无情的讽刺！

"显然，你并不爱我。我也敢说，你不爱我是对的。但是，如果能让我知道其中的缘由，我的痛苦也会减少一些。"

"因为——"突然，她的脑海里冒出了一句话，而她也认可了这句话，"——因为你和任何人都不会建立亲密的关系。"

他的眼里满是惊骇之色。

"这句话说得并不完全准确。即使我恳求你不要问我，你也一定会问的，所以我必须说几句话。差不多就是那个意思。我们只是普通朋友的时候，你并没有干涉我的言行举止，但是现在你总是不停地要保护我。"她不觉提高了嗓门。"可我不需要别人来保护我，我要由我自己来决定什么才是正确的，怎样做才是端庄贤淑。被人保护无异于耻辱。难道我就不能自己去面对真理，非得通过你才能间接地获得真理吗？什么女人的位置！你瞧不起我的母亲——我知道你就是瞧不起她——因为她墨守成规，因为她操心布丁之类的小事。可是，哦！天哪！"——她一下子站了起来——"墨守成规，塞西尔，你不也一样吗？也许你是懂得哪些事物是美好的，但是你并不懂得怎样去让美好的事物发挥作用，何况，你把自己捆绑在艺术、书本和音乐里，而且还试图把我也绑在里面。但是我不想被捆绑被窒息，哪怕是最动听的音乐也不行，因为相比之下，人是最美好的，可是你却要把我与他们隔离开来。这就是我要解除婚约的原因。只要打交道的对象是事物，你没有任何问题，但是一旦跟人打交道——"她突然停住了。

谁都没有说话。过了一会儿，塞西尔开口了，非常激动："你说得对。"

"总体说来我说得没错。"她纠正了他，内心充斥着一种隐隐的羞愧。

"你说的每个字每句话，都很正确。真是豁然开朗，这就是——真实的我。"

"不管怎么说，这就是我不想成为你妻子的原因。"

他嘴里重复着："'你和任何人都不会建立亲密的关系。'这话没错。我们订婚的第一天，我就开始变得无所适从。我对待毕比先生和你的弟弟就像一个无赖一样粗鲁。你比我从前以为的还要好。"她往后退了一步。塞西尔接着说:"我不会给你增添烦恼的,你对我实在是太好了,你敏锐的洞察力让我永生难忘。还有,亲爱的,只有一点我是要怪罪于你的,那就是:在你刚开始觉得你不想跟我结婚之前,你完全可以提醒我,这样你就会给我一个改过的机会。直到今天晚上,我才算真正了解了你。以前的我只是借用你来贯彻我关于女性行为的愚蠢想法。可是,今晚的你就像换了一个人一样:全新的思想——甚至连说话的声音都是新的——"

"声音都是新的,你那是什么意思?"她问道,突然生出了一股无法遏制的怒气。

"我的意思是,就好像有一个全新的人通过你在说话。"他答道。

她一下子就失去了控制。她冲着他大声嚷道:"如果你认为我是爱上了别人,那你就大错特错了。"

"我当然不是这么想的。露西,你也不是那样的人。"

"不!你就是那么想的。那就是你老掉牙的旧观念,那种让欧洲倒退了几百年的观念——就是那种觉得女人无时无刻一心一意都是男人的观念。要是有女孩子解除了婚约,大家都会说:'噢,她心里有了别人了,她想和别人在一起。'这简直太令人恶心了,太不讲道理了!说的好像女孩子就不可能为了获得自由而解除婚约!"

他恭敬虔诚地答道:"也许我以前说过这一类的话,不过,以后我再也不会说了。是你给我上了很好的一课,让我成为更好的自己。"

她脸红了,于是假装再去检查一遍窗户是否已经关好。

"当然了,我们根本就没有什么'别人'的因素在其中,也不是什么'谁抛弃了对方'或者此类令人作呕的愚蠢想法。如果我说的话让你听着有那种意思,那么我非常真诚地请求你的谅解。我只想表达这样的意思:你的身上有一股力量,今天我才发现了这股力量。"

"好了,塞西尔,我明白了。你不用向我道歉。错在我。"

"这是你我之间不同理想的问题——纯粹是抽象的理想,只不过你的理想更加高尚。我陷于陈腐不堪的思想泥沼中不能自拔,但你自始至终一直阳光灿烂,与时俱进。"他的声音突然有点哽咽。"说实话,对你刚才所说的一切，我必须说一声谢谢——你让我看到了我真实的一面。我真诚地谢谢你，因为你让我看到了一个真正的女人。你是否愿意跟我握个手？"

"当然，我当然愿意，"露西答道，同时将另一只手伸进窗帘里揉搓着，"晚安，塞西尔。再见。好了，就这样吧。这件事，我非常抱歉。你这么温文尔雅，我非常感谢你。"

"让我来帮你点蜡烛，好吗？"

他们走进了过道。

"谢谢你。再次祝你晚安。愿上帝保佑你，露西！"

"再见，塞西尔。"

她看着他轻轻地走上楼梯，楼梯扶手的影子如鸟儿的双翼一般从他的脸上掠过。到了楼梯平台处，他停下了脚步，竭力克制住自己，给了她一个美丽而难忘的回眸。塞西尔虽说极有修养，但他本质上是个清心寡欲之人，因此，在恋爱中，最适合他的莫过于他的抽身离去。

她再也不可能嫁人了。她这一刻心烦意乱，但是，对于这一点她是非常确定的。塞西尔相信她。总有一天，她也必须相信自己。她必须成为她所为之讴歌的那种女性：她们最在意的是自由，而不是男人，她必须忘了乔治还爱着她，必须忘记她的思想正是来源于乔治，而正是如此她才得以获得自由，她必须忘记乔治已经陷入了——那是什么状态？——黑暗之中。

她把灯熄灭了。

思考是徒劳的，就那件事而言，感受也是无益的。她缴械投降了，不再试着去了解自己的内心想法，而是加入了在黑夜中行进的千军万马，他们既不遵从内心的召唤，也不接受大脑的指挥，而是追随着时尚的潮流，向自己的命运进发。这支浩荡的队伍中挤满了快乐而虔诚的人们，但是，他们却向那一个关键的敌人——内心的敌人——屈服了。他们触犯了激情与真理，因而，他们对美德的追求也将徒劳无益。时光荏苒，他们终将遭到唾弃。他们的快乐与虔诚会出现裂痕，他们的聪明才智将变成玩世不恭，他们的真诚无私将变成假冒伪善。无论走到哪里，他们都会感到不舒服，也会让每一个与其接触的人感到不舒服。他们触犯了爱神厄洛斯，触犯了智慧女神帕拉斯·雅典娜，因此，天上的神明会联手降下惩罚，这并非天谴，而是普通的自然法则。

　　当露西对乔治谎称她并不爱他，又在塞西尔面前装作她谁也不爱的时候，她已然成了这支大军中的一员了。黑夜接纳了她，早在三十年之前，黑夜同样接纳了巴特利特小姐。

第十八章

欺骗毕比先生、霍尼彻奇太太、弗雷迪和仆人们

风之角的位置不是在山脊顶上，而是在南坡往下离顶端几百英尺之处，旁边就是一块大岩石的拱壁，那座山就是由多个巨大的岩石支撑起来的。房子的两边各是一个浅浅的山谷，山谷里灌木丛生，松木茂密，左边的浅谷下面是一条通往威尔德地区的公路。

每次，毕比先生一转过山脊，就会看到这一边气势非凡的景致和坐落在其中央的风之角，这时的他总是禁不住哑然失笑。风之角的位置太棒了，但房子本身又是如此的平庸，咱们就不说它格格不入吧。已故的霍尼彻奇先生对这所房子喜爱有加，因为他在房屋上花的钱让他得到了最理想的居所。霍尼彻奇先生去世之后，他的遗孀对房子做出的唯一一项修改，就是增建了一座犀牛角形状的小塔楼，下雨天，她可以坐在里面，看着下面公路上往来的车辆。这房子虽然和环境着实不搭调，但是房子的主人确实真心地热爱他们周边的环境，那是他们的家园。这一带其他的房屋都是建筑师建造的，所费不菲，可它们的主人时常心存不满，烦躁不安，这一切都表明它们是短暂的、临时性的。而风之角虽然丑陋但必不可少，因为它的丑如同大自然的鬼斧神工之作，你尽可以奚落它，但绝不会感到害怕。

这个星期一的下午，毕比先生骑着自行车来到这里，带来了一则八卦小消息。他收到了艾伦姐妹的来信。由于不能搬来塞西别墅居住，这两位可敬的女士改变了计划，她们准备前往希腊。

"佛罗伦萨之行对我可怜的姐姐大有益处，"凯瑟琳小姐在信中这样写道，"既然如此，我们觉得这个冬天干吗不去雅典转一转呢。当然了，去雅典是有点风险，医生给她开了一种助消化的特殊面包，不过不管怎么说，我们把这面包随身带上就好了，只是一路上要先坐轮船，然后坐火车。可是，那儿有没有英国教会的教堂？"信上接着说：

"我估计我们这次最远就到雅典了，不过如果你知道君士坦丁堡哪儿有一家真正舒适宜人的膳宿公寓，请告诉我们，感激不尽。"

露西看了这封信会很高兴的，来到风之角时毕比先生那满脸的微笑，一部分也是因为露西。她能读出其中的乐趣与美之所在，她有一双发现美的慧眼。虽然她对画作一无所知，穿衣打扮也是随意无常——那天她穿到教堂的那条樱桃红的裙子实在难看！——但是她一定有一双发现美的慧眼，要不然她怎么可能弹得一手好钢琴呢？他的理论是，音乐家都是复杂透顶的人，与其他艺术家相比，他们不太了解自己想要什么，也不知道自己是怎样的人。他们令朋友们困惑不已，也让自己不明所以，他们的心理是当代的产物，至今还不为人所了解。他并不知道，他的这种理论可能已经有了事实依据。昨天刚刚发生的事情，他并不知情，他这会儿骑车过来纯粹就是来喝杯茶，看看自己的侄女，再观察一下霍尼彻奇小姐会不会从艾伦姐妹对雅典之行的期望中发现一份美好。

风之角的门口停着一辆马车。房子映入他眼帘的那一瞬间，马车刚好启动了，顺着车道疾驰而去，快上大路的时候又突然停了下来。这肯定和拉车的那匹马儿有关，它总是希望乘客能自己走上山去，这样它就不会累着了。车门应声而开，下来两个男子，毕比先生认出来那是塞西尔和弗雷迪。这两位一同坐车倒是一件相当奇怪的事，可是随即他又看到车夫脚边放着一只行李箱。塞西尔头上戴着一顶圆顶礼帽，多半是要离开此地了。弗雷迪——头上是一顶便帽——一定是送塞西尔去车站。他们走得很快，一路抄近路，等他们到达山顶，马车还在山路上蜿蜒行进。

他们和牧师握了握手，但是没说话。

"这么说，你这是要离开一阵子了，维斯先生？"他问。

塞西尔答了声"是的"，而弗雷迪却悄悄地走开了。

"我来是给你们看一看霍尼彻奇小姐的朋友写来的一封妙趣横生的信，"他引述着信里的内容，"这不是很美妙吗？这不是很浪漫吗？她们多半是要去君士坦丁堡的，她们对旅行的痴迷已经不可自拔了，她们最后会把全世界都游遍的。"

塞西尔礼貌地听着，还说他觉得露西一定会觉得很高兴很有意思的。

"浪漫不就是任性无常吗！我在你们年轻人身上看不到浪漫，你们除了在草坪上打网球别的什么都不干，还说什么浪漫已死，但是艾伦姐妹俩却在竭尽所能与这可怕的现象抗争。'君士坦丁堡一家真正舒适宜人的膳宿公寓'！她们嘴上说得这么中规中矩，不过她们内心里其实是想要一间景观优美的公寓，窗外就是缥缈仙境中苍茫大海卷起的阵阵海浪。寻常的景色是满足不了艾伦姐妹的，她们想要的是济慈① 公寓。"

"不好意思，毕比先生，打断你一下，"弗雷迪说，"你有火柴吗？"

"我有火柴。"塞西尔回答。毕比先生发现他对弗雷迪说话的语气和善了许多。

"你不认识这两位艾伦小姐，是吧，维斯先生？"

"不认识。"

"那你就感受不到她们这次希腊之旅的奥妙所在了。我自己是没去过希腊，也不打算去，也不知道我的朋友中哪个会去。对我们这些无名之辈而言，希腊实在是太大了。你觉得是不是这样？意大利恰好是我们能够应付的。如果说意大利是英雄，那希腊就是神灵或恶魔——我无法确定究竟是神灵还是恶魔，但不管是哪个，我们这些孤陋寡闻的人都是领会不了的。好吧，弗雷迪——我这么说并非自作聪明，确实不是这个意思——我只是借用了别人的观点。弗雷迪，火柴不用了吧，给我用一下。"他点了一支烟，接着继续跟他们聊天。"我想说的是，如果非要给我们这些来自伦敦的可怜虫的生活增加一些底蕴，那还是去意大利比较合适。说句公道话，意大利算是无所不包

---

① 约翰·济慈（John Keats，1795—1821），英国著名诗人，与雪莱、拜伦齐名。善于运用描写手法创作诗歌，将多种情感与自然完美结合。最脍炙人口的诗篇有《夜莺颂》等。

了。我就很喜欢西斯廷教堂穹顶上的壁画，那儿的艺术对比手法我还是能够欣赏的，但是帕特农神庙①我就欣赏不了啦，菲迪亚斯设计的饰带我怎么都喜欢不起来。哦！你们的马车来了。"

"你说得很对，"塞西尔说，"希腊不适合我们这些无名之辈。"他上了马车，弗雷迪紧随其后，他相信牧师一定不是在奚落谁，于是对牧师点了点头。但是马车才开出去十几码，他又从车上跳了下来，跑回来取维斯先生的火柴盒，它还在毕比先生的手里呢。他边接过火柴盒边说："我很高兴你刚刚只谈了些书上的东西。塞西尔受到很大的打击了，露西不肯嫁给他了。你要是刚才一直说露西的事情，他可能会当场崩溃。"

"可是，那是什么时候——"

"就昨天夜里。我得走了。"

"可能现在我到你们家去会不受欢迎吧。"

"不会的——去吧。再见。"

"谢天谢地！"毕比先生大声地自言自语，赞许地拍了下自行车的坐垫，"订婚就是她做的一件蠢事。噢，这下子她总算是解脱啦！"随后，他思索了片刻，便心情愉悦地越过山坡，前往风之角。风之角又回到了它应有的样子——跟塞西尔那个自命不凡的浮夸世界永远脱离了关系。

明妮小姐就在花园里。

露西在客厅里，她正叮叮咚咚弹奏着一支莫扎特的奏鸣曲。他略微迟疑了一下，还是应邀来到了花园。他发现大家都是一脸阴郁。这一天狂风大作，大丽花被大风刮得东倒西歪。霍尼彻奇太太看起来很不开心，她正试图把花枝绑扎起来，而巴特利特小姐主动提出要做她的助手，但由于身上的穿戴不适合干活，实际上反倒是碍手碍脚。不远处站着的是明妮和"花园之子"，那是个来自异国的小家伙，他俩

---

① 帕特农神庙（the Parthenon），又名巴特农神庙，建于公元前五世纪。位于希腊共和国首都雅典卫城坐落的古城堡中心，是雅典卫城最重要的主体建筑、供奉雅典娜女神的主神庙，帕特农神庙之名出于雅典娜的别名。庙内的雕刻相传为雕刻家菲迪亚斯（Phidias）所设计。

分别握着一根椴木长条的两端。

"噢，你来了，毕比先生！天哪，到处都是一团糟！你看看，我这些猩红色的绒球菊，这大风把人身上的裙子都给刮得飞起来了，这地也太硬了，木条都插不进去，还有马车又不在家，不然我可以把鲍威尔叫过来——说实话——他绑扎大丽花可在行了。"

显而易见，霍尼彻奇太太已经心力交瘁。

"你好！"巴特利特小姐说，意味深长地看了他一眼。看她这眼神，像是在说秋风摧毁的可不只是大丽花。

"过来，莱尼，拿着木条。"霍尼彻奇太太大声说，可是那小男孩不知道木条是什么东西，害怕极了，一动不动地站在小路上。明妮悄悄跑到毕比先生跟前，轻声对他说今天每个人都很不开心，还说绑扎大丽花的带子纵向而不是横向折断了，那可不能怪她。

"来，陪我走一会儿，"他对她说，"你已经给人家添了很多麻烦了。霍尼彻奇太太，我过来就是随便转转。可以的话，我想带明妮去蜂窝客栈喝杯茶。"

"噢，你一定要去吗？当然，你当然可以。——不是剪刀，谢谢你，夏洛特，我腾不出手来拿别的东西了。——我敢肯定，那株橙色的仙人掌等不到我去处理就被毁了。"

救场，这可是毕比先生最擅长的事情，他邀请巴特利特小姐跟他们一块儿去喝茶。

"没错，夏洛特，我这儿不需要——你去吧，没什么需要你留下来帮忙的，屋里屋外都不需要。"

巴特利特小姐说处理好大丽花花坛是她义不容辞的职责，她这一谢绝倒好，把除明妮之外的每个人都得罪了，于是她又改变主意接受邀请，这下又把明妮给得罪了。他们离开的时候，那株橙色的仙人掌倒了下来，毕比先生最后只看到那个小男孩像抱着恋人一样紧紧抱着仙人掌，花丛中露出他黑色的脑袋。

"太可怕了，这些花儿遭受了这场浩劫！"毕比先生说。

"几个月的心血与期待转眼之间就毁了，着实可怕。"巴特利特小姐附和道。

"我们是不是应该把霍尼彻奇小姐叫下楼来，让她到她妈妈那儿去？或者请她跟我们一起喝茶？"

"我觉得，还是让露西独自待一会儿为好，让她做自己喜欢的事情。"

"霍尼彻奇小姐吃早饭的时候迟到了，所以大家都在生她的气，"明妮压低了声音说，"另外，弗洛伊德先生已经走了，维斯先生也走了，弗雷迪不愿意陪我玩了。说真的，亚瑟叔叔，这个家和昨天完全不一样了。"

"别这么一本正经的呀，"她的亚瑟叔叔说，"去，把靴子穿上。"

他走进了客厅，露西还在那儿专心致志地弹着莫扎特的奏鸣曲。不过，他一进来，她就停了下来。

"你好！巴特利特小姐和明妮马上跟我一起去蜂窝客栈喝茶，你和我们一起去吧？"

"谢谢你，我不太想去。"

"好的，我也预料到你可能不太感兴趣。"

露西转回身去，面对钢琴，用力地敲出了几个音符。

"多么悦耳的奏鸣曲啊！"毕比先生嘴上虽然这么说，但心底里却觉得这些东西无聊透顶。

露西转而弹起了舒曼的曲子。

"霍尼彻奇小姐！"

"嗯。"

"我在山上遇到他俩了。你弟弟跟我说了。"

"噢，是吗？"她听上去有点不高兴。毕比先生感觉有点伤心，他原以为露西会很乐意让他知道。

"不必多言，此事我不会外传。"

"妈妈、夏洛特、塞西尔、弗雷迪，还有你。"每提到一个知情者，露西就弹出一个音，最后弹了第六个音。

"说实话，我很高兴，而且我相信你这么做是正确的。我这么说，希望你不介意。"

"我希望其他人也能这么想，但是他们好像并非如此。"

"我看得出来，巴特利特小姐觉得你这么做并不明智。"

"妈妈也一样。她特别在意。"

"我对此深表遗憾。"毕比先生说这话是很真诚的。

霍尼彻奇太太讨厌各种不按套路出牌的行为，她心里的确特别在意，不过也不至于像她女儿说的那么严重，而且不一会儿就恢复了正常。其实，露西不过是在给自己的沮丧找个借口而已——只不过她自己没意识到这一点，因为现在她还是那黑暗大军的一员啊。这实际上是露西为自己的失望辩解的一个招数——她自己并没有意识到这是个招数，因为她正跟着黑暗大军一起行进呢。

"弗雷迪也很在意。"

"是吗？可是弗雷迪一直就跟维斯不怎么合拍，不是吗？我觉得他并不喜欢这个婚约，他感觉你会因此而远离他了。"

"男孩子就是这么古怪。"

楼下传来了明妮和巴特利特小姐的争吵声。毫无疑问，要去蜂窝旅社喝茶，就必须先有一番彻底的更衣打扮。毕比先生发现，露西——这一点完全可以理解——并不希望谈论自己的行为，所以在表达了诚挚的问候之后，他说："我收到了艾伦小姐的一封来信，很是好玩。我就是因为这封信才特意过来的，我猜想你们可能都会觉得它很有意思。"

"那多开心啊！"露西说，但是她的声音干巴巴的。

毕比先生为了找个事干，索性就念起了那封来信。露西才听了几句，眼睛里就有了光，很快她就打断了他——"去海外旅行？她俩准备什么时候动身？"

"我猜想，应该就是下个星期。"

"弗雷迪有没有说他会直接坐马车回来？"

"没，他没有说。"

"因为我真的不希望他到处八卦。"

看样子，她还是很想谈一谈她解除婚约这件事的。牧师向来温和随顺，于是他把信放到了一旁。可是，她马上又抬高了声音说："噢，请你再给我说说艾伦姐妹的情况吧！她们要去海外旅行，那简直是棒极了！"

"我建议她们从威尼斯出发，然后搭乘货轮前往伊利里亚①海岸。"

她开心地笑了。"噢，太好了呀！我真想和她们一起去。"

"是不是意大利让你患上了旅游癖？也许，乔治·埃默森说得没错，他说意大利只不过是命运的另一种委婉说法。"

"噢，意大利才不是呢，君士坦丁堡才是。我一直都渴望能去君士坦丁堡，那实际上是个亚洲城市，对吧？"

毕比先生提醒她，去君士坦丁堡目前不大可能，艾伦姐妹俩的目的地是雅典。"要是路上没有安全问题，也许还会去特尔斐②。"但是这番话浇不灭她的热情，看起来，一直以来，她更希望去的地方是希腊。出乎他意料的是，她显然不像是说着玩的。

"真没想到，发生了塞西别墅那件事情之后，你和艾伦姐妹居然还是好朋友。"

"噢，那事根本没什么，我可以肯定，塞西别墅事件对我来说无足轻重。只要能跟她们一起去旅行，要我怎样都可以。"

"你妈妈会这么快就再次放你出门吗？你从意大利回来才刚刚三个月吧。"

"她必须放我出去！"露西大声说，情绪越来越激动，"我就是必须离开。我非出去不可。"她歇斯底里地用手指挠着头发。"你难道不明白我为什么非出去不可吗？我当时也没有意识到——当然了，我特别想去君士坦丁堡看一看。"

"你是说，自从解除婚约以来，你觉得——"

"是的，没错，我就知道你是懂得的。"

---

① 伊利里亚（Illyria），古地名。在今欧洲巴尔干半岛西北部，包括亚德里亚海东岸及其内地，大致相当于今斯洛文尼亚、克罗地亚和波斯尼亚—黑塞哥维那那部分地区。
② 特尔斐（Delphi），希腊古都，距雅典180公里，希腊最受欢迎的考古遗迹。

毕比先生其实并不怎么懂。霍尼彻奇小姐怎么就不能安安心心与家人待在一起呢？塞西尔的做法显然很有风度，而且以后也不会再来打搅她了。他突然反应过来，也许正是她的家人让她心烦呢？他对她稍稍暗示了一下，她对此做了积极的回应。

"是的，当然了。我要去君士坦丁堡，直到他们接受了这一事实，一切就都平息下来了。"

"恐怕你那件事当时相当麻烦吧。"他说，语气温和。

"没有，一点都不麻烦。塞西尔真的表现得非常友好，只是——既然你已经听到了一点风声，我最好还是把真相全盘托出——其实就是因为他太独断专行了。我发现他不想让我按照自己的意愿行事，他想改造我，可是那些方面我不可能如他所愿。塞西尔不愿意让女人自己做出决定——事实上，他是不敢。我都胡说了一些什么呀！不过，差不多就是这个意思。"

"以我对维斯先生的观察，我对他的印象正是如此。以我对你一向的了解，这样的结果也是我能猜到的。我对此深表同情，对你的看法也深表赞同。我真的非常赞同，因此请你允许我对你提一点批评意见：值得你为这个事情这么仓促地跑去希腊吗？"

"但是我必须去个什么地方！"她大声说，"我一上午都在发愁，刚巧，这封信来得正是时候。"她紧握双拳敲打着膝盖，又说了一次："我必须去！想想看，我将和妈妈在一起度过的时光，还有她今年春天在我身上花的那么多钱。你们都把我想得太好了，我倒宁愿你们不要对我那么好。"这个时候，巴特利特小姐进来了，露西更加紧张了。"我必须走，走得远远的。我必须理清楚自己的想法，弄明白自己想往何处去。"

"走吧！喝茶，喝茶，喝茶去。"毕比先生说着，急忙催促着他的客人们出了大门。因为催促得太过匆忙，他把自己的帽子给忘了。等他返回来拿帽子的时候，他听到了叮叮咚咚的钢琴声，那是莫扎特的奏鸣曲，他既感惊讶也备感宽慰。

"露西又在弹钢琴了。"他对巴特利特小姐说。

"她随时随地都能弹。"巴特利特小姐的回答酸溜溜的。

"谢天谢地，她还有这么个途径可以排遣自己。她显然是太愁闷了，当然，这个时候她应该是这样的。这事我都知道了。婚期已经很近了，她肯定是经过了一番激烈的内心挣扎才鼓起勇气说出来的。"

巴特利特小姐身子稍稍扭动了一下，毕比先生做好了与她进行一番讨论的准备。对于巴特利特小姐这个人，他一直感觉捉摸不透。在佛罗伦萨时，他曾对自己说过："她流露出来的，如果没什么深意，也许是内心深处的淡漠。"不过，既然她是冷漠无情的，那她说话行事必定是靠谱的。他这么想着，于是毫不犹豫地就想和她谈一谈露西。幸运的是，此时的明妮正忙着采摘羊齿植物。

她打开了话匣子，第一句是："这件事我们还是不要讨论为好。"

"为什么？"

"最关键的是，要保证夏街这儿不能出现有关她的流言蜚语。这会儿要是让人知道维斯先生被打发走了，那是要害死人的。"

毕比先生皱起了眉头。"害死人"这个词未免太重了——肯定是太重了。这件事无疑是不幸的。他说："当然，巴特利特小姐将选择以她自己的方式、在她认为适当的时候，将此事公之于众的。弗雷迪之所以跟我说了，那是因为他知道露西不会介意。"

"这我知道，"巴特利特小姐说，态度彬彬有礼，"不过，哪怕在你跟前，弗雷迪也不该提起。毕竟，小心驶得万年船。"

"很有道理。"

"我请你一定要守口如瓶。要是一不小心跟一个口风不紧的朋友说到，那就——"

"千真万确。"对这些上了年纪的神经质女人，他已经见怪不怪了，她们总是爱把某些话说得特别夸张。身为教区长，他就生活在各种小秘密、悄悄话和告诫的层层包围之中，他是个聪明人，不会把这些东西当回事。毕比先生会换一个话题，此刻他就是这么做的。他兴致勃勃地说："最近，你有没有收到贝尔托里尼的旅伴的来信？我估计你跟拉维希小姐应该是一直保持联系的。真是奇妙，我们这些曾经住过这家旅舍的人原本素昧平生，现在却又都和彼此的生活产生了联结。两个，三个，四个，六个——不，是八个，我把埃默森父子给漏掉了——大家或多或少都有所联系。我们真该给房东太太颁发一个证书。"

然而，巴特利特小姐对这一提议并不感兴趣，他们默默地往山上走去，只是在毕比先生说出某些羊齿植物的名字时，沉默才被打破。到达山顶，他们停下了脚步。与一个小时前他站在这儿的时候相比，天空更显荒凉，大地蒙上了几分悲凉与壮观，这在萨里郡是非常罕见的。乌云在白纱一般的云雾前疾驰，云雾被徐徐地拉长，慢慢地切碎，渐渐地撕裂，最后，透过层层乌云的夹缝，才能看到一点点正在消失的蓝天。夏季正在慢慢撤退，狂风怒号，树木沉吟，犹不及浊浪排空。天气正在变化，迅速地变着，说变就变了，与其说这是超自然的神力有意在这危急时刻让天军的炮队齐鸣从而爆发出隆隆雷声，倒不如说这是一种默契的配合。毕比先生注视着风之角，那边，露西还坐在钢琴前弹奏着莫扎特的曲子。他的唇边没有露出微笑，他再一次转换了话题："这天是不会下雨的，不过马上就要变黑了，我们赶紧走吧。昨晚的天黑得吓人。"

五点钟左右，他们到达了蜂窝客栈。这家广受欢迎的客栈有一个阳台，年轻人和不内行的人就特别喜欢坐在那儿，但是年长一点的客人都会选择一个舒适宜人的、沙子地面的房间，然后靠桌边坐下，舒舒服服地喝茶。毕比先生发现，要是坐在外边，巴特利特小姐会嫌冷，而要是坐在里面呢，明妮又会觉得无聊，于是，他建议兵分两路。他们可以从窗口把吃的东西递出去给明妮，而这样一来，他就能顺带着畅谈一下露西的未来了。

"巴特利特小姐，我一直在想，"他说，"如果你不是特别反对的话，我还是想继续刚才的话题。"她鞠了一躬。"不谈过去的事。我对过去发生的事情知之不多也不太关注。我可以很确定地说，这还要归功于你的表妹。她的所作所为很高尚也很正确，而且她为人温柔谦和，还说我们把她想得太好了。我们还是谈谈今后吧。说实话，你怎么看这个希腊的旅行计划？"他又拿出了那封信。"我不知道你刚才有没有听到我和露西的谈话，她想加入艾伦姐妹的疯狂旅行计划。这个完全——我说不清楚——是不对的。"

巴特利特小姐一声不吭，她静静地读完信，把信放下，看上去有点犹豫，然后又拿起来读了一遍。

"我自己没看出来这么做有什么意义。"

令毕比先生吃惊的是，巴特利特小姐是这么回答的："你的观点，恕我不能苟同。我觉得露西可以经此而获得拯救。"

"真的吗？说说看，为什么？"

"她想离开风之角。"

"这我知道——但是，这也太离谱了，不符合露西的性格，所以——我想说的是——太自私了。"

"无疑，她很自然想这么做——经历了那么痛苦的事情，她一定特别希望换个环境。"

显然，这一点是男性思维的盲区之一了。毕比先生大声说："她自己也这么说来着，既然另有一位女士支持她的说法，那我必须承认我已经被说服了一半。也许她是得改变一下环境了。我没有姐妹或者——所以这些事我不太了解。但是，她为什么要跑那么远，非要到希腊去呢？"

"这个问题问得好。"巴特利特小姐回答，她显然对此很感兴趣，几乎就要放弃她那环顾左右而言它的惯常方式了。"为什么是希腊呢？（明妮，亲爱的，你要什么——果酱？）为什么不是去坦布里奇韦尔斯呢？噢，毕比先生！今天上午，我和亲爱的露西进行了一次时间很久、也很不愉快的交谈。我真的没法帮她，我也不想再多说了，也许我已经说得太多了。我不会再说了——说到这一点，露西就会生气。我不说了，我想让她去坦布里奇韦尔斯跟我一起住个半年，可她拒绝了。"

毕比先生用刀翻拨着一小块面包片。

"不过，我的感受无足轻重。我很清楚，我把露西搞得很紧张。

我们的意大利之旅是糟糕透顶。她想离开佛罗伦萨，可到了罗马之后，她又不想在罗马待着，因此，我一直都觉得我是在白白浪费她母亲的金钱——"

"我们还是多关注一下未来吧，"毕比先生打断了她，"我想听听你的建议。"

"很好，"夏洛特说，她的转变来得如此之快，毕比先生这还是头一回见识，不过露西对此早已习以为常了，"我愿意帮助促成她去希腊。你呢？你愿意吗？"

毕比先生斟酌着。

"这绝对很有必要，"她放下面纱，隔着面纱对他低声接着说，声音激动而有力，这让毕比先生吃了一惊，"我知道——我知道的。"天色渐渐变暗，他感到眼前这个奇怪的女人的确是知道的。"她一刻也不能在这儿多停留，她离开之前，我们都必须保守秘密。我相信仆人们还都一无所知。接下来——也许我已经说得太多了。只是，对付霍尼彻奇太太，只有露西和我是没有办法的。如果有你相助，我们或许可以成功。否则的话——"

"否则的话——？"

"否则的话。"她重复了一遍，好像最终的胜负就取决于这个词。

"好，我愿意帮助她，"牧师说，嘴巴抿得紧紧的，"行了，咱们现在就回去，把整个方案定下来。"

巴特利特小姐一下子说出了一大堆漂亮的感谢话，与此同时，蜂窝客栈门口的招牌——一个均匀地布满了蜜蜂的蜂窝——被风刮得吱嘎作响。毕比先生对情况不是特别了解。不过，说实话，他也并不是太想了解情况，当然也不想贸然下结论说露西"另有所爱"，庸俗之辈才会动不动就那样想。他只是感觉到，那姑娘想摆脱一种隐隐约约的影响，而且这影响很可能就是某个特定的血肉之躯，而巴特利特小姐对此是有所了解的。只是其中的不确定性激起了他的行侠仗义之心。他是个独身主义者，尽管平时极少外露，一直深深地掩藏在他的宽容与教养之下，此刻却浮出了水面，宛如娇嫩的花朵瞬间怒放。

"结婚，固然不错，但是不结婚，更好。"这便是他的信仰，每次听到有哪个婚约不了了之，他的心底就不免生出些许的欣喜。就拿露西来说，由于毕比先生本身就不喜欢塞西尔，这种欣喜就更多了几分。而且，他还愿意更进一步——只要她坚定保持童贞的决心，他就要让她远离危险。这种感情微妙至极，绝不死板教条，他也从没有向这场纠纷中的任何人透露过这种想法。但是，这种感情是真实存在的，而且，唯有这种感情才足以解释他此后的行为以及他对他人行为的影响。他和巴特利特小姐在客栈里订下的盟约不仅是为了帮助露西，也是为了他自己的信仰。

他们穿过昏暗，匆匆赶回了家。他又聊了一些不相干的话题：埃默森父子需要一个管家，仆人们，意大利仆人，有关意大利的小说，带有某种目的的小说，还有，文学能够影响生活吗？风之角的灯光在黑夜中闪烁。霍尼彻奇太太在花园里，弗雷迪在帮她，他们还在抢救她的花儿们。

"天太黑了，"她说，感觉有点绝望，"就因为我们太拖拉了。我们早该知道，很快就会变天，露西还要去希腊。我真不知道接下来这世界会怎么样。"

"霍尼彻奇太太，"他说，"露西是必须去希腊的。进屋里来，我们好好地商量一下。不过，首先，她和维斯先生解除了婚约，你是不是很在意？"

"毕比先生，我感到很欣慰——就是欣慰而已。"

"我也一样。"弗雷迪说。

"好。那咱们进屋吧。"

他们在餐厅里讨论了半个钟头。

露西一个人无论如何都没法让希腊之旅变为现实的。这趟旅行花费不菲，且变数颇多——这两点，她的母亲都极不乐意。夏洛特也没法搞定，于是，这项光荣的任务就落到了毕比先生的肩上。他老练圆润，通情达理，再加上他作为牧师的影响力——但凡是牧师，只要不是傻瓜，都能极大地影响到霍尼彻奇太太——他能让她接受他们的建议。

"我不明白为什么有必要去希腊，"霍尼彻奇太太说，"但是，既然你觉得有必要，那我就当它有必要了。有一些东西一定是我无法理解的。露西！那我们告诉她吧。露西！"

"她在弹钢琴。"毕比先生说。他打开了门，歌声扑面而来：

> 休要动情，哪怕有花容月貌在眼前——

"我都不知道霍尼彻奇小姐还会唱歌呢。"

> 休要躁动，哪怕是君王兴兵动干戈，
> 休要迷醉，哪怕有葡萄美酒夜光杯——

"这是塞西尔送给她的一支歌。女孩子真是琢磨不透。"

"怎么啦？"露西的歌声戛然而止，大声嚷道。

"没事，亲爱的。"霍尼彻奇太太温和地说。她走进客厅，毕比先生听到她吻了露西一下，然后说："很抱歉，对你的希腊之旅，我之前的态度太糟糕了，那只是因为大丽花折了搞得我心情不好而已。"

回答她的是一个相当生硬的声音："谢谢你，妈妈！那没有关系。"

"而且，你是对的——去希腊没有问题。如果那两位艾伦小姐愿意带上你，你可以与她们同行。"

"噢，太棒了！噢，谢谢你！"

毕比先生走了进来。露西仍然坐在钢琴边，手抚着琴键。她很高兴，但他原本以为她会表现得比这更加开心。她的母亲弓身向着她，弗雷迪斜躺在地板上，脑袋靠在她的身上，嘴里衔着一只未点燃的烟斗，露西刚才的歌就是唱给他听的。虽然这画面有点奇怪，但这真是美好的一家人。毕比先生喜爱古旧的艺术，眼前的一幕让他想起了一个他喜爱的题材："神圣的对话"，这一题材的画作上，相亲相爱的人聚集在一起，高谈阔论——这样的作品并没有强烈的视觉冲击，也不哗众取宠，因而被当今的艺术界所遗忘。家里有这样的亲人陪伴左右，露西为什么还要结婚或者出去旅游呢？

> 休要迷醉，哪怕有葡萄美酒夜光杯，
> 休要妄语，在众人洗耳恭听的时候。

她继续唱下去。

"毕比先生来了。"

"毕比先生知道我不懂礼貌。"

"这首歌很优美，也富有哲理，"他说，"请继续唱。"

"并不是很好，"她漫不经心地说，"我忘了因为什么——和声还是别的什么原因。"

"我认为是不够雅致，但这首歌真的很美。"

"旋律还不错，"弗雷迪说，"但歌词太烂了。你干吗要认输呢？"

"你真是尽说傻话！"他姐姐说，"神圣的对话"结束了。不管怎么说，露西并不是一定得跟他谈谈希腊之行，也不是非得感谢他帮她说服了她的母亲，于是他告辞了。

弗雷迪在门厅里为毕比先生点亮了他的自行车灯，他向来能说会道，这时，他说："这才过了一天半呢。"

> 休要倾听，在他人放声歌唱的时候——

"请稍等，这歌她马上就唱完了。"

> 休要伸手，哪怕面对金银财宝的诱惑，
> 净心，净手，净目，
> 简单的活着，宁静的死去。

"我喜欢这样的天气。"弗雷迪说。

毕比先生对此表示赞同。

两个主要的事实是清晰的：她的表现非常好，毕比先生帮了她一把。他不能指望对一个姑娘人生大事的方方面面都了如指掌。要是他这儿那儿有什么不满意或困惑不解的，那他也得默认，她选择了好的那一面。

    净心，净手，净目——

也许，这首歌有点过分强调"好的那一面"。在毕比先生的想象中，那高亢的伴奏旋律（即使外面大风呼啸，他也能清晰地听到）与弗雷迪的想法不谋而合，正在对它所伴奏的歌词表达着微微的不满：

    净心，净手，净目，
    简单的活着，宁静的死去。

不管怎样，风之角就在他的脚下泰然静卧，这样的情景已经是第四次出现了——此刻的风之角就像黑夜中的一座灯塔，屹立于汹涌的波涛之间。

第十九章

欺骗埃默森先生

两位艾伦小姐正在布鲁姆斯伯里附近一家她们情有独钟的旅店里——这里环境整洁，不透风，也不售酒，来自乡下的英国人时常光顾这里。每次漂洋过海去远方旅行之前，她们都会来这儿稍事停留，花上一到两个星期的时间，安安心心置备衣物、旅行指南、防潮垫、助消化面包和其他去欧洲大陆的必备之物。她们从来没有想过，国外，哪怕是在雅典，也是有商店可以去购物的，她们把旅行当作出征打仗，只有那些在干草商场①将自己全副武装的人才能整装出发。她们相信，霍尼彻奇小姐也会用心准备好自己的装备的。奎宁现在可以买到片剂了。火车上洗脸，用香皂纸真是太方便了。露西答应会好好准备，但神情有点沮丧。

"不过当然啦，这些东西你都知道的，还有，你可以让维斯先生帮你准备。是绅士就该随时待命。"

霍尼彻奇太太开始紧张地用手敲打自己的名片盒，她是和女儿一起进的城。

"我们觉得维斯先生真不错，他居然舍得放你出门旅游，"凯瑟琳小姐接着说，"不是每个小伙子都这么无私的。不过，说不准他随后就会赶来跟你会合呢。"

"要不，还是他在伦敦工作缠身？"特蕾莎小姐是艾伦姐妹中脑子更为灵光但说话比较尖刻的那一位。

"不管怎么说，他会来给你送行的，那时我们就可以见到他。我真的很想见见他。"

"没有人来给露西送行，"霍尼彻奇太太插了一句，"露西不喜欢

---

① 干草商场（Haymarket Stores），伦敦干草市场（London's Haymarket）内一知名商铺。

有人送行。"

"何止是不喜欢，我讨厌送行。"露西说。

"是吗？真有意思！我还以为像现在这种情况——"

"噢，霍尼彻奇太太，你不去旅行吗？今天见到你，真是太高兴了！"

这个话题，终于逃过去了，露西松了一口气，说："这下好了，这一劫，我们总算是渡过了。"

不过，她的母亲有点气恼，说："亲爱的，我知道我这样说有人会说我没有同情心，但我无法理解，你和塞西尔的事情你干吗不告诉你的朋友们，那样不就没事了吗？我们坐在那儿，自始至终都躲躲藏藏的，差点就不得不撒谎，差点就要被人家识破了！我得说，这样做，实在太不舒服了。"

露西有足够多的理由来应对她的母亲。她描述了艾伦姐妹俩的性格：她们太喜欢八卦了，要是跟她们说了，很快，所有的人就都知道了。

"为什么不能现在就让所有人都知道？"

"因为我跟塞西尔说好了，在我离开英国之前，解除婚约的事暂时不公布。之后，我会跟她们说的。那样感觉会好许多。这雨下得太大了！我们到这里面去吧。"

"这里面"说的是大英博物馆。霍尼彻奇太太拒绝了，她觉得如果需要避雨，也得找家商店。露西对这想法不屑一顾，她正想研究一下希腊雕塑，而且已经从毕比先生那里借了一本神话词典，了解熟悉一下希腊神话中男女诸神的名字。

"噢，那好吧，我们就去找家商店。我们去穆迪 ① 吧，我正好去买本旅游指南。"

"你知道的，露西，夏洛特、毕比先生和你都说我这个人太笨，所以我想我的确是笨，但我怎么都想不通，为什么要这么偷偷摸摸

---

① 穆迪（Mudie's），指位于英国伦敦新牛津街（New Oxford Street）上的穆迪大书店，兼营穆迪图书馆。

的。你把塞西尔给甩了——这很好呀！一开始，有那么一小会儿，我是很不高兴，不过，他走了我还是很感欣慰的。但是，为什么不公诸于众呢？为什么要这样悄无声息、偷偷摸摸的呢？"

"就这么几天而已。"

"但究竟是为什么呢？"

露西不说话了。她的思绪从妈妈身上移走了。说起来其实很简单："因为乔治·埃默森一直在烦我，要是他听到我和塞西尔吹了，他可能又会来纠缠我。"——说起来多简单，而且这么说还有一个好处，因为刚巧这也是事实，但是她没法说出口。她不喜欢信任别人，因为对他人的信任可能招致别人对自己知根知底，从而引发天大的祸患——大曝光。有了在佛罗伦萨最后那个夜晚的经历，此后，她一直觉得袒露心扉是件不明智的事情。

霍尼彻奇太太也不说话了。她心里在想："我的女儿不愿意回答我的问题，她宁愿跟那些爱八卦的小老太在一起，也不愿意同我和弗雷迪一起待在家里。看来，她只要能离开家，什么乱七八糟的东西她都不在乎。"霍尼彻奇太太是个心里藏不住话的人，她不假思索道："你是厌倦了风之角了。"

完全正确。露西摆脱了塞西尔之后，曾一心想回到风之角，可是她却发现她心中的家已经不复存在。对于生活正常和思维清醒的弗雷迪来说，这个家依然存在，但是，对于一个头脑已经被搅乱的人来说，那个家已经不存在了。她并不承认自己的头脑已经被搅乱，毕竟，必须依靠头脑才可能承认这一点，而她却让这个人生最重要的器官失去了平衡。她唯一的感觉是："我不爱乔治，我解除婚约，不是因为我爱乔治。我必须去希腊，因为我不爱乔治。对我来说，在神话词典查阅诸神的故事比帮妈妈干活更为重要。每个人的表现都差劲透了。"她满心的烦躁，极度的愤懑，特别想做一些别人不希望她做的事情。正是抱着这样的情绪，她继续与母亲的对话。

"噢，妈妈，你说的这是什么糊涂话呀！我当然没有厌倦风之角。"

"那你为什么没有脱口而出呢？为什么想了半个小时才说呢？"

她轻轻笑出了声："半分钟还差不多。"

"也许，你就是不想待在家里，就是想离开家？"

"嘘，妈妈，小声一点！别人会听见的。"此时，他们已经走进了穆迪书店。她买了一本旅游指南，然后接着说："我当然想住在家里，但是，既然我们提到了这个话题，也可以这么说：今后，我会比以往更希望能出去走走。你是知道的，明年我就可以有自己的钱了。"

她母亲的眼里泛出了泪花。

一种无以言状的迷惘驱使着露西，长辈们称之为"古怪反常"，露西下定决心要把话说个清楚。"我见的世面太少了——在意大利，我感觉自己就像井底之蛙。我的生活阅历少得可怜。应该多去伦敦走走看看——不是像今天这样买张廉价车票走马观花，而是好好待上一段时间。也可以花点钱跟别的女孩合租一个公寓。"

"然后天天忙着跟打字机、钥匙什么的打交道，"霍尼彻奇太太忍不住爆发了，"还要去搞宣传搞鼓动，大喊大叫，最后双脚乱蹬着被警察带走。你把这叫做'使命'——可是谁又需要你啊！你把这叫做'责任'——可是你连自己的家都不愿意待！你把这叫做'工作'——可是成千上万的男人为了有碗饭吃挤得头破血流！你就好好收拾准备吧，去找那两位颤颤巍巍的小老太，然后跟着她们去国外吧。"

"我想要更多的独立。"露西弱弱地说。她知道自己想要某种东西，而"要独立"，这是很有用的口号。不管什么时候，我们都可以声称我们还没有获得独立。她努力回想自己在佛罗伦萨时的情绪：充满了真诚与激情，那是非常美好的感情，跟短裙、钥匙没有关系。但独立的确给了她某种启示。

"那很好，你就带上你的独立出去吧。天涯海角，远走高飞吧，等到在外面缺衣少食，饿到皮包骨头了再回来。你瞧不上你爸爸亲手修建的房子和花园，瞧不上这儿心爱的风景——那就找个女孩子一起去合租公寓吧。"

露西撅起了嘴巴，说："也许，我刚才说得太急了。"

"噢，天哪！"她的母亲一下子发作了，"你简直跟夏洛特·巴特利特一模一样！"

"夏洛特?"这回轮到露西发作了，她被深深地刺痛了。

"越来越像了。"

"妈妈，我不知道你这是什么意思，我和夏洛特一点儿都不像。"

"行了，我看很像。你们俩都成天唉声叹气，都说了话爱反悔。你和夏洛特昨天晚上分苹果，把两个苹果分给三个人，真像一对亲姐妹。"

"你都胡说些什么呀！你要是不喜欢夏洛特，那你干吗还要让她留下来住。我早就提醒过你了。我还恳求你，求你别这么干，不过当然，你是不会听我的。"

"你又来了。"

"你刚才说的什么?"

"我亲爱的，你这活脱脱就是夏洛特了，就是这样，每个字每句话都跟她一样。"

露西气得咬牙切齿。"我说的是，你就不应该让夏洛特在家里留宿。我希望你能抓住重点。"这次谈话最终沦为了一场争吵。

露西和母亲购物时不再说话，上了火车也没怎么讲话，在多尔金站换乘了马车，还是不怎么说话。瓢泼大雨下了整整一天，马车在萨里郡的深巷子里穿行的时候，雨水顺着悬垂的山毛榉树枝落下，打在车篷上哗哗作响。露西抱怨车篷里面太闷了，她俯身向前，望向车外。雾气沉沉的暮色中，马车灯像探照灯一样，灯光扫过泥泞的街道和落叶，所见之处，并无美景。"夏洛特上车后，一定挤得够呛啦。"她说。她们要在夏街将巴特利特小姐接上马车，她先前就是在那里下车然后去拜访毕比先生的老母亲的。"我们三个得坐在同一边，因为虽说这一刻雨停了，但是树枝上的水还是会滴下来。噢，这儿太闷了！"接着，她听着马蹄声声，仿佛在说——"他没有说——他没有说"。泥泞的道路模糊了马蹄的旋律。"我们能不能把车篷拉下来呀?"她请求道。这时，她的母亲突然变得温柔了，答道："很好啊，丫头，让马儿停一下吧。"马车停了下来，露西和鲍威尔用力把车篷拉了下来，雨水溅到了霍尼彻奇太太的脖子上。不过车篷已经拉了下来，露西的确也看到了一些她原本看不到的东西——塞西别墅的窗户没有灯光，路过花园门口的时候，她觉得好像看到门上有一把挂锁。

"鲍威尔，那房子又在招租吗？"她大声问。

"是的，小姐。"鲍威尔回答。

"那父子俩不住这儿了吗？"

"年轻人在城里工作，这里离城里太远了，他父亲的风湿病又犯了，不能一个人住在这儿，所以他们就想带家具出租。"这是马车夫的回答。

"这么说，他们已经走了？"

"是的，小姐，他们已经走了。"

露西靠在车座上。马车在教区长家的门口停了下来，她下车去叫巴特利特小姐。这么说，埃默森父子俩已经离开这儿了，希腊之行以及由此引发的一切烦恼也就不存在了。真是白费功夫！白费，这个词似乎可以用来概括整个人生。计划白费了，金钱白费了，爱白费了，而且她还白白伤了妈妈的心。是她把这一切都给搅乱的吗？有这种可能吗？很有可能。也有可能别人也这么做了。女佣来开门的时候，她一句话都说不出来，只是神情呆滞地望着门厅。

巴特利特小姐立马就走上前来，一大段的开场白之后，她提出了一个重要的请求：她可否去教堂？毕比先生和他的母亲已经去了，可她自己还没有征得女主人的同意，所以没有和他们同行，不然的话，就要让马车白白多等十分钟了。

"当然可以，"女主人说，显得很是疲惫，"我都忘了今天是星期五，我们大家都去教堂吧，鲍威尔可以去马厩。"

"亲爱的露西——"

"我就不去教堂了，谢谢。"

一声叹息之后，她们就出发了。教堂看不见，黑暗之中靠左边一点似乎有点颜色。这是一扇脏乎乎的玻璃窗，窗内闪着微弱的光。门开了，露西听到毕比先生正在给寥寥几位信众念祈祷文。他们的教堂很巧妙地建在山坡上，漂亮的十字形耳堂高高拱起，尖顶的木瓦银光闪闪——现在，就连他们的教堂也已魅力不再。还有一事——宗教——也没人提起了，它跟所有其他的东西一样，正在渐渐淡化消失。

她跟随着女用人走进了教区长的府邸。

她愿不愿意在毕比先生的书房里坐一会儿？只有那间屋子里有炉火。

她没有反对。

已经有人坐在那儿了，因为露西听到女仆在说："先生，有一位小姐在这儿等候。"

老埃默森先生坐在炉火旁边，一只脚搁在痛风病人专用的小凳上。

"哎呀，霍尼彻奇小姐，真没想到，竟然是你！"他的声音微微颤抖。露西发现，他跟她上个星期天见到的时候有点不一样了。

她无言以对。乔治，她曾经面对过，如果再次面对也没有问题，但是她却不知道该怎么面对他的父亲。

"亲爱的霍尼彻奇小姐，我们感到非常难受！乔治也觉得很对不起你！他原本以为有权一试。我不能责怪我的孩子，但我还是认为他要是事先告诉我一声就好了。他本不该冒险一试的，这件事我毫不知情。"

她完全不知道该怎么办了！

他举起一只手，说："但是，你千万不要责怪他。"

露西转过身去，开始看毕比先生家里的藏书。

"我曾经教导过他，"他的声音在颤抖，"要他相信爱情。我对他说：'爱情到来的时候，是真真切切的。'我还说：'激情并不使人盲目。不，激情让你头脑清醒，你会清楚你所爱的那个女人，将是人世间那个独一无二的你真正理解的人。'"他叹了口气，"这是真理，永恒的真理，尽管我已经垂垂老矣，尽管事已至此。可怜的乔治！他真的非常难受！他说他一看到你跟你表姐一起进来，他就知道情况不妙了，他还说不管你怎么想，你肯定不是有意的。但是——"他的声音充满了力量，他那么用力地说话是想确定——"霍尼彻奇小姐，你还记得意大利吗？"

露西挑选了一本书——《旧约圣经》的评论集。她将书举到眼前，说道："我不想谈论意大利，也不想谈论任何与你儿子相关的事情。"

"可是，你还记得，对吗？"

"他从一开始就胡作非为。"

"上个星期天，他才告诉我他爱你。我从来不去评价人们的行为。我想——我想——他是有点胡作非为吧。"

露西感觉自己稍微镇静了一点，于是她把书放了回去，转过身来面对着老人。他脸上的皮肤松弛而浮肿，但是他的双眼，尽管深深地凹陷了下去，依然闪烁着孩子才有的勇气。

"呃，他的行为十分可恨，"她说，"我很高兴他还觉得对不起。你知道他都干了些什么吗？"

"不是'十分可恨'，"他温和地做了纠正，"他只是时机选择得不对而已。你想要的，你都拥有了，霍尼彻奇小姐，你将要嫁给你所爱的人。在退出乔治的生活时，请不要说他'十分可恨'。"

"好的，当然了，"露西说，提到塞西尔，她有点不好意思，"'十分可恨'，这可能有点言过其实了。刚才这样说你的儿子，我很抱歉。我想我还是去教堂吧。我母亲和表姐都过去了。我不能到得太迟了——"

"特别是现在，他已经崩溃了。"他轻轻地说。

"你说什么？"

"自然，他已经崩溃了。"他默默地合拢了双手，他的头垂到了胸口。

"我不明白。"

"跟他的妈妈当年一样。"

"可是，埃默森先生——埃默森先生——你在说些什么呀？"

"那时候，我不愿意让乔治接受洗礼。"他说。

露西感到害怕。

"他妈妈当时也认为，洗礼不洗礼没什么大不了。但是，乔治十二岁那年高烧不退，她的看法改变了。她觉得这是报应。"他浑身在发抖。"噢，太可怕了，那个时候我们早就不相信那些东西了，而且跟她的父母也断了往来。噢，太可怕了——最糟糕的是——比死还要糟糕的是，你好不容易在荒野里开垦出一小片土地，建起了自己的小花园，开始享受温暖的阳光，可是这个时候，杂草又悄悄地长了出来！报应！就因为没有神职人员在教堂里往我们的孩子身上洒一点水，他就得了伤寒！霍尼彻奇小姐，你觉得这可能吗？我们难道要倒退，永远退回到黑暗的时代吗？"

"我不知道，"露西倒吸了一口气，"这些事情，我不明白，我永远都弄不明白。"

"但是伊格先生——他趁我不在家的时候来了，照着他的那一套办事。我不怪他，我谁都不怪……可是，等乔治康复之后，他妈妈却病倒了。伊格让她思考罪孽什么的，她想来想去，最后就崩溃了。"

就这样，在上帝看来，埃默森先生谋害了他的妻子。

"噢，太可怕了！"露西说，她终于忘记了自己的烦心事。

"他没有受洗，"老人说，"我当时的确很坚决。"他用坚定的眼神看着那一排排的书，就好像——付出了多大的代价啊！——他终于战胜了它们。"我的孩子将完好无损地回归大地。"

她问他的儿子是不是病了。

"噢——上个星期天。"老人从过去回归了当下，"上个星期天，乔治——不，他没有生病，只是崩溃了。他从来不生病。但他毕竟是他妈妈的儿子，他继承了他妈妈的眼睛，她的额头我觉得特别好看，现在他觉得活着没什么意思了。世事无常，难以预料。他会活下去的，但他再也找不到活着的意义，他再也找不到任何有意义的东西。你还记得佛罗伦萨的那座教堂吗？"

露西当然记得，她还记得当时还建议乔治可以集邮。

"自打你离开佛罗伦萨之后——太可怕了。后来，我们就租了这儿的房子，他还和你的弟弟一块儿去游泳，然后就好转了。你看到他游泳了吗？"

"非常抱歉，但是讨论这件事情没什么意思。对此，我真的非常非常抱歉。"

"后来，又冒出来一本什么小说。我实在弄不懂到底是怎么回事，我也就听说了那么一点儿，他也不愿意告诉我，他觉得我老掉牙了吧。啊，好吧，人总有失败的时候。乔治明天过来，把我带到他伦敦的住处。住在这一带，他实在受不了，而我，他在哪里，我就在哪里。"

"埃默森先生，"姑娘大声喊道，"请不要离开——起码，不要因为我而离开。我马上就要去希腊了，所以请不要离开你那个舒适的屋子。"

这次对话开始以来，她的声音第一次这样的亲切友善，他的脸上露出了微笑。"大家都是这么善良！你看毕比先生——今天早上到我家里，听说我要离开，就让我住到这里来！我在这儿烤着火，多么舒服啊！"

"对啊，所以你就不要回伦敦去了。那很荒唐。"

"我必须和乔治在一起，我必须让他重新热爱生活，可在这儿他没法做到。他说过，一想到会遇见或听到你的消息——我不是在给他找理由，我只是陈述事实。"

"噢，埃默森先生"——她握住了他的手——"你千万不能走。到现在为止，我已经给这个世界造成了很多的麻烦。我不能让你离开你喜欢的房子，也许还要损失一笔钱——而这一切就因为我的缘故。你绝对不能走！我就要去希腊了。"

"路远迢迢去希腊干什么？"

她有些动摇了。

"你要去希腊？"

"所以你千万不要离开。你不会把这事说出去的，这一点我知道。

你们俩，我都信任。"

"你当然可以信任我们。我们会让你进入我们的生活，或者让你去过自己所选择的生活。"

"我不应该想——"

"我想，维斯先生对乔治一定很恼火，是吧？是的，他没错，是乔治的错，他不该尝试。我们太固执己见，做得有点过分了，所以我想，我们的伤心也是咎由自取。"

她又一次望向那些书——黑色的，棕色的，还有那些晦涩难懂的蓝皮神学书。它们在四周把客人团团围住，它们在桌子上高高摞起，一直堆到天花板。对于露西来说——埃默森先生也是个有着虔诚信仰的人，但他和毕比先生不一样，他相信人有七情六欲，露西无法理解——在失落悲凉之际，这位老人竟然会靠着一位神职人员的恩赐，躲进这样一个密室，这未免太可怕了。

埃默森先生觉得露西一定是累了，于是要把自己的椅子让给她坐。

"不，你安心坐着，不要动。我想我很快就会坐上马车了。"

"霍尼彻奇小姐，听你的声音你的确是累了。"

"我一点儿都不累。"露西说，她的嘴唇在颤抖。

"你是真的累了。看着你，就像看着乔治，你的神情跟他一样。对了，说到出国，你刚才怎么说的？"

她没有吭声。

"希腊，"——看得出来，他正在思考着这个地名——"希腊。可是，我还以为你今年就要结婚了。"

"不是的，那要等到明年一月。"露西说着，十指交叉握紧了双手。临到关键时刻，她要不要撒个谎呢？

"估计维斯先生会和你一起出国。我希望——希望不是因为乔治说了那些话你们才决定出去的吧。"

"不是。"

"我希望你和维斯先生的希腊之旅愉快。"

"谢谢。"

正在这时，毕比先生从教堂回来了。他身上的牧师长袍被雨淋透了。"好极了，"他温和地说，"我就知道你们俩一定能好好相处。雨又下大了，所有今天去教堂的教徒，包括你的母亲、表姐还有我妈妈，他们都还站在教堂里等着马车去接呢。鲍威尔来了吗？"

"估计他应该来了，我去看一下。"

"不用——当然，让我去看。那两位艾伦小姐可好？"

"她们很好，谢谢你。"

"你跟埃默森先生说了你们的希腊之旅吗？"

"我——我说了。"

"埃默森先生，露西要承担起保护两位艾伦小姐的职责，你不觉得她这么做这勇气可嘉吗？好了，霍尼彻奇小姐，回家吧——注意保暖。三人同行，我得说，这还真是勇气可嘉。"说完，他就匆匆去马厩了。

"他不去，"她的嗓子是沙哑的，"我刚刚说错了。维斯先生不去，他留在英国。"不知怎么的，她没法让自己去欺骗这位老人。不管是对乔治，还是塞西尔，她都可以再一次说个谎。但老人似乎与万物的真相近在咫尺，并用不失尊严的方法对待真相与谎言之间的鸿沟，个中缘由，他给出了一种解释，环绕他们四周的书本提供了另一种解释。他虽然历经坎坷，如今已心平气和，处变不惊，这些都唤醒了她心底的温柔——并不是那种老掉牙的对异性的温柔，而是普天下所有的年轻人对普天下所有年长者的那种纯真的温柔——于是，她不顾任何风险，告诉老人希腊之行，塞西尔不会陪她一同去。而且，她说话的语气那么严肃郑重，因此风险就成了现实，他抬起眼睛看着她，说："你要离开他吗？你要离开你爱的人吗？"

"我——我必须这么做。"

"为什么，霍尼彻奇小姐，这是为什么？"

恐惧在她心里蔓延，她又一次说了谎。她说了一个很长、很有说服力的谎言，她也曾经对毕比先生说过这一番话，本来这番话是准备在宣布解除婚约之后才说的。他静静地听着，她说完后，他说："亲爱的，我很担心你。在我看来——"他的声音轻柔如梦幻，她并没有感觉惊慌——"你现在的头脑是混乱的。"

她摇了摇头。

"你就听一听老人之言吧：世界上没有比头脑混乱更糟糕的事情了。面对死神和命运之神，这并不是什么难事，面对听起来很恐怖的事情也并不可怕。现在，令我感到可怕的，就是回想起自己思想处于混乱的时刻——那些原本可以避免的过错。我们可以互相帮助，但是帮助极其有限。以前，我还以为我能把自己所有的生活经验教给年轻人，但现在我明白了，所以，我给予乔治的全部教育，总结起来就一句话：千万要保持头脑的清醒。你还记得吗？那次在教堂里，你其实并没有生气但你却装作对我生气。你还记得吗？在那之前，你不愿意跟我们交换那个看得见风景的房间。这些都是头脑不清醒的表现——是小事，但都不是好兆头——我担心你现在又不清醒了。"她沉默不语。"请你相信我，霍尼彻奇小姐。人生虽好，但也满是艰难。"她还是不说话。"'人生，'我的一个朋友曾写道，'就是一场小提琴公开演奏，你必须在演奏的过程中掌握这种乐器的演奏。'我觉得他说得很到位。人只有在生活当中，才能学会如何发挥自己的能力——特别是爱的能力。"接着，他忽然激动地大声说："对了，我就是这个意思！你爱乔治！"那一长串的铺垫之后，最后的那四个字就像来自大海的汹涌波涛，剧烈地撞击着露西的内心。

"是的，你是爱他的，"他不等她有反驳的机会就接着说，"你爱他，全身心地爱他，爱得明明白白，爱得直截了当，正如他爱你一样，这份爱无法用语言形容。因为他，你不愿意跟别人结婚。"

"你怎么敢说这种话！"露西气喘吁吁，耳边仿佛有汹涌的波涛在怒吼，"噢，男人就是这种口气！——我是说，男人总是自以为是，以为女人成天想的就是男人。"

她努力表现出厌恶的样子。

"可是你是在想呀。"

她竭力让自己显出嫌恶的样子。

"你是被吓到了，但我就是要吓一吓你。有时候，只有这么做才会起作用。除此之外，我没法让你触动。你一定要结婚，否则你的一生就荒废了。你已经走得够远，不可能回头了。我现在也没有工夫给你讲什么是温柔，什么是友情，什么是诗意，还有什么是真正重要的事情，正是因为这一切你才步入婚姻的。我知道，和乔治在一起，你定能找到这一切，我也知道你爱他。既然如此，那就嫁给他吧。他已经是你生命的一部分了。哪怕你漂洋过海飞到希腊，从此再也不见他，哪怕你忘了他的名字，但是乔治会一直活在你的思想里，直到你离开这个世界。爱一个人，便无法和他分开。你会希望能既爱一个人又能与他分开，但是爱情这东西，你可以改变它，无视它，搅乱它，但你永远也无法把它从心里赶走它。以我的平生所历来看，诗人们说得对：爱情是永恒的。"

露西气坏了，她开始哭泣，她的怒气很快就消失了，但泪水却还在流淌。

"我多么希望诗人也这么说：爱情亦有形。爱是看不见摸不着的，但它是有形的。是啊！假如我们承认这一点，可以避免多少痛苦！唉！只要多一点点的坦诚，就能解放我们的灵魂！亲爱的露西，你的灵魂！现在，我讨厌这个字眼，因为迷信思想用虚假的言辞掩盖了它的本质。但我们是有灵魂的，我说不清楚灵魂到底来自哪里，又去向何方，但我们都是有灵魂的，我能看到你的灵魂正在涌动。我受不了了，黑暗又悄悄地溜了进来，这就是地狱。"接着，他控制住自己的情绪。"我都胡说八道了些什么呀——多么抽象空洞，多么虚无缥缈的东西！我还把你给说哭了！亲爱的姑娘，请原谅我讲了一大堆废话。嫁我的儿子吧！每当我思考生命的意义，想到修得正果的爱情是那么可贵——嫁给他吧！这世界不就是为了这样重要的时刻而存在的吗？"

她听不懂他说的话，这些话确实让人摸不着头脑。但是，随着他的话语，蒙在露西心头的阴霾一层层散去了，她看到了自己的灵魂深处。

"那么，露西——"

"你让我感到害怕，"她呻吟道，"塞西尔——毕比先生——票已经买好了——所有这一切。"她瘫坐在椅子里，啜泣着。"我的生活现在是一团糟，我必须忍受痛苦，远离他，然后孤独终老。我不能因为他就把整个生活全给打破了。他们都信任我。"

一辆马车在门口停了下来。马车在大门口停了下来。

"请替我向乔治问好——就这一次。告诉他'什么都是一团糟'。"她整理了一下面纱，面纱的后面，她正泪如雨下。

"露西——"

"不——他们都在大厅里——噢，不，埃默森先生——他们都相信我——"

"可是你都已经欺骗了他们，他们为什么还要相信你？"

毕比先生打开了书房的门，说："我妈妈来了。"

"你不值得他们信任。"

"你说的什么？"毕比先生突然问。

"我说的是，她欺骗了你们，你们为什么还要相信她？"

"妈妈，你稍等一下。"他走进书房，关上了门。

"我不明白你在说什么，埃默森先生。你说的是谁啊？相信谁？"

"我是说，她骗了你们，她假装自己不爱乔治，其实他们一直彼此相爱。"

毕比先生看着正在哭泣的姑娘。他非常冷静，他那张苍白的脸，在红色络腮胡子的衬托之下，忽然间显得极为冷漠。他站在那儿，就像一个高大的黑色柱子，等待着露西开口。

"我永远都不会嫁给他的。"露西声音颤抖。

他的脸上露出不屑的神情，问道："为什么不嫁给他？"

"毕比先生——我误导了你——我也误导了我自己——"

"哦！瞎说什么呢，霍尼彻奇小姐！"

"这不是瞎说！"老人家非常激动，"这是人性中你永远不理解的东西。"

毕比先生友好地把手放在老人的肩膀上。

"露西！露西！"马车那边传来了呼唤。

"毕比先生，你能帮帮我吗？"

听到这一请求，他有点惊诧，然后用低沉而严峻的声音说："我真是感到悲不可言。太可悲了，太可悲了——真是难以置信。"

"我的儿子有什么问题吗？"老人又激动起来了。

"他没什么问题，埃默森先生，只不过我对他不再感兴趣了。嫁给乔治吧，霍尼彻奇小姐。他不会让你失望的。"

他走了出去，留下他们俩在书房。他们听到他领着他的母亲上楼去了。

"露西！"马车那边又在叫了。

她转身面对埃默森先生，心中充满了绝望。但是，他脸上的神色给了她力量。那是一张属于圣徒的善解人意的脸。

"现在，天已经完全黑了。这世上似乎从来就没有过美与激情，这我知道。但是，请不要忘记那些俯瞰佛罗伦萨的群山，不要忘记那边的风景。哦，亲爱的，假如我就是乔治，假如让乔治吻你一下，也许你就会变得更加勇敢。你必须充满热情，勇敢地与严寒作战，将自己从一团糟的混乱中拯救出来。你的母亲，你的朋友会看不起你，噢，亲爱的，如果看不起人没有错的话，就让他们看不起吧。乔治还深陷于黑暗之中，他还在黑暗中苦苦挣扎，在与黑暗默默抗争。我说得对吗？"他的眼眶里也溢满了泪水，"没错，我们的奋斗，何止是为了爱情和幸福，更是为了真理。真理高于一切，只有真理才高于一切。"

"那你吻我一下吧，"姑娘说，"你吻我吧。我会努力的。"

他给了她一种感觉，那就是神灵已经宽恕了她的过失。他让她感觉到，若是能得到自己心爱的人，她就是在为整个世界奉献一份力量。回家的道路泥泞不堪——她立马就开了口——他的精神还留存在她心间。他洗涤了她心头的污点，使她免受世间奚落的伤害，正是他让她明白，直率的情感最为圣洁。多年以后，她会说她"从来都没有真正弄明白他是怎么给了自己力量。仿佛就在一瞬间，他让自己看到了一切事物的本质。"

第二十章

中世纪的终结

两位艾伦小姐的确去了希腊，不过是她们俩自己去的。她们这个小小的二人旅行团将绕过玛勒亚①，穿行于萨罗尼克湾②的波涛之中。她们将独自游览雅典和德尔斐，参观那两座智慧之歌神殿中的一座——一座建于雅典卫城之上，四周为蔚蓝的海水所环抱，另一座在帕纳塞斯山③之下，老鹰在那里筑巢，青铜战士驾着青铜战车无所畏惧地向着永恒不懈奔驰。姐妹俩随身携带了数量可观的易消化面包，一路上颤颤巍巍，满心焦虑。她们确实去了君士坦丁堡，她们确实环游了世界。而我们这些人，一定是满足于达成一个美好但又不那么艰辛的目标。我们要到意大利去④：我们要回到贝尔托利尼旅舍。

乔治说，这是他之前住过的房间。

"不，不是的，"露西说，"因为这是我住过的房间，后来我还住了你爸爸的房间。我忘了是什么原因，反正夏洛特非要让我这么做。"

他跪在瓷砖地面上，脸枕在她的大腿上。

"乔治，你真是个小宝贝，快起来。"

"我怎么就不该做个小宝贝呢?"乔治喃喃说道。

这个问题，她无法回答，于是放下了手中正在给他补的袜子。她望向窗外，又是春天了。

"噢，烦人的夏洛特，"她说，若有所思，"这样的人究竟是用什么材料做成的呀?"

"是用跟牧师同样的材料做成的。"

---

① 玛勒亚（Malea），指玛勒亚海角，位于希腊南部伯罗奔尼撒半岛的东南端。
② 萨罗尼克湾（Saronic Gulf），位于希腊东南部，是希腊首都雅典附近的一个海湾。
③ 帕纳塞斯山（Parnassus），希腊中部山脉。在希腊神话中，这里是太阳神阿波罗和文艺女神们的灵地，缪斯的家乡。
④ 原文为意大利语。

"胡说八道！"

"你说得完全正确，就是胡说八道。"

"瓷砖地面凉冰冰的，你赶紧起来，要不然你可就要得风湿病了，还有，不要再傻笑了，别这么傻乎乎的。"

"我怎么就不该笑了？"他问道，用两个胳膊肘夹住了她不让她动弹，又把脸凑到她的脸跟前，"干吗要那么大声嚷嚷？在这儿亲我一下。"他示意她该亲在哪个部位。

归根到底，他还是个孩子。在关键的时刻，还是她想起了过去，是她承受了心灵的剧痛，也还是她记得去年这间房子里住的是谁。说来也怪，他有时候犯一点小错误，反而让她更加喜欢他。

"有没有来信？"他问。

"只有弗雷迪的一封短信。"

"吻我一下，这儿，还有这儿。"

露西再一次提醒他风湿病的危险，于是他起身走到窗前，打开了窗户（英国人都是这么做的），探身窗外。窗外，那边就是护墙，那儿是阿诺河，左边是群山的起点。楼下的那位马车夫立马发出了蛇一样的嘶嘶声，向他打起了招呼，他也许就是一年之前让他们幸福的车轮开始转动起来的那个法厄同。一股感激之情——在南方，所有的感受都会转化成激情——在这位丈夫的心中油然升起，他默默祝福所有的人和事，正是它们为了他这个年轻的傻瓜不辞辛苦，耗费了多少的心力。没错，他自己当然也做出了努力，但他的所为是多么的愚蠢！所有重大的战斗都是由他人来完成的——是意大利，是他的父亲，还有他的妻子完成的。

"露西，你快过来，来看看那些柏树，还能看见教堂呢，不过不知道这教堂叫什么名字。"

"那是圣明尼亚托教堂。你的袜子我马上就补好了。"

"先生，明天出去兜风吧。①"车夫对着他喊道，语气里透着动人

---

① 原文为意大利语。

的自信。

乔治对他说，他搞错了，他们可不想把钱浪费在兜风上。

还有那些本意并不是要帮忙的人们——那些拉维希小姐、塞西尔先生，还有巴特利特小姐们！乔治一向就喜欢高估命运的作用，此时的他开始统计是哪几股力量最终成就了他今天的幸福。

"弗雷迪的信里有什么好消息？"

"还没有看到。"

他自然是百分之百的满意，但露西的心满意足中却掺杂着某种苦涩：霍尼彻奇家族还没有原谅他们，他们讨厌她从前的虚假。她被风之角视作外人，也许永远都得不到他们的原谅了。

"他说什么了？"

"这个傻小子！他还觉着自己很高尚呢！春天的时候，他就知道我们要走——他六个月以前就知道了——他知道，就算妈妈不答应，我们也会自己做主的。我们已经跟家里人暗示得够清楚了，可是他现在还说我们这是私奔。这小子真是荒唐——"

"先生，明天出去兜风吧。①——"车夫还在叫着。

"但是，最终一切都会好的。他还得重新认识我们，对我们刮目相看。不过我希望，塞西尔不会从此对女性耿耿于怀。他已经有了很大的变化，对他来说这是第二次了。男人为什么会对女人有一套又一套的理论呢？我对男人就没有任何成见。我还希望毕比先生——"

"你完全可以有那样的希望。"

"他再也不会原谅我们了——我的意思是，他再也不会理睬我们了。我希望他对风之角不要有那么大的影响，我还希望他没有——不过，只要我们的行动遵从了我们的内心，真正爱我们的人最终一定会回到我们身边的。"

"也许吧。"随后，他更加温和地说："好啦！我遵从了自己的内心——我只做了那一件事情——你就回到了我的身边。所以，你也许

---

① 原文为意大利语。

早就明白了，"他返身回到房间里，"别再弄那只袜子了。"他将她抱
到了窗边，这样，她也一样欣赏到了窗外的风景。他们跪在窗前，这
样街上的人就看不见他们了，他们的内心充满了希望，开始轻声呼唤
对方的名字。啊！这是多么美好的时光，这是他们期盼已久的幸福，
是他们未曾梦想过的无数点点滴滴的幸福。他们一言不发。

"先生，我们明天去 ①——"

"噢，这个人可真烦人！"

但是露西想起了那个买画片的小贩，于是对乔治说："别这样，
不要对他那么粗鲁。"然后，她屏住一口气，低声说："伊格先生和夏
洛特，可怕的冥顽不灵的夏洛特！她对这样的人是多么的冷酷！"

"你看，那灯光从桥上经过。"

"可是这个房间让我想起了夏洛特。老了以后变成夏洛特那样太
可怕了！那天晚上在教区长的家里，她居然没有听到你爸爸也在里
面，不然她是肯定不会让我进去的。在这个世界上，只有你爸爸才
能帮助我去发现真理，这一点你是做不到的。当我感到非常幸福的时
候，"——她亲吻着他——"我就会想起这一切多么来之不易。要是
当时让夏洛特知道了，她就不会让我进去，那我就会傻乎乎地跑到希
腊去，那从此我的人生之路就完全不一样了。"

"但是，她其实是知道的，"乔治说，"她的确看到我爸爸了，真
的。他是这么说的。"

"噢，不，她没有见到你爸爸。她当时在楼上，和毕比先生的母
亲在一起，你不记得了吗？然后她就直接去教堂了。她是这么说的。"

乔治再一次坚持己见。"我爸爸看见她了，"他说，"我更愿意相
信他说的话。他当时就坐在书房的炉火旁打盹，他睁开眼睛，看见巴
特利特小姐就站在那儿。这事发生后没几分钟，你就进去了。他一醒
来，她就转身离开了。他没有和她说话。"

接着，他们又聊了些别的事情——天南海北地聊，就像那些历尽

---

① 原文为意大利语。

千辛万苦才最终胜利会师的人一样，对于他们来说，最好的奖赏就是
静静地将对方拥在怀里。过了好一会儿，他们才又回到巴特利特小姐
这个话题上来，不过，现在谈起她来，她的所作所为确实显得非常有
趣。乔治不喜欢拐弯抹角，他说："很显然，她是知道的。那么，她
为什么要冒这个险让你和我父亲见面呢？她明明知道他在屋里，可她
还是去了教堂。"

他们竭力将细节拼凑起来，想弄清事情的真相。

说着说着，突然，一个难以置信的答案在露西的脑海里一闪而
过。她不愿意接受这个答案，她说："夏洛特向来如此，总是在最后
一刻犯迷糊，然后就功亏一篑。"可是，在这渐渐消散的夜色、汹涌
奔流的河水，还有他们温情的拥抱中，似乎有什么东西在提醒他们，
这种说法是说不通的，于是乔治轻声说："或许，她是有意为之？"

"什么有意为之？"

"先生，明天出去兜风吧 ①——"

露西俯下身子，温和地对马车夫说："离开吧，请离开吧。我们
已经结婚了。②"

"不好意思，夫人。③"马车夫回答，声音也同样的温和，然后用
鞭子抽了下马。

"晚安——谢谢。④"

"不用谢。⑤"

车夫唱着歌驾车离开了。

"什么有意为之，乔治？"

他低声说："会不会是这样？有没有可能是这样？我来给你看看
奇迹是怎么发生的。也就是说，你的表姐其实一直怀着这样的期望。
从我们最初相遇的时候起，她就在心底最深处开始期盼，期盼我们能
像今天这样——当然了，这期望埋藏得很深。表面上，她处处与我们
作对，但实际上她是盼着我们能走到一起。要不然就解释不通了，你

---

①②③④⑤ 原文为意大利语。

能解释清楚吗？看看整个夏天，她是怎样让你对我念念不忘，心神不宁的。随着时间一个月一个月地过去，她又是怎样变得越来越古怪，越来越不靠谱的。我们的那一幕一直萦绕在她的心头——不然她也不会去跟那个作家朋友讲的。小说里的那些细节——激情炽热。我后来读了那本书。她不是冥顽不灵，露西，她并没有彻底失去活力。她两次把我们拆开，但是那天晚上在教区长的家里，她为我们创造了一个机会，让我们获得幸福。我们永远不可能再和她做朋友，也不可能向她道谢了，但是我相信，撇开她所有的言语和行为，在她的内心深处，她是高兴的。"

"这不可能。"露西低语道。接着，她想起了自己的心路历程，说道："不——这恰恰是可能的。"

他们沉醉在青春的世界里。法厄同的歌声告诉我们：激情得到了回报，恋爱修成了正果。但是，他们感受到一种比这更加神秘的爱情。歌声渐远，水流潺潺，河水夹杂着凛冬冰雪滚滚而去，汇入地中海。

译后记

翻译是一件苦乐参半的差事，文学翻译尤其如此。

翻译的过程是一个折磨人的痛苦过程，但每次遇到某个绞尽脑汁的片段，在不断推敲反复琢磨之后，忽然获得灵感，觅得合适的文字，那一瞬间的愉悦也是难以言喻的。

接手爱德华·摩根·福斯特（Edward Morgan Forster，1879—1970）经典长篇小说《看得见风景的房间》（*A Room with a View*，1908）的重译工作，重温了那一种既痛苦又舒心的过程。这一点就不啰嗦了，反正翻译人都深有体会，没有从事过翻译的朋友大概是无缘感同身受的。

动手之前，先做了两个热身动作。

首先是把多年前看过的电影又搜了出来，从头至尾欣赏一遍，同时熟悉一下故事的脉络，体会人物的性格倾向以及故事发生的时间与空间……

第二件事是尽可能多地去了解爱德华·摩根·福斯特这位伟大的作者：他的人生，他的经历，他的创作风格，他的作品主题以及他的艺术特色……

随后开始译前作品阅读。第一遍，快速浏览，大概了解全书风貌，然后细读，着手翻译。

书中大量情景发生在意大利的中部城市佛罗伦萨，众所周知，这是著名的世界艺术之都，是欧洲文艺复兴运动的发祥地，因此原著中那许多与绘画、雕塑、音乐等等相关的段落，不可避免地给翻译设置了不少理解与表达的障碍。于是，在查阅大量参考资料的同时，寻找身边或不在身边的懂行人，时时骚扰，不断请教，就成了常态。

就拿小说中不时提到的钢琴来说吧！女主角露西是个喜欢弹钢琴的女孩，她的朋友毕比先生说她："弹得一手好钢琴，生活却波澜不惊（……）我觉得，总有一天，她的生活也会像她的音乐一样精彩，她内心的密封舱将会打开，音乐与生活将合二为一。到那个时候，我们就可以看到一个好到极点的露西，或者坏到极点的露西。"用露西自己的话说，她"只要坐到钢琴旁，就会忘掉所有的烦恼"。是的，坐在钢琴前沉浸于音乐中的露西与平时生活中听话顺从的那个女孩子是完全不一样的。在音乐的世界里，她是自由的，她不再迎合他人，她成为了真正的自己。因此，露西弹钢琴的场景在书中多达几十处。其中有一个描述钢琴弹奏的句子，作者应该是信手拈来，可作为外行人，我在翻译时虽经几度更改，总感觉很别扭，最后还是请了一位擅长钢琴弹奏的朋友来帮忙体悟那个具体的动作，才终于找到了舒适的表达。

在 2020 年春节这一个特殊的时期，在因疫情而被隔离的那一段无助的日子里，对译稿做了最后一次修改。这是一种特别的陪伴，这是一段特别的记忆。

因为是重译，不时有一种战战兢兢、如履薄冰的感觉。唯有多多查阅，多多思索，多多请教，希望尽量减少错译误译之处，但是，翻译终归是一门"遗憾的艺术"，我们明白，错译误译一定依然不少，还请读者朋友们不吝指正。

吴晓妹

2020 年 11 月于上海松江